Nueve ficciones

CARLOS ÁVILA VILLAMAR

Nueve ficciones

ISBN 978-1-966932-01-7

Bokeh es un sello editorial asociado a Almenara Press

LOS PROFETAS

> Ya no se espera que algo ocurra. Antes, cuando tocaban la puerta, se sentía que podía ser Dios. Ahora se piensa que sea un cobrador y no se abre.
>
> J. Lezama Lima

Se sentía el olor del mar y pisaban un suelo hecho de tierra y arena, piel mestiza en la que ya no crecían más que unas pocas yerbas invasoras. El otoño del trópico, mucho más sutil que el otoño redundante de lugares más fríos, afectaba apenas a un par de especies en el pequeño bosque. Alejandro y Alina apartaron unos sargazos verdes y salivosos y tiraron las sábanas en la arena y se acostaron. Los niños no pudieron esperar y se lanzaron al agua sin importar que fuera temprano y que todavía estuviera fría. Saúl tenía trece años. Los gemelos, Samuel y Samanta, ocho. Samanta se bañaba siempre con zapatos aunque no hubiera piedras, en protesta por un erizo de mar que la había pinchado hacía un año entre los arrecifes. Todavía recordaba a Alejandro sacando por la noche las puntas con una pinza de cejas. Si no te las saco ahora se encajarán más, le había dicho a la niña. Para Samanta la idea de las puntas perdiéndose en su carne resultaba interesante y preguntó si se quedarían en sus pies para siempre si no se las sacaban. Sí, respondió Alejandro, se quedarán para siempre.

El mar ensayaba infinitamente sus crestas y había una lluvia lejana y mansa en el horizonte como el musgo de una pared vieja que se ensucia de tanto no verse. Alejandro prendió el cigarro mientras miraba a unos pescadores que lanzaban carnadas desde los arrecifes. ¿Quieres bañarte ahora?, preguntó Alina y su hermano respondió que más tarde. Samuel defendía el dominio del neumático y los demás trataban de que cayera echándole agua. Alina al principio fingía esforzarse para que el pequeño autócrata cayera de su trono. Al comprobar que resistía no dudó en producir auténticos maremotos con sus brazos, apartando la vista hacia otro sitio por temor a un contraataque. Cuando Samuel estuvo a punto de caer Samanta se cambió de bando para ayudarlo. Los gemelos recuperaron el control del neumático y gritaron victoria tan alto como pudieron para que Alejandro los oyera.

La espuma se quedaba por unos segundos en el rincón de playa, en la marejada de algas y de conchas minúsculas que todavía no eran arena. Alejandro pensó en un posible poema sobre la formación de las playas. Alina regresó a su lado y se quedó dormida en cuestión de minutos. En las gafas marrones de Alina seguía reflejándose el ascenso del sol en el cielo. El pelo, teñido de un castaño cobrizo, brillaba como el de una mujer joven. Las gotas de agua salada se secaban en la piel blanca y llena de pecas.

Alejandro se quedó dormido y se despertó porque soñaba que caía, y su cuerpo reaccionó como si cayera en la realidad. Los niños jugaban en la orilla. Se dio cuenta de que Alina y él debían ser más precavidos, no podían dejarlos solos en la playa. Llamó a Alina para que se despertara, pero no obtuvo respuesta. Probó en vano sacudirle un brazo. Le pareció que sacudía el brazo de un muñeco de trapo y no el de una persona. Cuando le quitó las gafas encontró los ojos todavía abiertos.

De la playa a la casa había trescientos metros, solo pudo cargarla en brazos los primeros cincuenta. Saúl fue enviado a la casa para llamar a una ambulancia. Alejandro puso el cuerpo de Alina (ya era solo un cuerpo) en el suelo del bosque, en un colchón de hojas secas, y se le ocurrió pedir ayuda a los pescadores. Entre los cuatro la llevaron rápidamente a la casa. Los esperaba inútil la ambulancia.

♈

Luego de la muerte del hermano menor, Alejandro y Alina no supieron en principio cómo iban a criar a sus tres sobrinos. El problema era menos pedagógico que ético. Alejandro consideraba que la humanidad era un flujo incesante de instintos y hábitos, un simulacro de consciencias libres sin otro fin que el crecimiento enloquecido de las copias de un genoma. Se adscribía al antinatalismo, apoyaba de ese modo un suicidio pacífico de la humanidad. El respeto a una serie de imperativos morales adquiridos (su única y modesta forma de ser feliz en un mundo cuya naturaleza era el caos) se debía únicamente a haber creído en Dios durante la etapa de formación de su consciencia. Los valores morales de una crianza atea, sospechaba, podían a menudo carecer de bases sólidas, y por tanto ofrecer poco más que un tenue regocijo, equivalente al recuerdo de la aprobación de los padres luego de hacer una cosa correcta, un resplandor afectivo en la oscuridad de la razón. El error de la mayoría de los ateos, consideraba, yacía en juzgar la veracidad de las historias y de las enseñanzas religiosas como si se tratara de enseñanzas científicas, cuando en realidad estaban llenando un lugar muy distinto en el alma de los hombres. La religión como institución moral ponía un centro de gravedad invisible, un centro al que incluso los ateos se terminaban subordinando. Las razones por las cuales actuar no podían sostenerse en la lógica, debían cubrir de misticismo su terrible vacío. Alejandro pensaba que en el fondo ninguna de nuestras acciones tenía significado, y que de hecho fantasías como el apego, la posesión, la autoridad (móviles para el actuar humano), solo podían sostenerse gracias a la misma manipulación de los hechos y de los conceptos que hacía posible relatos mayores, aquellos de carácter religioso.

Tuvo entonces la idea. A fin de procurar una educación perfecta que el nihilismo de la razón jamás iba a conseguir (es decir, una educación que incluyera lo moral), enseñaría a los niños a creer en Dios, y los dejaría descubrir por su cuenta que no existía. Para ese momento ya el mundo que verían sus ojos habría estado moldeado por un cúmulo de historias que él mismo se habría encargado de crear. El bien es un gusto estético, pensaba Alejandro, al igual que el mal. El pájaro herido conmueve de un modo y la posibilidad de herir un pájaro conmueve de otro. No nacemos sabiéndolo, cada sistema moral es un gusto estético glorificado. Alejandro ideó una religión nueva, diseñó todo un laberinto teológico que permitiera en un futuro convertirse en el tipo de persona que él mismo habría deseado ser. Alina le dijo que su idea estaba hecha de narcisismo, ya que suponía que su experiencia individual era el único camino posible para la oscura iluminación de la humanidad. Él nunca lo quiso aceptar. Una cosa tuvo clara Alejandro desde el principio, y en eso Alina lo apoyó. Para no infligir a sus sobrinos una dolorosa decepción en el momento que dejaran de creer, la religión no concebiría la vida después de la muerte.

⸎

El entierro se postergó hasta la mañana del martes. El cementerio todavía era el pequeño cementerio rural de otra época, cuando no estaban los edificios multifamiliares, hechos originalmente para que allí durmieran los trabajadores de la ciudad vecina. A apenas unos metros de las tumbas, después de un cercado irrisorio, ya empezaban los patios de las casas. Todos tenían pequeños platanares y aves de corral, en caso de que otra vez escaseara la comida. La venganza del orden rural tras una urbanización apresurada. Alejandro no tuvo dinero suficiente para comprar un ataúd de buena madera. En pocos años la humedad probablemente lo desintegraría y en la tierra los huesos quedarían sueltos como raíces. Saúl había escuchado a Alejandro decírselo a alguien por teléfono. Los gemelos no lo sabían, y además no parecían entender aún la naturaleza de la muerte. Miraban la escena del entierro (palabra grosera para referirse a una práctica cuyo primer sentido sería meramente sanitario) con secreta curiosidad. Sus mentes podían sentir la tristeza, pero no la auténtica desesperación. Su percepción animal del peligro, como la de un cervato, apenas estaba formándose, no existía en ellos suficiente material para invocar las fantasías depresivas a las que los seres humanos estaban acostumbrados en la madurez. Alejandro sonreía cuando alguien decía que la felicidad en el mundo era ilusoria y que todo lo que quedaba era sufrimiento. En verdad el sufrimiento no era menos ilusorio (por estar sugestionado) y absurdo (por estar sugestionado por uno mismo) que la felicidad.

La noche del entierro Alejandro no encendió ninguna luz. La comida que encontró (la bombilla automática del refrigerador cegaba en medio de la oscuridad) era lo que quedaba de un último plato de espaguetis que había preparado Alina. Nadie podría preparar aquellos espaguetis de nuevo, y esa verdad vulgar lo destruyó. El mar y el cielo vistos desde las ventanas eran una sola cosa, la espalda de un monstruo infinito. Un vértigo profundo calaba símbolos en sus huesos. Lo que sentía Alejandro resultaba más grave que el teatro complaciente del sufrimiento. Unos pocos hechos en la vida de una persona eran capaces de destrozar (a veces de manera irreversible) el andamiaje de significado gracias al cual funcionaba su mundo, rajaduras en el paisaje de tela de una escenografía. Lo que sentía Alejandro no era dolor, sino el sobrecogimiento ante el caos que quedaba detrás del dolor, y que se intuía por instantes en la noche enemiga. El sufrimiento corriente, esa liberación vanidosa, no podía curarlo esta vez. El cuerpo de Alina estuvo en el hospital por unas pocas horas. Luego hubo que vestirlo. En medio de la confusión tuvo que elegir la ropa interior y el vestido. Imaginó los huesos diminutos de sus pies, un día ceñidos por las medias blancas. Hacía una semana su hermana Alina, que dormía en un cuarto aparte, lo había despertado a causa de una pesadilla y le había pedido que la dejara dormir con él, como cuando eran niños. Hacía una semana su respiración había coexistido junto a la de ella en una misma cama. Por primera vez (la noche del entierro) Alejandro sintió el peligro real de volverse loco. Puso la almohada en el suelo, se sentó sobre ella e intentó meditar. Le resultó imposible. Quizás la gente del pueblo tenía razón, quizás estaba loco.

છ

Un tiempo después de la muerte de Alina, al poner flores a la lápida, Samanta y Alejandro comprobaron que ya había comenzado a crecer vegetación sobre la tierra recién removida. Samanta preguntó si Dios iba a molestarse en caso de que ella no llorara lo suficiente. Había un sol seco que levantaba el vapor del asfalto. Si te sientes triste porque algo no te importa, contestó Alejandro, entonces quiere decir que sí te importa. Samanta propuso caminar mientras llegaba la hora del almuerzo.

Le gustaban esos paseos en los que ambos quedaban mucho tiempo sin decir nada, solo observando detalles. Parejas sacando a pasear a sus enormes perros. Un joven vendedor de frutas dormido bajo el árbol deshojado de un parque, en una pose sinuosa que parecía sacada de una pintura anterior al impresionismo. Una casa humilde abierta y sin nadie cuidando, con el viejo televisor encendido (el hombre de las noticias, vestido de traje y cuidadosamente peinado, parecía un demente que hablaba para las paredes y los muebles). Dios no es una persona, dijo Alejandro, no va a molestarse si no estás triste, su forma de juzgar es distinta de la forma de juzgar de los seres humanos.

Samanta no era particularmente hermosa, como tampoco lo eran sus hermanos, pero por suerte y a diferencia de ellos no lo sabía. Es inusual una muchacha hermosa que no sepa que es hermosa. Todavía más inusual una muchacha casi hermosa que no le preocupe no llegar a serlo del todo. A Samanta le preocupaba, eso sí, no llegar a ser suficientemente alta. El asunto de la altura adquiría una absoluta seriedad para ella. Tenía unos ojos claros y profundos y daba la impresión de no poder ver una cosa sin cambiarla para siempre. Antes me habías dicho que Dios era un anciano con barbas blancas, contestó Samanta.

Poco faltó para que Alejandro recurriera al tópico de la duplicidad de la forma divina, que nunca preocupó a los primeros hombres. Un dios podía ser literalmente el sol y también un hombre de cabellos rubios más parecido a un rey, o podía ser literalmente la lluvia y también una mujer de pelo largo y sedoso. Alejandro decidió permanecer en silencio con la esperanza de que la niña estuviera llegando con sus preguntas al lugar indicado.

En términos de inteligencia, debía ser Samanta la primera en descubrir la falsedad de Dios, pero la inteligencia no siempre lleva a la razón. Todas las semanas Samanta (estudiante prodigio en matemática, para sorpresa de quienes la veían leyendo poesía en vez de atender a las clases) intervenía en la escuela por Samuel ante estudiantes y profesores. Cuando no veía más argumentos para justificar sus faltas no dudaba en recordar que ambos eran huérfanos. Solía funcionar. Samuel era una especie de mito de la indisciplina dentro de la escuela. En realidad también Samanta hacía de vez en cuando bromas malévolas, pero su hermano gemelo asumía las culpas despreocupadamente a cambio de ser defendido en un momento clave del futuro. En particular Samanta tenía un larguísimo historial encerrando personas en lugares pequeños. Le fascinaba hacerlo. Una vez vislumbrada la posibilidad de poner un pestillo nada la detenía. Ningún castigo podría privarla de aquel placer tan exquisito de presenciar desde afuera el instante en el que la persona descubría (con la esperanza de que se tratara de un error) que no podía salir. Algún día, aseguraba, iba encerrar a la directora de la escuela. Otras bromas eran menos caprichosas y un tanto más diabólicas. Una vez que Alina los había llevado a los tres a un restaurante, Samanta había quemado previamente el dinero solo para comprobar qué sentía al hacerlo. A ella le dio una inocente gracia ver el pánico de Alina cuando registró su monedero vacío, y ver la rabia del dueño del restaurante, que se creía víctima de una estafa premeditada cuando Samuel se culpó a sí mismo. Samanta explicó allí que en realidad había sido ella. Nadie le creyó. Después Alina regañó a Samuel, menos por la pena pública que por haber destruido el dinero. Esconderlo por un rato habría sido mejor. Además, muchos niños pobres lo habrían aceptado agradecidos. Samanta lloró durante varios días, porque Dios lo habría sabido y debía estar decepcionado.

Alejandro notó pronto que cada hermano se tomaba de una manera distinta la muerte de Alina. El más inquieto, Samuel, había sido el primero en llorar y el que con más tristeza comprendería luego que ya no volverían a verla jamás. Saúl, el mayor, de temperamento más calmado pero de alma menos transparente, hacía preguntas de todo tipo sobre Dios y sobre la lógica de su relación con los seres humanos. Alejandro presentía que ya dudaba, pero no quiso intervenir. Debía llegar él solo al precipicio de su concepción del mundo. Intentar acortar el trayecto podía provocar el efecto contrario. Al verse demasiado asustada por lo que encuentra, pensó Alejandro, la mente no solo suele abandonar la búsqueda, también corre el riesgo de olvidar la posibilidad de la búsqueda misma y los motivos por los cuales empezó. Samanta había reaccionado de la manera opuesta a Saúl. Ahora las fábulas religiosas constituían su refugio. La muerte de Alina había reforzado su fe, pero el fanatismo podía ser un simple remedio a la incredulidad, un peso puesto sobre sí misma como castigo por dudar.

Durante la caminata que habían hecho para esperar el almuerzo Samanta apenas habló. Un vendedor de flores que pasaba en bicicleta se detuvo y le regaló un ramo a cada uno. El vendedor era un anciano con barbas blancas. ¿No vas a darle las gracias?, le preguntó Alejandro a Samanta. Gracias, dijo ella y el vendedor se le acercó y le susurró unas pocas palabras en el oído y ella afirmó con la cabeza. No pasó nada más. Almorzando en la casa, Alejandro le preguntó qué le había dicho aquel hombre extraño y Samanta respondió que aquel hombre extraño era Dios y que lo que le había dicho era sumamente secreto.

∾

Practicaban una meditación al alba y una al anochecer. Alejandro, Alina y los niños se sentaban antes sobre unos cojines, cerraban los ojos y trataban de desprender su pensamiento del objeto de su pensamiento. Si les venía a la cabeza el recuerdo extraño de un ojo de cristal lo primero que debían hacer era desnudar la idea de lenguaje, olvidar que era un ojo de cristal y perderse en el vacío que quedaba luego. En algún punto la idea antes construida se desintegraría. Con suficiente práctica les sería fácil evitar otras ideas que se le asociaran e ir anulando la relación del individuo consigo mismo. La meditación no consiste en conocerse, insistía Alejandro, sino en *desconocerse*. Una parábola decía que el hombre nadaba en la búsqueda de Dios, que lo esperaba en una orilla inalcanzable. Solo cuando estuviera separado el hombre de sí mismo (lo cual era imposible en vida) tocaría la mano blanca de Dios y existiría fuera del espacio y el tiempo. La meditación era menos un vulgar método para relajarse que una lección de humildad. Alejandro decía que meditar era lo mismo que tratar de pintar de negro un espejo inseparable de nuestros ojos.

La doctrina de Alejandro enseñaba a los niños una concepción determinista del mundo. El azar no existía más que como consecuencia de la imposibilidad de la mente humana de predecir ciertos hechos, por tanto el tiempo era una sucesión ineludible de estados, una línea recta. Cualquier noción de libre albedrío quedaba descartada, los niños aprendieron que su voluntad no excedía la sumatoria de su instinto y de sus hábitos. Para ilustrar una lógica determinista que cuesta entender durante los primeros años de aprendizaje, Alejandro ideó historias acerca de bosques que podían perfectamente crecer en dirección contraria a nuestro tiempo. Los seres humanos veían que ciertos árboles se empequeñecían con los años hasta hacerse retoños, y luego semillas, y que de las semillas brotaban frutos que luego se adherían a otros árboles. Esos bosques poco a poco desaparecerían hasta llegar a los primeros árboles de cada especie, figuras arquetípicas. Su comienzo se hallaba en lo que para nosotros era el final, y su final en lo que para nosotros era el comienzo. Alejandro quería probar, mediante aquella monstruosa simultaneidad, que de una consecuencia se deducía una única causa, tanto como de una causa se deduce una única consecuencia. Dios podía saber por las propiedades de un estado de cosas cuál era el estado de cosas anterior y cuál era el siguiente. Las causas y consecuencias, según él, eran reversibles.

Procuró llenar las historias de detalles arbitrarios, que suelen abundar cuando un mito alberga cierta realidad. Si un profeta vagaba por un desierto de arenas azules (luego el profeta descubriría que se trataba del firmamento, al que había llegado por error) se especificaba que sus destruidos zapatos habían sido hechos con piel de chivo. Las historias canónicas de la doctrina estaban acompañadas por historias no autorizadas, a veces incompletas, hechas para generar la duda en los niños y más tarde para generar la capacidad de discernir una verdad propia. Había historias no canónicas grises y aburridas, pero también las había agudas e inquietantes. Después de suficiente práctica los niños iban a tratar a todos los textos como si fueran apócrifos, en el sentido de valorarlos con desobediencia, sin lealtades. Aunque convenía que las escucharan desde antes de aprender a leer, luego se hacía necesario llevar las historias al lenguaje escrito. La doctrina presuponía que cada uno de sus discípulos copiara con su propia caligrafía los textos sagrados. Eso no era obligatorio. Los niños tenían la opción de copiar los textos que quisieran y aún de adulterarlos. Esta última libertad los aterró a todos, y Alejandro la había concedido precisamente para eso, para que concibieran la responsabilidad más abstracta, aquella que no se daba entre los seres humanos, el terror a Dios.

La empresa de escribir los textos sagrados de la doctrina encajaba con su ideal de literatura. Sin lugar a dudas un texto sagrado era la meta última de casi cualquier escritor. La consciencia escritural llevada al extremo. Nada estaba prohibido, o mejor dicho, las cosas prohibidas no eran las cosas que siempre habían estado prohibidas, eran otras nuevas, que el lector no iba a advertir. Sus historias no eran cuentos ni novelas cortas, constituían sencillamente narraciones degeneradas, o más bien poemas narrativos, debía desaprender a escribir antes de hacerlas, debía fundar un género nuevo con cada una. Demoró años en escribir su propia tradición, y hasta meses antes de la muerte de Alina seguía añadiendo nuevos textos, que mostraba a los niños haciéndoles creer que siempre los había tenido, y que solo esperaba el momento correcto para que los leyeran. Bañaba los manuscritos en agua con café, los dejaba secar, los enterraba y los sacaba a la semana siguiente cuando ya parecían viejos. Se suponía que las copias que cada persona guardaba de los textos debían quemarse en el momento en el que la persona moría. Samanta pidió a Alejandro que quemara las copias de Alina, como exigía la tradición, pero en ese momento Samuel se interpuso llorando y nadie tuvo el valor de hacer cumplir las reglas. Las copias que Alina había transcrito estaban en el baúl de Samuel (*su* baúl, como le encantaba llamarle), en una caja metálica de galletas que nadie estaba autorizado a tocar. Alejandro dejó de escribir luego de la muerte de Alina. Supo que no se trataba de un fenómeno momentáneo. Algo se había roto en él, quizás algo tan simple como la posibilidad de que ella volviera a leer cada cosa nueva que escribiera.

La vida humana parecía demasiado inexplicable para Alejandro sin ella. Los objetos más ridículos la invocaban, los nombres comino, orégano, pimienta, escritos con su caligrafía en latas y pomos de vidrio que una vez contuvieron otras cosas, en un pasado industrial ya perdido. La caligrafía como manierismo, fruto de incontables repeticiones. Cada trazo, el resultado ciego de miles de intentos. El alma humana contenida en aquellas formas. La madera gastada del borde de la mesa. La pintura de una pared tostada por el sol persistente de la misma ventana, entreabierta por Alina siempre a la misma hora.

ℰℴ

La enfermedad de Saúl se manifestó por primera vez cuatro meses después de la muerte de Alina. La fiebre fue seguida por las ronchas, parecidas a las del sarampión. Los médicos no pudieron identificar la enfermedad que lo atacaba, por tanto no tenían un tratamiento concreto. El deterioro fue inmediato. Saúl perdía peso cada día y su voz se escuchaba cada vez más lejana. Llegado un punto le costaba levantarse, estaba casi todo el día en la cama, alejado de sus hermanos por temor a contagiarlos. Cuando querían hablar, los tres se ponían de acuerdo para descolgar juntos el teléfono. Samuel decía que le gustaba esa forma de comunicarse con Saúl, que lo hacía sentir como si estuviera hablando con un delincuente muy peligroso a través del cristal de una prisión. Vamos, le decía al enfermo, no nos mientas, hiciste algo terrible y como eres menor de edad te recluyeron en tu cuarto hasta los dieciocho. Pero no te preocupes, Samanta y yo tenemos un plan, te vamos a sacar de ahí. Los gemelos escuchaban la risa débil de su hermano en el teléfono y se alegraban.

Cuando el médico empezó a llevar a Alejandro a hablar a cuartos privados con mayor frecuencia Saúl supo lo que significaba. No dijo nada a sus hermanos, pero le fue inevitable deprimirse. El vacío negro se dejaba sentir por momentos en la soledad de la habitación. El globo terráqueo junto a la cama, con letras que solo podían leerse mediante una lupa (hubo un tiempo en el que valía la pena imprimir palabras que solo pudieran leerse mediante una lupa) y colores que se habían adulterado con el paso de los años, el mar de un verde oscuro y continentes de blanco hueso. Los libros viejos que nunca iba a leer, tostados por el aire. El agujero en la pared que daba al otro cuarto, en el que había vivido un ratón antes de que él naciera, ese tiempo en el que las cosas lo preexistían, y del que por instantes parecían llegarle imposibles memorias. De noche al contrario descubría (creía descubrir) memorias de la muerte, del vacío y la oscuridad posteriores a la muerte. Samanta lo consolaba en el teléfono recordándole que el horror ante esa idea era solo por la imposibilidad de pensarla. Dios nos espera en la otra orilla del río, le dijo. No me interesa que me esperen si yo no voy a estar, respondió Saúl con voz moribunda, Dios tomará mi mano cuando ya no tenga cara.

En medio de la tensión, la única en la casa que conservaba la calma era Samanta. Una tarde pidió que la llevaran a la playa. No habían ido desde la muerte de Alina, por razones obvias. Le preguntó a Alejandro si había playas que se estuvieran formando en el futuro y que por tanto cada año tuvieran la arena más y más gruesa hasta que devolvieran las conchas y las caracolas de criaturas que todavía no nacían. Alejandro estaba demasiado triste para dar una respuesta justa a aquella fantasía metafísica. No lo sé, pero escríbelo cuanto antes, dijo, para que no se te olvide. El más afectado por la situación resultó Alejandro. Sentía una culpa ambigua, y sentía la obligación de no demostrar debilidad. Trataba de estar tanto tiempo como le fuera posible al lado de Saúl. El niño por su parte cada vez pasaba menos tiempo despierto. Dormía catorce y quince horas al día. Alejandro chequeaba si su tórax se movía. Se reprochaba a sí mismo comprobarlo constantemente, tener la frialdad práctica para hacerlo.

La noche crítica había un vapor horrendo que subía del suelo y se estacionaba como un intruso en las habitaciones. Saúl temblaba de frío a causa de la fiebre. El ventilador giraba inútil en una esquina. Habían llamado al médico, pero de momento el médico no llegaba. Alejandro, envuelto en la desesperación, dejó entrar a los otros dos niños. No podría perdonarse luego que Saúl muriera alejado de sus hermanos. Samuel empezó a llorar al verlo tan cambiado. No es él, repetía una y otra vez. Samanta quiso acostarse junto al enfermo, pero Alejandro no la dejó. Todavía no sabemos lo que tiene, dijo, ya bastante riesgo corren estando aquí. Saúl despertó y los observó detenidamente a todos, tenía los ojos rojos e hinchados y la piel de una palidez escalofriante. Una sonrisa leve apareció y desapareció en su cara. Llamen al médico, dijo y al parecer gastaba todas sus fuerzas en aquellas sílabas. Había sido la primera vez que pedía en su vida algo parecido, puesto que sabía que el médico solía acompañarse de inyecciones. Ya lo llamamos, respondió Alejandro, llegará en cualquier momento. Saúl levantó su mano unos centímetros y le hizo una seña a Samanta para que se acercara. Cuando toque su mano ya no tendré cara, le susurró justo antes de llorar. Yo *conocí* a Dios, le dijo Samanta. Me regaló una flor que ahora es solo un botón de flor, una flor que vino del futuro. Ese no era Dios, respondió Saúl llorando. No hay ningún Dios. Alejandro lo abrazó y escuchó que alguien tocaba la puerta. El médico hizo las preguntas pertinentes y le dio varias pastillas naranjas con una división en el medio que debía tragar sin masticar. Esperemos un milagro, le dijo a Alejandro en privado.

La madrugada la pasaron todos despiertos. El médico, un hombre joven y atractivo, aunque con aspecto desaliñado, intentó entretener a los hermanos haciendo historias graciosas de sus pacientes. Saúl no mostró demasiado interés y preguntó con una voz desecada y un tanto majadera si podía suicidarse, para no seguir sufriendo. El médico le respondió que casualmente un paciente suyo le había hecho la misma pregunta. Una vez aparecidos los síntomas inconfundibles de cierta enfermedad mortal, trató de matarse para evitar el prolongado dolor, pero con el intento solo consiguió una misteriosa mejoría, y el hombre pronto se curó. El festejo de los familiares duró poco, se había encariñado con la idea del suicidio y no iba a permitir que su salud lo frustrara tan fácilmente. Se lanzó por fin de una azotea, todavía con miedo a las propiedades curativas de la caída. Los niños quedaron con la boca abierta, fascinados por el relato del médico. Saúl sonrió y Alejandro le tocó la frente. La fiebre había bajado.

Samuel contó luego de un lugar que Samanta y él habían encontrado en un extremo del bosque, en el que jugaban con otros niños a buscar árboles que crecieran en dirección contraria al tiempo. Samanta abrió los ojos y le pidió que se callara. No hables de eso, dijo. Saúl volvió a sonreír desde su cama y les preguntó cómo sabían que un árbol crecía en dirección contraria al tiempo. Hubo un silencio hecho de curiosidad. Samuel le lanzó una mirada a Samanta como pidiendo su aprobación para hablar. Samanta suspiró y dijo que sí con la cabeza. Se mecen con demasiada facilidad, explicó Samuel. Alejandro y Saúl hicieron un gesto de incomprensión. Las raíces se encogen a medida que los árboles se hacen más jóvenes, añadió Samanta, y dejan surcos demasiado grandes debajo de la tierra, por tanto los troncos quedan medio sueltos. Alejandro le preguntó a Samanta si había hablado de Dios a otros niños. La niña no respondió. El médico los miró a todos con extrañeza y le preguntó a Alejandro si creían en Dios. Alejandro no respondió.

Al amanecer, Saúl ya se sentía mejor e incluso pudo probar un poco de comida. Solo al levantarlo de la cama, en la que llevaba postrado demasiado tiempo, descubrieron una horrible inflamación en la pierna derecha. La enfermedad cada vez era más extraña. De cualquier modo ha sido mejor no ingresarte, dijo el médico, las condiciones del hospital son pésimas. Afuera de la casa, al momento de despedirse, el médico le preguntó a Alejandro cuáles eran aquellas historias sacrosantas de las que siempre hablaban los gemelos. Me adscribo junto a los niños a una religión con muy pocos fieles, respondió con un tono de humildad rancia. Algún día le explicaré con calma, contestó Alejandro y se despidió rápido.

La milagrosa recuperación continuó. Lo único extraño era lo que Samuel llamaba el misterio de la pierna derecha. Bajada la inflamación se notaba una herida que bien podía ser de un clavo o de cualquier otro objeto punzante. ¿Recuerdas haberte pinchado? No, respondía siempre Saúl. Además, no recuerdo que la herida me sangrara ni nada. En poco tiempo los tres niños volvieron a salir como antes. Al regresar de una de sus excursiones Samuel contó que Samanta había encontrado el origen de la enfermedad de Saúl. Al parecer la herida en su muslo había desaparecido súbitamente por la mañana, tras arder un poco. Más específicamente, tras pincharse Saúl en el mismo lugar de la herida con una planta peculiar que había aparecido en el pequeño bosque. Ella postulaba según él que la planta era una de las plantas que crecían en dirección contraria al tiempo, y que su veneno afectaba a la víctima en el pasado y no en el futuro y que había sido la causa de la misteriosa enfermedad.

Cada vez más, Samanta se obsesionaba con las escrituras. Algunos pasajes especiales habían sido leídos por ella cientos de veces. El de los árboles que crecían en dirección contraria al tiempo tendría el premio, sin duda, pero otros no debían encontrarse tan lejos. La profecía de los tres hermanos, por ejemplo, que anunciaba que solo uno de ellos quedaría destinado a contemplar la *verdad*. Samanta de pequeña había propuesto que su hermano Saúl debía ser el elegido, y Saúl, con secreta vanidad, lo había aceptado. La recuperación milagrosa de la enfermedad llevó a pensar a Alejandro que Saúl estaría próximo a recobrar su fe. La doctrina no contemplaba la existencia de milagros, pero quizás el milagro podía ser intuido como mecanismo por su inteligencia. Una noche se resolvió el asunto. Había tanto silencio en la casa que en el cuarto de Saúl se escuchaba el sonido del reloj de pared de la cocina. ¿Tienes miedo de que Dios sepa que querías ser el hermano elegido?, preguntó azarosamente Alejandro. Dios no existe, dijo el niño, pero agradezco que lo inventaras para nosotros. No hizo falta decir nada más.

A la mañana siguiente Alejandro se levantó y vio bajo la luz cremosa del alba que solo dos niños meditaban, tirados en la tierra húmeda del patio. Samuel atrás, Samanta al frente, con su típico overol rojo lleno de roturas y de parches y sus zapatos de bañarse en la playa. Estaba tan quieta que un sinsonte se posó en su cabeza por unos segundos, inspeccionó el ambiente y luego se echó a volar junto a otras aves matutinas. El primero de los tres hermanos ha desertado, pensó Alejandro y luego vio la escena con más detenimiento. Del otro lado de las rejas tres nuevos niños, tres nuevos fieles de la doctrina, meditaban impasibles en la calle.

☙

La propagación de la doctrina se inició como un juego. Otros niños copiaban las escrituras de la misma manera que las niñas mayores copiaban versos cursilones en sus almibaradas libretas. La transcripción de las historias en la mayoría de los casos ni siquiera implicaba el entendimiento. Constituía una actividad mecánica, cuyo premio era la sensación de camaradería, de pertenecer a alguna cosa. Sensación que (bien lo sabía Alejandro) una y otra vez aprovechaban las más diversas sectas del universo adulto, incluidas las políticas, para engrosar sus filas.

Por su parte, Alejandro al principio no se sintió preocupado y hasta le hizo gracia que los niños anduvieran copiando sus creaciones como si se tratara de textos mágicos. Su lucha personal era contra la locura. La casa, que los gemelos abandonaban la mayor parte del tiempo, puesto que ya eran las vacaciones, lo retaba a vivir en una especie de tiempo suspendido. El suicidio quedaba descartado a causa de los sobrinos, pero le parecía lo más lógico en ese momento de su vida. Ya había escrito sus mejores poemas, y había pasado los mejores momentos de su vida, en lo adelante solo quedaba una lenta reducción de sus facultades y un rápido debilitamiento de su salud física. Sin amigos y sin dioses por los que festejar o entristecerse Alejandro estaba condenado a una existencia absurda. Saúl y él se reflejaban, pero al menos el sobrino tenía el consuelo de los desengaños amorosos, que ocupaban su tiempo y sus fuerzas. Muchachas idiotas que él perseguía sin obtener nunca recompensa. El amor era la religión de los débiles. Feliz Saúl, que no había comprobado ni una sola vez la superficialidad del objetivo una vez capturado. Una persona no puede amar a nadie de la misma manera tras haber descubierto (con horror, con placer, o con ambas cosas) lo fácil y trivial que es destruir a un ser humano. La abstinencia habría sido lo mejor para él (para la humanidad, se entiende), pero en su defecto, al menos el muchacho practicaba por ahora la abstinencia involuntaria, orquestada al parecer por la totalidad del género femenino.

El tiempo pasaba. Alejandro podía comprobar días tras día cómo sus dientes se volvían más amarillos y cómo sus pulmones lo obligaban a toser si fumaba demasiados cigarros el mismo día. Antes (le aseguraban) era un tipo atractivo y revisaba el estado de sus pulmones nadando sumergido durante intervalos prolongados. Le enorgullecía hacerlo porque era la única actividad remotamente atlética que había practicado en su vida, y la hacía bastante bien. Alina y su hermano menor solían celebrarlo en la arena mientras bebían ron o whisky y mientras fumaban sus propios cigarros sin preguntarse cuánto daño les estaban haciendo. Los tiempos habían cambiado y ya no quería revisar qué tan mal estaban sus pulmones. Ahora fumaba con una contenida rabia, como sabiendo lo inútil de intentar dejarlo. No solo apagaba los cigarros en el cenicero, los desmembraba. Era el profeta de un dios caído en desgracia. Por instantes se le ocurría que lo mejor que podía pasar era que los gemelos nunca descubrieran la inexistencia de Dios. No quería su destino para ellos. Quizás al final su único logro era haber estado equivocado en *todo* a lo largo de su vida. Y por no haber encontrado una verdad pura, no haber podido descubrir por comparación la falsedad del resto.

Si sus pensamientos se retorcían demasiado llamaba al médico para saludar y programaba alguna visita a Saúl. En realidad lo hacía por su propia salud mental. Le agradaba el médico. Un alma noble y llena de anécdotas a pesar de sus pocos años. Era un conversador entretenido al que no le interesaba convencer a nadie de nada, exactamente lo contrario a él, que solía dar sermones odiosos y que carecía de ingenio oral. Las ocurrencias solo se le aparecían a Alejandro en el lenguaje escrito. El médico, por ejemplo, no se tomó demasiado en serio que Samanta regañara a Samuel por mencionar delante de los adultos el tema de los árboles que crecían en dirección contraria al tiempo. Aquel día se limitó a comentar la facilidad con la que Samanta daba órdenes militares a su hermano. No le interesaba conocer lo que se le ocultaba, sino el mecanismo para ocultarlo. Alejandro pensó que, de ser escritor, el médico elaboraría relatos basados en el carácter de los personajes y no en la consecución de sus acciones. Samanta explicó que Samuel debía hacer siempre lo que ella decía porque le debía muchas cosas y además porque ella había nacido primero y era la mayor. Estuvieron hablando largo rato sobre el hecho de ser gemelos. El médico les contó que algunos gemelos nacían unidos por alguna parte del cuerpo, y que otros, todavía más inusuales, llamados gemelos parasitarios, no eran personas completas, a veces solo un tronco y una cabeza sin inteligencia saliendo del tronco del gemelo bien formado, y que en la mayoría de los casos morían al nacer, pero que algunos pasaban toda la vida con sus monstruosos hermanos a cuestas.

Samuel y Samanta quedaron impactados por aquellas historias. Samuel pasó varios días con un bebé de juguete atado a su abdomen diciendo que ellos tenían un cuarto hermano. Samanta corría horrorizada cada vez que lo veía. El juego se detuvo cuando Samuel tuvo que ir al baño un día en el que Alejandro no estaba, y Samanta lo encerró desde afuera por ocho horas, sin importarle sus peticiones de misericordia. ¿Dejarás de molestarme?, preguntó finalmente ella. Lo prometo, respondió, ahora suéltame. Samuel le devolvió con tristeza el muñeco y le susurró unas palabras al oído. Bien pensado. Ese mismo día por la tarde Samanta se sentó en el patio con la intención de meditar y afuera la esperaba una multitud ya no solo de niños, sino también de ancianos, hombres y mujeres. Alejandro la regañó. Le preguntó si ella realmente entendía que lo del muñeco era un juego, y ella le respondió que no era ningún juego y que Samuel había sido muy cruel. Samanta realmente *creía* que el muñeco era un hermano parasitario.

Alejandro se sentó en la sala y los observó con paciencia. Todos inmóviles como estatuas, imitando a los dos gemelos. Algunos niños que jugaban con palos a una guerra imaginaria les pasaban por delante y por detrás, pero los ancianos, hombres, mujeres y demás niños no se inmutaban. Alejandro pensó que la separación entre juego y realidad (que se incrementa en los niños con el paso de los años, hasta que el juego se hace imposible) disminuía minuto tras minuto en el caso de Samanta. El juego de los niños es siempre una reproducción del mundo adulto, pensó Alejandro. Feroz ironía la de aquellos que veían en la infancia un paraíso perdido, cuando no era más que un ensayo torpe, una sombra deformada y tragicómica que la silueta de la adultez proyectaba hacia el pasado.

Una vez más preguntó Alejandro a Samanta antes de dormir qué cosa le había dicho aquel hombre al que ella llamaba Dios. Es sumamente secreto, repitió la niña. ¿Por qué Saúl y tú han dejado de meditar desde que murió Alina?, preguntó y Alejandro no supo qué responder.

El mar levantaba aires frescos que calmaban por ratos el calor nocturno, pero Alejandro no conseguía dormir. La separación entre juego y realidad (vacío, ceguera necesaria en los niños) quizás no quedaba tan lejos de la separación entre el mito religioso (o de cualquier arabesco cultural que tomara la forma de la religión) y la realidad (o la experiencia más directa que se entendía por realidad). Una dosis de blanca hipocresía se necesitaba para aceptar paralelamente las historias trascendentales y conservar algún sentido común durante las decisiones más cotidianas (este sentido más práctico a su vez requería del mito trascendental para justificarse a sí mismo, de lo contrario alimentarse y respirar sería vistas como actividades inútiles). Sin la separación cínica entre el sentido trascendental y el sentido común un ser humano no podía terminar en otro sitio que en la locura. Las grietas en nuestras concepciones del mundo, pensó, no constituyen defectos, sino benevolentes respiraderos.

☙

Un día tocó la puerta una mujer con olor a vagabundo y un niño en brazos y preguntó si allí vivía Samanta. Desde entonces las cosas fueron de mal en peor. La niña le había prometido que si el esposo volvía a pegarle podría quedarse en su cuarto, le explicó la mujer. Alejandro llamó a Samanta y ambos tuvieron una discusión. La mujer y el niño pequeño se terminaron quedando en la cama de Samanta, y Samanta pasó a dormir con Samuel. Dos noches después, Samuel protestó porque a él no lo dejaban tener a un gato, mientras que a Samanta la dejaban tener un vagabundo. Alejandro lo dejó tener un gato en el hipotético caso de que apareciera alguno en el futuro (la mañana siguiente Samuel trajo el saco de pulgas). La mujer en teoría no iba a comer en la casa, sólo el niño. Terminaron comiendo ambos. Alejandro le repitió mil veces que a él apenas le alcanzaba la comida para sus tres sobrinos y que ella debía encontrar un trabajo y otro lugar donde quedarse. La mujer no parecía demasiado apurada en conseguir una cosa o la otra, e insistía en el hecho de que si regresaba su esposo la mataría.

Para mantenerla entretenida, Samanta le sugirió que empezara a copiar las escrituras. La transcripción le tomó alrededor de un mes. Al terminar pidió que todos en la casa se sentaran junto a ella unos minutos. Les había mentido. La historia de las golpizas era falsa, ahora quería que la perdonaran y que la dejaran ir. La mujer no aceptó dinero, solo un poco de leche para el niño mientras llegaban a la casa del padre. El padre había obtenido la custodia y como venganza ella se lo había robado.

La mujer se llevó su copia de los textos sagrados y prometió difundirlos ante todo aquel que la escuchara.

Poco después de la partida de la mujer, se corrió la voz de que sobraba una cama en la casa de los gemelos y otros extravagantes huéspedes fueron aceptados por Alejandro a regañadientes. Por ejemplo, un afilador de tijeras cuya máquina se había roto y lo había dejado en la mendicidad (el pueblo regresaba a esa rara edad de la civilización en la que objetos tecnológicos, una máquina de hacer helado, una máquina de algodón de azúcar, procuraban la subsistencia de una serie de magos que los atesoraban), o un veterano de guerra al que le faltaban las piernas y que luego se había dedicado a hacer papalotes de papel, hasta que había llegado otro hombre que los hacía de nylon y mucho más baratos, dejándolo en la quiebra. La compasión, pensó Alejandro, es una ternura momentánea, mientras que el asco por la humanidad es un sentimiento perseverante. Tal es el problema natural e irresoluble de la filantropía.

A causa de las abundantes solicitudes de asilo, Samuel pidió que los dejaran dormir en el sofá para así poder cuidar a dos personas a la vez. La casa resistió solo por cuatro días más. Los huéspedes se aprendían los textos sagrados en la noche y pasaban el día hablando en los parques al transeúnte infeliz acerca de árboles que crecían en dirección contraria al tiempo. Alejandro no pudo soportar más aquella locura y prohibió a los gemelos llevar a cualquier otro extraño a la casa. Samuel preguntó cautelosamente si se podía quedar con el gato, aunque Samanta ya no tuviera ningún vagabundo. Alejandro respondió que siempre y cuando no obligaran al gato a copiar las sagradas escrituras.

Las cosas parecieron calmarse hasta que el médico llamó una noche para preguntar por la salud de Saúl y se quedó hablando por largo rato con Alejandro. En realidad no llamaba por Saúl, sino por los gemelos. Mis hijos han sido parte de algunos juegos muy extraños que han inventado los gemelos, dijo el médico. Alejandro le preguntó cuáles juegos eran esos.

Tras unos titubeos el médico habló de unas supuestas escrituras sobre árboles que crecían en dirección contraria al tiempo. Sobre yerbas que en tiempos de sequía se volvían verdes la noche anterior a la esperada lluvia. Y sobre animales que también crecían en dirección contraria al tiempo, pájaros que desaprendían a volar y terminaban metiéndose en el cascarón. El médico contó que sus hijos aseguraban haber hecho un experimento, habían capturado a uno de aquellos pájaros extraños y lo habían dejado en una jaula sobre el suelo del bosque para ver cómo era posible que naciera, si ya había sido capturado. El pájaro, aseguraban sus hijos, fue achicándose en la jaula y los insectos y la tierra fueron devolviendo el cascarón del huevo y en algún punto el pájaro se encerró en el cascarón, y los niños retiraron la jaula, ya sin miedo a que el pájaro escapara, y cuando regresaron el huevo ya no estaba, y descubrieron que había un nido encima y que el huevo por tanto se había caído hacia el pasado y que el pájaro había crecido en la jaula y no había aprendido bien a volar (por eso lo habían capturado tan fácilmente). Alejandro quedó pasmado por aquella historia y sólo pudo observar que no tenía sentido que el huevo cayera por una gravedad que funcionara contraria al tiempo. El médico dijo que aquello era lo que le habían contado sus hijos, y que le habían contado además que un niño había querido romper los huevos de los pájaros que crecían en sentido contrario al tiempo, preguntándose si matando a los pichones en el presente los estaría aniquilando en su futuro, es decir, en el pasado ordinario de los seres humanos, que ya había ocurrido, y le contaron que Samanta se lo había impedido.

La verdadera razón por la que estaba preocupado el médico era porque sus hijos le aseguraban contentos que habían encontrado un esqueleto humano hacía un mes y que ahora el esqueleto recuperaba las carnes y que los niños iban a verlo todos los días esperando que regresara a la vida. Él había tratado de seguir a sus hijos, pero cuando se sentían vigilados regresaban a los juegos normales y no hablaban de plantas ni de esqueletos. Alejandro le aseguró que averiguaría pronto lo que estaba pasando.

El médico le preguntó por la religión que decía practicar y que les había enseñado a los niños. Él se negó a contestar. Mire, dijo el médico, he escuchado historias muy raras, hay quien dice que jamás debieron darle la custodia de sus sobrinos, y hay quien dice que alberga en el cuarto de sus sobrinos a cualquiera que necesite un techo, pero he hablado con usted y me parece un hombre razonable, dígame la verdad. Alejandro le dio las buenas noches y colgó con violencia el teléfono.

Tras la meditación matutina una muchedumbre de niños siguió a Samanta. Saúl tenía claras instrucciones de seguirlos y de observar lo que hacían. Alejandro estuvo esperando por horas alguna noticia. A las siete de la tarde por fin llegó Saúl junto a los gemelos. Alejandro al principio no le creyó. Lo hizo jurar varias veces que no mentía y lo hizo repetir la ubicación exacta. No pudo esperar un segundo más y fue para allá. Ya había oscurecido y se perdió en el pequeño bosque. Mala idea, pensó.

Regresó la mañana siguiente. Un círculo de auras anunciaba la ubicación entre los árboles veraniegos y floridos. El olor lo mareaba a medida que se iba acercando y al tenerlo a unos metros se vio obligado a vomitar. Un círculo de niños tomados de las manos bailaba alrededor de la masa ennegrecida. Cantaban una canción sobre un nuevo mundo que estaba por venir. Los niños daban pequeños saltos y bailaban cada vez más rápido y el círculo se despegaba del suelo por un extremo y se pegaba por el otro como una moneda que termina de dar sus vueltas en el piso, sin poder voltearse. Y Alejandro se acercó y los niños lo vieron y dejaron de bailar. El cadáver sonreía. Los dientes manchados no estaban cubiertos por labios y la piel negra se le pegaba a los pómulos y le entraba por las cavidades de los ojos y de la nariz como si se tratara de una figura de cerámica hecha por un mal artista. Llevaba puesta una ropa extraña que

Alejandro nunca había visto antes y en su mano era posible vislumbrar el filo de una navaja. Samanta trató de ponerse en el medio. No lo toques, le dijo, o Dios va a enfurecerse mucho.

Váyanse todos con sus padres, dijo Alejandro. Samanta y Samuel, vengan conmigo. Alejandro escuchó cómo Samanta le susurraba a Samuel que su hermano mayor los había delatado. Samuel aseguraba que el impasible Saúl era inocente.

Esperaron dos horas en la comisaría. El salón de espera, pintado de un marrón oscuro horrible desde el piso hasta la altura de los hombros y pintado de un marrón claro el doble de horrible desde la altura de los hombros hasta el techo, había sido provisto de unas sillas plásticas negras parecidas a las de los consultorios médicos. Te enseñan a resignarte desde que entras, pensó Alejandro. El jefe de la policía estaba en una reunión y por eso había ocurrido la demora. Cuando por fin los atendió y escuchó la historia se puso serio y sacó unos papeles de su escritorio metálico. Déjeme leerle algo, dijo el jefe de la policía, y Alejandro pensó que iba a ser el archivo de algún caso o su propio expediente de nihilista o de hombre de razón dudosa, jamás pensó escuchar la lectura de sus propias historias, las que había inventado para sus sobrinos. Alejandro le pidió que se detuviera. Aquí está profetizado, contestó el jefe de la policía, debemos poner unas cintas amarillas y esperar que despierte. Usted está loco, dijo Alejandro.

Pasó una semana sin que nadie hiciera nada y Alejandro buscó el número telefónico de la policía provincial y reportó lo que pasaba, que en la comisaría se habían vuelto locos y que se creían historias que él mismo había inventado para sus sobrinos. Los de la policía provincial le hablaban con cierta incredulidad, como si el loco fuera él, pero le prometieron que enviarían a alguien.

Alejandro prohibió a los niños salir de la casa. Por suerte estaban de vacaciones y no tenían que ir a la escuela. Por las mañanas y por las tardes seguían las meditaciones. Saúl se sentía solo y apartado, sus hermanos no confiaban en él. Hiciste lo correcto, le dijo Alejandro. Saúl por fin confesó una cosa más que había escuchado, Samanta aseguraba que estaba a punto de pasar algo en el pueblo para lo que todos debían prepararse. Alejandro recordó que lo que distinguía a un profeta de un simple sacerdote era la capacidad de predecir el futuro y pensó que Samanta ahora debía encontrar alguna causa para reunir a sus fieles. Mientras tanto, había un cadáver descomponiéndose en el bosque.

De la policía provincial enviaron a un detective agradable que se limitaba a hacer preguntas ambiguas y que le pidió a Alejandro que le dijera dónde estaba exactamente el hombre que habían encontrado los niños. No quiso que lo acompañaran. Alejandro luego se enteró de que había reportado la ausencia del cadáver y su probable inexistencia. Los oficiales de la comisaría, según sus palabras, no podían encontrarse en mejor estado de salud mental. Quizás los niños han ocultado el cadáver, pensó primero Alejandro, eso lo explicaría todo. Sin embargo, la razón de aquel reporte resultaba mucho más retorcida. El detective, se enteró después, hacía poco había recuperado a su hijo secuestrado. La madre lo había devuelto por voluntad propia y a cambio sólo le había pedido al padre que leyera ciertos escritos que le habían cambiado a ella la vida.

Al enterarse de que aquel delirio colectivo se propagaba a velocidades tan espeluznantes, Alejandro llamó por teléfono al médico (lo más parecido a un amigo que tenía) para sugerirle huir juntos del pueblo con los niños y pedir ayuda en la capital. Temió al principio que el médico se encontrara resentido por la última conversación. Le pediría disculpas de ser necesario y le confesaría la verdad. No pudo sospechar que el hombre iba a responderle que no había problema, que sus hijos le habían mostrado las escrituras y que él ahora se dedicaba a transcribirlas con fervor, una vez entendido lo que estaba a punto de ocurrir en el pueblo. Alejandro le preguntó qué cosa estaba a punto de ocurrir en el pueblo, y el médico le dijo que si no lo sabía por algo se lo estaría ocultando Samanta. Quizás tus escrituras estén incompletas, dijo. Pero yo inventé las escrituras, contestó Alejandro, es absurdo que estén incompletas. Quizás Dios eligiera a un ateo para propagar la nueva religión de la humanidad, haciéndole creer que escribía para niños, dijo el médico y colgó el teléfono.

Los pájaros se perdían en el cielo como si regresaran a nidos lejanos. Anochecía y los gemelos meditaban sobre la tierra del patio. Del otro lado de la reja una muchedumbre los imitaba sin importarle la llegada de la oscuridad.

Un anciano se separó de la muchedumbre y agarró las rejas, más bien sujetándose, como si tuviera miedo a caerse. Me estoy quedando ciego, dijo el anciano. Quiero saber si voy a estar más cerca de Dios cuando ya no pueda ver nada. Samanta abrió los ojos y sonrió. ¿Por qué me preguntas eso? Si quedarme ciego me acercara a Dios, contestó el anciano, me arrancaría los ojos ahora mismo, y deformaría mi cuerpo hasta que ya no pudiera escuchar ni sentir el mundo. Quedarte ciego no te acercará a Dios, dijo Samanta. No extirpes tus sentidos, porque de cualquier forma tu memoria ya está contaminada por el mundo. Entonces me mataré, dijo el anciano. Samanta se levantó y caminó hacia él, y saltó la reja y habló alto para que todos la escucharan. Si el tiempo es infinito, hay infinito tiempo en compañía de Dios antes de nuestro nacimiento y hay infinito tiempo tras nuestra muerte. Morir hoy no te va a dar más tiempo en compañía de Dios que morir dentro de cien años. El anciano miró hacia el suelo y dijo unas palabras lastimosas. Pero el tiempo no es infinito. Samanta tras un largo silencio afirmó con la cabeza. Es cierto, no lo es, y el día terrible se acerca. La niña cruzó de nuevo la reja y entró a la casa. Estaba atemorizada por algo y la muchedumbre parecía esperar dócilmente sus instrucciones.

Samuel se mantuvo en el patio hasta que el sol se ocultó por completo en el horizonte. Las personas permanecieron tras las rejas. Alejandro les pidió que se fueran, pero no lo escucharon o fingieron no escucharlo. Se vio obligado a cerrar las puertas y las ventanas. Aquello parecía una ciudad sitiada y no una casa. Alejandro le llevó la comida a Samanta a su cuarto. La luz del cuarto era cálida pero insuficiente. Samanta le confesó que no tenía mucha hambre. Alejandro cerró la puerta y entreabrió las persianas. La muchedumbre seguía observándolos tras las rejas. Cerró las persianas abruptamente, tenía miedo. El ventilador removía las páginas de un libro abierto en uno de los ángulos de su incesante giro. Pídeles que se vayan, dijo. No puedo, contestó Samanta sin mirarlo, volteada hacia la pared.

Yo tampoco tengo hambre, dijo Alejandro. El plato humeaba en la mesa de noche. Samanta se volvió hacia él, tenía los ojos rojos y húmedos. Al pueblo le queda poco tiempo, pero no me atrevo a decir lo que debemos hacer, dijo Samanta. ¿Y por qué no te atreves? Samanta titubeó antes de responder que empezaba a dudar que existiera algún Dios. Quizás el anciano con barbas blancas no era Dios y no tengo la razón. ¿Sería tan malo que no hubiera Dios?, preguntó Alejandro. Samanta lo miró fijamente a los ojos. ¿Qué tratas de decirme?

Regresó a su cuarto de madrugada, destrozado. El plan había sido que cada niño descubriera por su cuenta que no había ningún Dios, pero la situación se había salido de control. Había tenido que hacerlo, explicar lo que Alina y él habían ideado, había tenido que convencer a Samanta de que el mundo nuevo que estaba por llegar y del que ella se negaba a contarle una palabra constituía un ejercicio de la imaginación, solo eso, y convencerla de que el centro de la doctrina constituía un nihilismo anti-humanista, cuya horrenda naturaleza había sido adormecida por la fe moral. La fe moral flotaba como una burbuja de aire a causa de su propio vacío. El vacío era la fuente de cualquier sentido. El sentido no brota del sentido. La razón no brota de la razón. Samanta ya no necesitaba un Dios para comprenderlo. Dos de los tres hermanos ya han desertado, pronunció Alejandro para sí como el narrador de uno de sus relatos sagrados.

Mientras Samuel meditaba en el patio, un poco atónito por la ausencia de Samanta, Alejandro y Saúl preparaban el desayuno. Alejandro le enseñó a Saúl cómo hacer cronchos, trocitos de pan tostado fritos con mantequilla en una cazuela. Comieron cronchos y naranjas azucaradas y tomaron leche con chocolate. Samanta los saludó al despertarse y se sentó en la mesa como si jamás hubiera meditado en su vida. La muchedumbre que rodeaba la casa se exaltó al ver a Samanta y Alejandro llamó a Samuel con la excusa de que debía cerrar la puerta del patio. Necesitaba crear la ilusión de que no había nadie afuera observando.

Trataron de pasar un día normal, como los que tenían cuando Alina estaba viva. Samanta se puso a resolver ejercicios de matemática y Saúl jugó un poco de ajedrez con Alejandro. Samuel, necesitado de alguna actividad que considerara más interesante, le recogió el pelo a Alejandro con una mano y se burló del tiempo que llevaba sin hacerse un corte. Samuel se propuso como nuevo barbero oficial. Le mojó el pelo como había visto que hacía siempre Alina y empezó a cortar mechones con cuidado. El resultado no fue tan satisfactorio como el que siempre conseguía Alina, en opinión de Samanta.

Prepararon pasta, que era además uno de los mejores platos que Alina había aprendido a hacer. Se había especializado en los espaguetis que no llevaran salsa de tomate ni queso. A Alejandro le parecían exquisitos, pero en secreto solía agregar un poco de queso de contrabando a su plato.

Los niños comieron desparramados por la casa, sin ninguna formalidad. Hubo un momento en el que Samuel dejó la comida y se levantó y abrió la pesada puerta del patio. La multitud la esperaba como siempre al anochecer. El menos metódico de la casa era el último dispuesto a continuar la rutina. Alejandro le dijo a Samanta que podía salir una última vez si quería y ella aceptó. Samanta se acercó a la reja y dijo algo al oído a un mendigo, y el mendigo lo comunicó a un hombre y a una anciana, y a su vez ellos se lo comunicaron al resto.

Samuel le preguntó luego a Samanta por qué no había meditado y ella le dijo que más tarde le explicaba, pero que el plan no debía detenerse.

Samuel jugó con el gato que había recogido hacía unas semanas. El animal se concentraba en sus manos y atacaba juguetonamente con sus dientes de tigre encogido, y Samanta le preguntaba cómo podía él aguantar las constantes mordidas y arañazos, y él le respondía que no le importaban. Samanta tenía un modo peculiar de llamar a los gatos. Decía la palabra gato con tal rapidez que parecía monosilábica. Le divertía llamarlos y perseguirlos en la calle más que manosearlos y alimentarlos en la casa. Samanta es tan sinvergüenza, tan *gata*, que odia a los gatos, decían Alejandro y Alina cuando ella era más pequeña.

Hasta la medianoche Samanta y Saúl jugaron ajedrez. Incapaz de aceptar su derrota, Samanta retó a Saúl a un duelo de almohadas como el que no habían tenido en años. Perdió y después de un largo suspiro declaró que ya no servía para nada. Debiste dejarme ganar hoy, dijo Samanta, y Saúl no entendió de qué estaba hablando. Antes de la una, Alejandro los mandó a dormir y luego se acostó. En alguna parte había leído que la sumatoria de los momentos que valían la pena en la vida de una persona rara vez excedía los diez minutos. Se preguntó si tales momentos eran tan escasos como para apenas alcanzar diez minutos o si por el contrario existía un almacenaje máximo de diez minutos que nos obligaba a desechar la fascinación ante un momento u otro. Pensó que quizás nuestra memoria de la felicidad era como una de esas viejas cámaras de video con cintas magnéticas. Cuando se acaba, la cinta sólo se puede volver a grabar desechando lo anterior.

El insomnio en sí ya no era tan molesto. Se había acostumbrado. Le regocijaba entristecerse pensando en sus hermanos muertos. Entristecerse por ellos constituía una excusa para recordarlos. La ventaja del sufrimiento, pensó Alejandro, es que nos permite la tranquilidad de dejar nuestra cinta magnética intacta, de no tener que borrar nada, nos permite dedicarnos a ella con lealtad y sin falsas esperanzas. Alejandro nunca se había acostado con una mujer. Prefería la curiosidad de la abstinencia al asco del exceso. Alina, su hermana, había sido lo más cercano que había tenido a una compañera, incluso si ella había estado con otros hombres de un modo en el que él nunca habría de estar con nadie. Alejandro no sólo no entendía el amor de pareja, le parecía causante, además, de la enloquecida reproducción de la especie, que postergaba su final gracias a los pequeños ciclos individuales llamados vidas humanas. El borrado de memoria sistemático del monstruo para ocultar su cansancio e impedirse a sí mismo el suicidio. La especie era sabia y estúpida a la vez. Su cuarto quedaba detenido mientras su consciencia intrusa fluía. Miró su mesa de trabajo, en la que Samanta había estado haciendo sus ejercicios de matemática. Compases de metal, semicírculos de un plástico que ya no se fabricaba (de un azul translúcido e inocente, de moda en otra época), reglas largas y minuciosas en las que convivían pulgadas y centímetros, escalas misteriosas, repetidas en el tiempo como las palabras, como el lenguaje, olvidando el trozo de madera o de piedra tomado una vez como referencia. La forma persistiendo inútilmente por sí misma. No entiendo cómo no lo vi antes, pensó Alejandro, la humanidad constituye una forma como cualquier otra, y por tanto cada uno de nuestros gestos no es sino una mueca.

Los profetas solo entierran viejas verdades, pensó Alejandro. Una verdad es un olvido, un punto ciego donde parece que las cosas no se mueven de donde están. Absurdo su afán de buscar momentáneas verdades nocturnas. Miró la ventana cerrada del cuarto. La muchedumbre debía seguir allá afuera, observando. El mundo, una criatura que se desdobla y se observa a sí misma, pensó. La terrible muchedumbre rodeando y observando la casa como símbolo de la autoconsciencia. No hay acción natural una vez que nos sentimos observados por nosotros mismos. No hay felicidad. Sus nervios estaban en estado de alerta y el sueño tardío se confundió con su memoria, como el agua transparente de un río se confunde con la imagen móvil de las piedras verdes de su fondo. La memoria es el fondo engañoso y lleno de algas de la consciencia, una imagen o un olor dispuestos en el presente vienen a ser hojas flotantes sobre la superficie. Alejandro tenía veinticinco años y estaba junto a Alina, regresaban de una fiesta. Alina se estaba quedando temporalmente en casa de Alejandro (no imaginaba que terminaría viviendo allí años más tarde), ahora yacían sobre la cama y hablaban entre sí con esa euforia íntima con la que no hablaban con nadie más. El sueño era nítido. Hablaban de la autoconsciencia y de la pérdida de la inocencia, y de cómo la inocencia con los años se perdía con todos, menos con aquellos junto a los cuales se había perdido. Ya amanecía y en el recuerdo y en el sueño decidieron salir juntos al patio, cargados de unas semillas que Alina había comprado días antes, en unos de sus abruptos entusiasmos. Fueron descalzos y sus pies se hundían en la tierra suave como una alfombra y en la húmeda oscuridad esparcieron las diminutas semillas, y en el sueño las semillas eran luces centellantes que debían enterrar para que nadie las descubriera jamás.

❧

Alejandro se despertó. En la realidad de su cuarto también amanecía. Los profetas mueren al alba, pensó. No supo de dónde había salido aquella frase. A veces su mente contemplaba ideas que no parecían motivadas desde adentro, sino llegadas de afuera, dictadas por una divinidad, cometas rojos de paso por la atmósfera extraña de su pensamiento. Alejandro apagó el ventilador y se estrujó los ojos. Sabía que no conseguiría dormirse de nuevo. Se sirvió un poco de leche y se fumó un cigarro mientras miraba abrirse en el cielo los párpados del día inminente. El gato comía en su plato (alguien le había servido comida) y unos insectos merodeaban la lámpara de la cocina. Las alas tontas de los insectos producían un sonido casi imperceptible. Alejandro se levantó y fue para el cuarto de Saúl y vio que dormía. Luego fue hacia el de los gemelos. No estaban.

Había unos papeles sobre la cama de Samanta. Eran sus copias de los textos sagrados.

Los papeles narraban las historias de los árboles que crecían en dirección contraria al tiempo. Según Samanta no solo había árboles, también había animales y un día habría seres humanos. La idea del tiempo con un inicio y sin un final le parecía extraña, tan extraña como la de una línea que comenzara en un punto y sin embargo no terminara, una línea que fuera a la vez una recta y un segmento. Para que el mundo solo pudiera suceder de una forma, y por tanto fuera reversible, debía tener otro extremo. Lo que para nosotros sería el final para otros seres vivos sería el principio, escribió Samanta. Hay plantas, animales y seres humanos que existirán en sentido contrario a nuestro tiempo, y cuanto más avancemos en el tiempo más nos acercaremos a ellos. Y las plantas, animales y seres humanos que ahora son comunes serán escasos en un futuro hasta desaparecer.

En unos días empezaría la convivencia, anunciaban los textos de Samanta. Un mundo empezará a decaer y el otro empezará a fortalecerse. Una nueva tierra y un nuevo mar reemplazarán a los viejos. El pueblo donde ellos vivían, según Samanta, sería el primero en iniciar la transición, el elegido por Dios para los primeros seres humanos de otra civilización. Los seres humanos de la civilización destinada a terminar debían, sin resistencia, comenzar a *ceder* su mundo.

Samanta había transformado sus textos, en lugar de limitarse a copiarlos. Samanta no había tenido miedo de Dios, puesto que sentía que Dios mismo le hablaba. Alejandro dejó de leer y abrió enloquecido la puerta de la casa. Un borracho se había degollado en la acera de enfrente. La sangre todavía crecía por milímetros en la calle desierta. El tiempo estaba como detenido y la espantosa luz solar más bien parecía la luz del crepúsculo. Ni siquiera cerró la casa.

En el parque encontró dispersos cientos de cadáveres. Los árboles producían un ruido ligero y familiar, como si nada extraño sucediera. Supo que no era un sueño porque los sueños no suelen generar detalles arbitrarios. Le costaba trabajo mirar mientras caminaba. Reconoció los rostros de muchos de los suicidas, ahora disecados por el sol ascendente, pero sus sobrinos no estaban allí.

Pudo distinguir entre aquellos que habían optado por suicidarse solos y los que habían necesitado la ilusoria valentía de un grupo. A veces los cuerpos quedaban unos sobre otros en un rincón, con las miradas perdidas y vacías con las que se suele representar a los santos.

Muchos de los ancianos se habían suicidado en sus portales, no tenían por qué morir en un sitio distinto a aquel donde habían pasado sus últimos años. Lo portales eran cómodos y tranquilos. Alejandro observó cómo la sangre hacía hilos rojos en la piel finísima de los ancianos, como bordados en una tela arrugada.

En el camino al bosque que daba a la playa encontró a la mayoría de los niños. Llevaban ropas blancas, quizás ceremoniales. El más pequeño que alcanzó a ver no habría pasado de tres años. La mayor era una muchacha blanca de pelo negro. A los trece o catorce años su rostro puro conservaba la infancia intacta. Parecía sonreír.

El piso del bosque era color naranja por las hojas secas y estaba manchado de charcos brillosos y destellantes de una lluvia que todavía no ocurría. Subió una pequeña elevación a cuyos lados había dispersos decenas de cuerpos, bultos abstractos que proyectaban largas sombras sobre el verde nocturno del alba. Reconoció los zapatos a prueba de erizos entre los de unos niños que había bajo un árbol inmenso. Llevaba el overol rojo. La serenidad en su rostro era anónima. Alejandro no se atrevió a moverla. Como los otros cuerpos, el suyo estaba metido en un agujero entre las raíces del árbol, escamosas serpientes marinas que emergían y se sumergían en la tierra. Los otros niños parecían rodearla entre aquellos monstruos.

El alba crecía entre los borrosos arcos de nubes. Del otro lado del horizonte la oscuridad daba paso a un cielo de un azul débil y azucarado, como el de ciertas malas acuarelas que había visto hacía muchos años, insolente y vulgar. Los muertos del mundo por venir no se habían levantado aunque ya era de día. Los animales no habían empezado a caminar hacia atrás. Los árboles no estaban pintando de verde sus frutos rojos. Alejandro pidió para sus adentros al Dios inexistente un milagro, la vuelta a la vida de Samanta. Pero el cuerpo no volvió a la vida.

De repente se dio cuenta. Samuel no estaba allí. Buscó entre los otros cuerpos diseminados por el bosque. No estaba. Arriba entre las copas de los árboles Alejandro vio el vuelo circular de las auras. Volaban alto en una extraña danza astral, el círculo que misteriosamente dibujaban tendría cientos de metros de diámetro. El mayor que había visto. Gritó el nombre de Samuel una y otra vez. Fue hasta la playa. Los pescadores se habían suicidado allí. Sus cuerpos desnudos se mecían con los empujes del agua. Cuando la marea terminara de subir, el agua salada se los llevaría y les sustituiría la sangre.

Subió por el río y volvió a gritar el nombre de Samuel. El médico se había matado junto a sus hijos bajo un junco, en una pequeña loma. Las hormigas habían empezado a curiosear sobre sus carnes. Alejandro gritó como un loco. Justo antes de que se diera por vencido atisbó a lo lejos la ropa blanca junto al río. Samuel estaba arrodillado con un cuchillo de picar carne en una mano. El niño no se había quitado las lágrimas de la cara y en sus brazos se veían cortes inexpertos y cobardes.

Alejandro se acercó. El agua rápida del río producía chispas heladas y blancas al golpear las piedras. No puedo hacerlo, dijo Samuel como si tuviera miedo de que su tío estuviera decepcionado. Samuel nunca había tenido miedo. Alejandro cortó las venas del niño y justo después cortó las suyas y dejó que ambos cuerpos cayeran al agua.

Perdieron el conocimiento en unos pocos minutos, dejando a su paso una estela que parecía hecha de largas algas rojas. La corriente fue separando los cuerpos como si fueran hojas flotantes sobre el fondo de la memoria divina. Antes de llegar al mar el cuerpo de Samuel golpeó una orilla donde lo esperaba un anciano con barbas blancas. El anciano alargó su mano y sacó el cuerpo sin vida del niño y luego la alargó otra vez y sacó el cuerpo sin vida de Alejandro.

೦ა

Al despertarse y encontrar la casa vacía y salir y ver al borracho degollado, Saúl cierra asustado la puerta y las ventanas y se esconde en su cuarto junto al teléfono. Llama a todas las personas que conoce (no son tantas), pero ninguna contesta. Se asoma por la ventana enrejada de su cuarto y ve las sombras de las auras.

Saúl no tarda en descubrir y leer los manuscritos en la cama de Samanta. Comprende muy pronto lo que está ocurriendo. El manuscrito de su hermana es distinto del suyo. Rebusca entre las cosas de Alejandro y encuentra su manuscrito, tampoco dice nada sobre un mundo futuro que transcurra en sentido contrario al corriente. Saúl ha copiado sus textos por los de Alejandro. Pero no recuerda que los gemelos lo hubieran hecho. El manuscrito de Samuel, comprueba, dice lo mismo que el de Samanta. Entonces se le ocurre abrir el baúl de Samuel y revisar lo que había copiado Alina. En la caja metálica de galletas están los papeles. El manuscrito de Samanta y el de Samuel han sido evidentemente copiados del de Alina. Saúl se pregunta si Alejandro o Alina pueden ser culpables de la divergencia, o si en cambio la tradición ya la ha contenido antes.

Reúne el valor suficiente para salir a la calle, no sin antes liberar al gato de Samuel, atado a la mesa e impaciente tras haber despachado su cacharro de comida. Al verse libre el gato se encarama a un muro y huye.

Los cadáveres van apareciendo. Al llegar al parque se tiene que echar a llorar. Trata de imaginar dónde pueden estar su tío y sus hermanos. Lo consuela la idea de que Alejandro pueda estar junto a ellos, que los tres estén vivos. Su mente se aferra a esa posibilidad. Si Alejandro no está en la casa debe estar con ellos.

En lugar de ir en dirección a la playa a Saúl se le ocurre pasar por el otro extremo del bosque. Alejandro y los gemelos quizás han ido a ver aquel cuerpo extraño que la policía se negó a tocar. Sobre la tierra cuarteada por el verano, la piel reseca del bosque, encuentra el cadáver alrededor del cual habían bailado los niños. Hay un cúmulo de cuerpos a su lado. Lo asustan las decenas de miradas perdidas. Decenas de objetos invisibles que los muertos ven en el suelo, el cielo o los árboles.

El cadáver ahora está envuelto en sangre fresca. Saúl piensa que es sangre de los suicidas hasta que se da cuenta de que la tierra la devuelve a la superficie y que le sube por el abdomen hasta el cuello degollado. Pronto el cuerpo comienza a temblar, como si agonizara.

El hombre agonizante se levanta y hace un gesto con la navaja como si se cortara el cuello, cuando en realidad se lo cura. La herida desaparece. Saúl comprende con espanto la sucesión invertida de los hechos. Los textos de Samanta y Alina tienen razón, piensa. Lo que para él constituye el futuro para aquel hombre es el pasado. El hombre devuelto por la tierra se ha suicidado para dar paso a otro mundo del mismo modo que la gente del pueblo lo había hecho esa mañana. Saúl está vivo para contemplar al último hombre de una civilización que viene del futuro. Es el hermano destinado a contemplar la verdad.

Odeup, dice el hombre devuelto por la tierra. Saúl le pregunta entrecortadamente si puede hablar. El hombre no le responde, como si no lo hubiera escuchado. El niño repite en su cabeza la extraña palabra que le ha dicho el hombre y descifra que es la respuesta anticipada a su pregunta. Odeup, *puedo* dicho al revés. Es lógico pensar que aquel hombre tiene una memoria invertida, que recuerda cosas que están por pasar y que en cambio no recuerda el pasado corriente.

El hombre comienza a caminar hacia atrás, en dirección a la parte más profunda del bosque. Parece un demonio o un loco. Saúl lo sigue. Bajo unos árboles extraños hay una casa improvisada. Saúl entra con el hombre. Tres cuerpos ensangrentados esperan la vida. Dos mujeres y una anciana.

Ha pasado el mediodía. Las sombras ya han desaparecido bajo los objetos y han vuelto a aparecer y la ventana emite un resplandor verdoso y salvaje. El hombre devuelto por la tierra llora sobre los muertos y las lágrimas penetran por sus ojos. Las mujeres y la anciana habrán de suicidarse al anochecer, lo que para ellos será el alba.

Saúl se pregunta cómo será la vida de aquella familia. De qué se alimentarán, si cultivarán frutos también venidos del futuro o si tomarán los frutos corrientes, y si al arrancarlos los frutos corrientes existirían en el pasado en dos sitios a la vez, madurando todavía en sus árboles y cortados en pedazos sobre la mesa de la casa. Se pregunta si sus costumbres coincidirán con las nuestras, si en nuestro clima les va a funcionar abrigarse durante los tiempos de frío y si su manera de apagar un incendio acaso irá a ser provocarlo.

Alguien se detiene en el marco de la puerta y los contempla a todos en silencio. Es un anciano de barbas blancas que hace y deshace nudos en un hilo que lleva en sus manos. Saúl se estremece. El anciano parece distraído en su diminuta tarea. Solo levanta la vista por unos segundos. Sus ojos son inquisitivos y monstruosos.

Saúl le pregunta al anciano dónde están sus hermanos. El anciano no responde, sigue entretenido con su trozo de hilo.

Entonces Saúl se da cuenta de que quizás el hombre devuelto por la tierra ha visto a sus hermanos en el futuro. Sin embargo, hay un problema. El hombre va a responder cualquier pregunta antes de que se haga. Eso implica que su pregunta en el futuro es inevitable. Sin embargo él siente que puede cambiarla, ya teniendo la respuesta. Si el hombre responde que sí, por ejemplo, Saúl puede preguntar si el sol sale de noche, lo cual crea una paradoja. Su libertad de decisión invalida la lógica de causas y consecuencias reversibles.

El vértigo de la libertad ilusoria se apodera de su pensamiento. Si ahora hace una pregunta la respuesta ya ha sido el silencio. Si el hombre devuelto por la tierra responde de repente que sí, él podrá preguntar si sus hermanos están vivos y por tanto modificar el futuro con la simple elección de la pregunta. Cualquier posibilidad es monstruosa y teme que el hombre esté pensando algo parecido y que por tanto el hipotético diálogo modifique pasado y futuro a la vez.

Tus hermanos están en el pasado, dice el anciano de barbas blancas con una voz tallada en piedra, profunda, que no parece venir del anciano, sino del interior de sus oídos.

El niño se estruja los ojos y la nariz y pregunta dónde está entonces su tío Alejandro. También en el pasado, responde el anciano.

Sugerí el suicidio a tus hermanos para prevenirlos del horror, continúa. Tu presencia ha causado el suicidio de esta familia.

El hombre devuelto por la tierra está inmóvil en un rincón, con la cabeza entre las rodillas y los brazos. Saúl se fija en una mosca que vuela sobre el cuerpo de la anciana. Se pregunta si es posible que la mosca deposite huevos bajo su piel y que la anciana vuelva a la vida con los huevos en alguna parte de la cara, y que lo huevos se queden momificados por años y años hasta su juventud y su niñez.

Saúl imagina el horror de la familia ante él. Se da cuenta de que cualquier acción suya va a tener un significado distinto para ellos. Si aprisiona a una mujer ellos van a pensar que la ha liberado. Recuerda que el hombre devuelto por la tierra ha respondido sin problemas una pregunta. Quizás el hombre se ha acostumbrado a su hablar invertido. Quizás con el paso del tiempo él va a aprender el hablar invertido del hombre y el hombre va a desaprender el suyo.

Said sod, dice el hombre devuelto por la tierra. Dos días. Saúl se da cuenta de que es la respuesta a algo que todavía no pregunta. Todo cuanto ha sucedido en sus trece años de vida lo lleva a este instante en el que se cree poseedor de la capacidad de elegir. Puede no preguntar nada, puede hacer una pregunta absurda, puede hacer una pregunta sobre el futuro cuya respuesta desee que sea dos días. Este último hilo de pensamiento termina en una pregunta que no se atreve a hacer. Tiene la capacidad de elegir, pero el miedo ya le pone la pregunta que no quiere hacer en la garganta. Está tan aterrado ante la pregunta de cómo puede ser una conversación con alguien que tenga la memoria invertida que piensa que casi es mejor decir lo primero que le viene a la cabeza, y su sangre se detiene en la venas y abre la boca y en un último instante todavía es libre.

Dodos contra moas

No fue hasta mudarse a la capital y descubrir la burocracia en sus bibliotecas que Bruno entendió la suerte que tuvo de niño. La biblioteca provincial no exigía hacer la incómoda tarjeta de asociado para poder entrar. Era un edificio moderno, de ventanas grandes y gastadas cuyos cristales rotos se cubrían decorosamente con cinta adhesiva color mostaza en forma de cruz. Uno dejaba cualquier bolso o mochila en una taquilla y le daban un ticket rústico, que cualquiera podía falsificar. Había una sala general y una sala juvenil. En ambas los libros estaban literalmente al alcance de la mano. No había que rellenar plantillas, ni esperar una hora por los bibliotecarios: de hecho, la única solicitud de aquellos amables seres era que se devolviera siempre el libro al lugar exacto del que se había tomado. Además, podían incluso ofrecer recomendaciones y esgrimir rápidas reseñas de alguna novela de dudosa calidad literaria por la que uno preguntara (era normal ver allí a mujeres mayores de cincuenta años, matando el tiempo; a la biblioteca de la capital solo iban universitarios e investigadores, gente que leía por trabajo). No obstante, Bruno en ese momento no tuvo ningún interés en las novelas ni en la poesía, solo le interesaban los libros científicos. El libro de ciencias fue su primera novela y el folleto de divulgación, su primer cuaderno de cuentos.

Sus preferencias, en orden ascendente: astronomía, geología, biología y paleontología. El placer estético de la astronomía estaba mediado por su completa incomprensión de la física, más allá de manuales que no involucraran fórmulas complejas de matemática. Sin embargo, era quizás esa incomprensión la que le provocaba un sobresalto. Las verdades de la astronomía eran abstractas, inmensas y sobrecogedoras. La geología era mucho más transparente, y su encanto yacía siempre en un único asombro arquetípico: la forma engendrada por azar. Las fuerzas tectónicas eran fuerzas ciegas, al igual que la corriente de los ríos y el soplido de los vientos (le agradaba leer la palabra soplido, recordaba que las cartas náuticas representaban los vientos como hombres que soplaban, había en esa figura de los hombres que soplaban alguna esencia misteriosa, alguna sabiduría, que no encontraba modo de explicar). Las fuerzas ciegas actuando a través de las eras engendraban formas milagrosas, el cuarzo, la bauxita, el ópalo. La geología era la crítica del arte de un dios prehistórico que no tenía forma ni intenciones humanas. La biología, en ese sentido, también era un escape de lo humano. Nunca le interesó ver en los animales actitudes humanas, de ellos le gustaba imaginar lo no humano, la conciencia primitiva que no sabe que existe. El topo, que no ve colores y cuyo mundo está hecho de tacto, del olor de otro topo, del olor temible de la lluvia que puede inundar su túnel, aunque no sepa qué cosa es la lluvia ni sepa que él mismo existirá en el futuro inmediato. Ninguna de esas ciencias, sin embargo, le provocaban sensaciones tan extraordinarias como la paleontología.

De cierto modo, la paleontología producía aleaciones poderosas a partir de los minerales estéticos de la astronomía, la geología y la biología. La existencia del ammonite estaba separada de la del ser humano por una dimensión cósmica del tiempo, una cantidad tan exorbitante de tiempo que solo podía compararse con los números inimaginables de la astronomía. A su vez resultaba una suposición geológica, el fósil de ammonite al final no era más que una piedra marina muy extraña, que recordaba la forma de un caracol. La piedra es la forma pura, la forma por la forma. Por tanto, el fósil devolvía al molusco su condición primigenia, la de objeto (olvidamos con frecuencia que un ser vivo es solo una variedad de objeto). Al ver un cuadro abstracto se descubren el color y la forma descontaminados de figuración. Del mismo modo, la piedra nos devuelve la naturaleza en su estado original. El ammonite fosilizado le brindaba a Bruno la misma extrañeza de ver una pintura figurativa como si se tratara de arte abstracto. Y desde luego, disfrutaba imaginar la conciencia del ammonite en el azul jurásico del mar, atenta a los cambios de temperatura del agua, o su simplísima psicología, constituida de dos únicos conceptos contrarios, el afuera y el adentro de su concha. La conciencia del ammonite, a diferencia de la conciencia de un organismo moderno, estaba perdida para siempre y ese singular patetismo, el de la pérdida, lo conoció por la desaparición de los ammonites y trilobites y no por la novela romántica, en la cual la amada del protagonista moría tempranamente de tuberculosis. Ya que un niño no ha vivido lo suficiente como para tener algo que extrañar, la paleontología fue su primer acercamiento a la nostalgia.

Coleccionaba los complicados nombres de los seres extintos, como si de ese modo los salvara. Registraba las enciclopedias interminables de la biblioteca provincial, cuaderno de notas en mano, en busca de criaturas escondidas entre las páginas tostadas, que a veces se pegaban por la humedad y que no podían separarse sin romperse. Bruno podía recordar de adulto el número de las páginas específicas de ciertas enciclopedias de su infancia que se habían pegado y cuyo contenido él nunca había logrado vislumbrar. A menudo las páginas pegadas eran cromadas, ilustraciones a las que la edición le había otorgado particular importancia. Catálogos de hongos, a todo color, o de distintos tipos de miel de abeja, negra, marrón, amarilla o dorada, dependiendo del tipo de flor. El descubrimiento de un nuevo ser extinto lo estremecía de felicidad. Ninguna otra persona hojeaba esos libros. Estaba convencido de ser el único lector de muchas páginas de aquellos libros, es decir, de que una vez salidos de la imprenta nadie había leído muchas de las páginas de aquellos ejemplares en particular, y que el ciclo de impresión, encuadernación, distribución, archivo y mantenimiento se había dado solo para él. El nombre del ser extinto era sagrado, no podía equivocarse al copiarlo. Una vez en su cuaderno de notas, el ser ya no pertenecía de manera exclusiva a esa forma geológica que era la biblioteca. Anotar el nombre del gliptodonte era el equivalente a sacar su esqueleto de una capa pleistocénica. No bastaba con sacar el enorme esqueleto de la tierra, ni con estudiarlo, ni con registrarlo en la enciclopedia: hasta que no apareciera en el cuaderno su lugar en la posteridad no estaba garantizado.

El nombre del dodo apareció en uno de sus primeros cuadernos, cuando tenía siete u ocho años, antes de que lo dejaran ir solo los sábados a la biblioteca provincial (recordaría luego, con especial placidez, la sensación de libertad del trayecto a pie de su casa a la biblioteca, memorizar por su cuenta las calles, las tiendas, las plazas en el centro de la ciudad, para no perderse, experiencia que luego se hace ordinaria). El dodo no resultaba en sí una especie demasiado interesante. Podía ser descrito como una gallina de un metro de alto, con un pico un tanto ridículo, parecido a la nariz de un trol, y una expresión incuestionablemente boba. Lo peculiar del dodo era haberse extinguido hacía solo quinientos años. En términos paleontológicos esa era una fecha indignantemente cercana. Los dinosaurios desaparecieron hace sesenta millones de años, e incluso los seres mitológicos más cercanos, como el mamut o el perezoso gigante, se extinguieron hace más de diez mil años (los extraterrestres y los seres extintos deberían ser clasificados como seres mitológicos: en la imaginación popular del siglo XX, más acorde a una visión científica, el tiranosaurio se ha convertido en el nuevo dragón). Quinientos años era tan poco tiempo que los huesos de los dodos que se conservaban ni siquiera eran considerados fósiles. Bruno encontró en el dodo una subversión de índole casi estética, semejante a la de un antiguo lector acostumbrado al rigor del soneto al que de repente le hubieran mostrado un poema moderno, sin rima y sin métrica. Extinguirse hacía quinientos años ni siquiera contaba como extinguirse. Se trataba de una especie de extinción *en falso* que cuestionaba el orden de su entonces sencilla visión del mundo.

Fue ya en la biblioteca donde encontró al moa. Era pariente del avestruz, pero llegaba a medir cuatro metros de alto, sus patas eran mucho más robustas y su cuello más estilizado, y no tenía alas, ni siquiera pequeñas y atrofiadas. Los moas se extinguieron hace aproximadamente quinientos años, al igual que el dodo. Se produjeron supuestos avistamientos de moas hasta el siglo XIX, no obstante, e incluso se falsificaron algunas fotos. Bruno encontró una de estas fotos en una enciclopedia. Ocupaba toda la página y debajo aparecía la aclaración de su falsedad, junto a algunos datos del animal. Dejó una pequeña nota hecha con un bolígrafo rojo en la página de la enciclopedia. La imponente figura del moa lo atrajo de inmediato. Se repitió el mismo asombro rupturista que sintió con el dodo. No podía ser que el moa hubiera desaparecido hacía apenas quinientos años, era como averiguar que una piedra de brillos metálicos que sobresaliera en la llanura había caído del cielo hacía un par de días. El moa quedaba en el limbo entre la mitología paleontológica y la realidad. Inexistente, imposible de encontrar en una selva neozelandesa, pero demasiado real como para verlo desde la lejana nostalgia desde la cual veía a otros seres desaparecidos.

A los doce años fue a una playa cercana que entonces todavía estaba a medio descubrir por la industria hotelera. Varias familias pagaron una casa enorme y paradisíaca por cuatro días y cuatro noches. Tenía cinco cuartos, seis baños, dos salas, comedor, cocina, y una terraza en el segundo piso, con su correspondiente hamaca, desde la que se veía a plenitud la línea costera. Sus padres se quedarían en un cuarto aparte, y él se quedaría en una habitación grande que habían preparado para los niños, decisión que lo incomodó un poco, naturalmente.

En aquella habitación de excomulgados dormirían ocho personas. Dos niños malcriados menores de ocho años. Un niño de nueve años cuyo único tema de conversación era una famosa e innombrable saga de películas de fantasía épica. Una niña de nueve años y otra de diez años, las dos fanáticas a un famoso e innombrable grupo de música pop. En el cuarto de excomulgados estaban, además, dos jóvenes, encargados de cuidar a los niños. Rebeca, una muchacha a punto de entrar en la universidad, y Enrique, un muchacho pelirrojo de veintidós años que había abandonado la escuela de baile para dedicarse a la animación de espectáculos, y que había abandonado la animación de espectáculos para dedicarse a la gastronomía.

Bruno no pertenecía al grupo de los niños, pero tampoco al de los jóvenes. Había conocido a Rebeca hacía dos años, en el aniversario de sus padres, había bailado con ella por unos minutos, y luego se había dado cuenta de que ella lo había hecho por lástima, por ser él un niño sobreprotegido con el que nadie más bailaba. Me recuerdas a mi hermano, le había dicho ella. Rebeca había cambiado, ahora se veía mayor, más hermosa e inalcanzable, y la vergüenza por aquel episodio hizo que Bruno la odiara. Enrique visitaba su casa con frecuencia y siempre había sido muy bueno con él. En la familia sobrevivían las historias de sus maldades, no le interesaba la escuela y recién había confesado su homosexualidad, era una persona a la vez rebelde y frágil, que no mostraba sus emociones, pero que había visto crecer a Bruno y que lo adoraba como a un hermano. Enrique era de baja estatura, delgado y pecoso.

Los niños malcriados, una de las niñas y Enrique eran hijos de los dueños de la casa. El padre era un hombre que se vestía como si tuviera diez años menos, y que no concebía no ser el centro de una conversación; solía hacer un extraño gesto de inmodestia con la boca y Bruno nunca lo había escuchado reír de un chiste que no fuera suyo. Enrique había sido arruinado cuando niño, lo habían dejado hacer lo que quisiera, y con el tiempo, luego de incontables tropezones, se había relajado y comenzaba a llevar una vida tranquila. Su lugar ahora lo ocupaban los dos hermanos menores. La hermana era inteligente y engreída. Tenía las mejores notas de su escuela, y además era bastante popular dentro de la corte caricaturesca que es la sociedad de las escuelas primarias. Cuando era más pequeña se burlaba de las malas calificaciones de Enrique. Como castigo Enrique, con veinte años, le dibujaba penes a sus muñecas.

Los padres de Bruno prácticamente habían educado a Enrique, la amistad entre las familias había empezado por eso. Los padres de Enrique alquilaron la casa en la playa a un precio muy bajo a ciertas amistades de segundo rango, entre las que se encontraban los padres de Bruno. Esa era en definitiva la explicación a aquellos cuatro días. Un gesto de generosidad. Las personas como el padre de Enrique dividen pragmáticamente a sus amistades en dos grupos: personas que serán útiles en el futuro y personas que han sido útiles en el pasado, pero que ya no tienen mucho que ofrecer más allá de su compañía. Las cortesías con el primer grupo son frecuentes y desproporcionadas.

Las cortesías con el segundo grupo son inusuales y modestas, una especie de pensión al trabajador jubilado. Lo primero es un soborno, lo segundo cuenta como seguridad social.

La familia de Rebeca pertenecía al mismo grupo que la familia de Bruno, le habían vendido unas antigüedades hacía tiempo. No obstante, Bruno solo había visto a Rebeca aquella vez. Recordaba su rostro mudando de color a causa de las luces de la fiesta mientras bailaba con él, por alguna extraña razón nunca había olvidado ese rostro, y al reconocerlo en la terraza de la casa, tostado por el sol naranja y con unas gafas negras que lo hacían impersonal e inaccesible, se sobresaltó de inmediato y no supo si sentía terror o felicidad, o molestia. Cada vez que sus padres mencionaban el nombre de Rebeca en una conversación le pasaba algo parecido, pero con una menor intensidad. Y ahora ella estaba en la terraza frente a Enrique (el pelirrojo se mecía en la hamaca), sentada sobre una mesa, las dos piernas despegadas del suelo, una chancleta a punto de caerse del pie (Rebeca probaba su equilibrio con la punta del pie, sin mirar). Bruno saludó a Enrique de lejos y le dio un beso instintivo en la cara a Rebeca. Un segundo después comprendió su exceso y se sintió avergonzado. Rebeca había reaccionado al saludo con un poco de estupefacción seguida de una cortesía precipitada, lo cual era la prueba definitiva de que no esperaba el beso, es decir, el beso resultaba inapropiado. Las buenas maneras consisten en que uno sepa qué va a hacer todo el mundo en una habitación durante el próximo minuto.

Ese primer día se bañó en la playa apenas un rato y en ese rato tuvo que entretener a los niños malcriados. Las familias comieron a diferentes horas. En un principio Rebeca iba a dormir con sus padres, pero Enrique le pidió que se quedara a cargo en la habitación de los excomulgados, ya que él planeaba fugarse a medianoche por la ventana para ir a un club nocturno que habían abierto por allí cerca. Enrique dormía diplomáticamente entre Bruno y Rebeca. Una vez que se fugó, quedó un espacio vacío en la cama que los cuerpos de Bruno y Rebeca fueron ocupando. La habitación aclimatada por el aire acondicionado era un campo de bultos nocturnos. El suelo estaba completamente cubierto de colchonetas, casi era imposible caminar sin pisar a alguien, y las múltiples texturas de los edredones y las mantas y las almohadas canibalizadas de los muebles producían un efecto visual de mosaico. Los bultos crecían y se encogían al ritmo de la respiración. Bruno podía percibir a unos centímetros el cuerpo de Rebeca. Dormía en shorts y en pulóver. Estaba virada hacia el otro lado en posición fetal, con el pelo suelto. En la madrugada Rebeca siguió avanzando hasta apoyar su cuerpo de espaldas en el cuerpo de Bruno. Dos gruesos edredones los separaban, pero Bruno pudo sentir el calor del cuerpo, y el olor del cuerpo, y pudo sentir en sus rodillas el roce de una zona ambigua entre las nalgas y los muslos de Rebeca, cubierta por el edredón. No se atrevió a abrazarla, dejó espantado que ella se recostara dormida contra él.

Momentos antes del amanecer tuvo un sueño escandaloso. Soñó que ella se despertaba y ella se metía debajo del edredón y él no podía verla, y él sentía cómo ella le bajaba el pantalón de dormir. Y cuando quitó el edredón para verle la cara despertó, y era de día, y estaba solo en el cuarto: los demás se habían levantado. Aunque sabía que no había sido real, la experiencia erótica sí había sido real. Esa complicidad inesperada, ese giro obsceno, tuvo repercusiones en la realidad, puesto que Bruno esa mañana no podía evitar sentirse como si de verdad hubiera ocurrido. Un sueño erótico es un hecho verídico que solo uno de los participantes recuerda. La contradicción yace en que una parte irracional del cerebro de ese participante cree en la posibilidad de que el otro participante recobre la memoria.

Que unas frases correctas, unos sucesos correctos, los lleven a reproducir con facilidad el hecho ya consumado. Es como si el sueño erótico acortara el camino. O como si demostrara la existencia del camino mismo, por así decirlo, la existencia de un pasadizo inconfesable.

Se bañó en la playa solo, a mediodía. Las gaviotas daban vueltas en los corredores de aire. Bañarse en la playa ofrece el asombro de ver el suelo no bajo nuestros pies, como siempre ha estado, sino a la altura del pecho. Y el de sentir dos temperaturas, la del agua y la del aire. Más bien cuatro temperaturas: normalmente uno solo siente la temperatura del aire, pero en la playa uno también siente la del cuerpo, eso explica que percibamos el aire como frío y el agua como caliente, justo cuando es lo contrario. Uno siente la temperatura del aire y del agua, pero por contraste uno también deduce la del cuerpo emergido y la de cuerpo sumergido, y siente cómo las dos temperaturas del cuerpo luchan entre sí, y tratan de estabilizarse. Bruno se sumergió y abrió los ojos y nadó hasta unas rocosidades que había en uno de los extremos de la playa, y descubrió los huesos calcáreos de un imperio coralino. Los pólipos muertos dejaban el esqueleto de piedra blanca, y había esqueletos de coral que parecían gajos de un árbol de piedra o los porosos cuernos de un alce. Los corales existían desde antes de la era paleozoica. Recordaba las ilustraciones a todo color de aquellos corales primitivos. Bruno tomaba aire y luego regresaba a las ruinas. Los esqueletos debían ser muy recientes. Al volver a la orilla llevó consigo los que consideró más interesantes y fáciles de transportar. Vio a Rebeca a lo lejos, acostada en una tumbona justo entre la arena y el agua. Ella no pareció verlo a él.

El padre de Enrique sugirió que comieran todos en la misma mesa. Como en la mesa no cabían todos, se le ocurrió unir varios muebles que estaban a mano. El resultado fue un mueble monstruo de siete patas y tres niveles, que no cabía en el comedor y que terminó por trancar el acceso a la cocina. Nunca se da por vencido, comentó su esposa a alguien más. Bruno no supo distinguir si era un elogio o una crítica. Había que comer en un espacio mínimo, no se podía picar la carne sin darle codazos al comensal de al lado. Las manos creaban autopistas para servir los platos. Constantemente el mantel se ensuciaba de crema de calabaza o de cerveza. La sal se desaparecía y siempre resultaba estar en las manos del padre del niño de la trilogía de fantasía épica, un hombre de una obesidad rosada y porcina, que se servía raciones gigantescas y que obligaba a servirse raciones igual de gigantescas a su delgado y enfermizo hijo. Coge este pedazo de carne, le decía el gordo al hijo, tienes que ponerte fuerte. Y el hijo negaba con la cabeza con gestos afeminados y explicaba que no le gustaba la carne tan cruda. Siempre sucedía lo mismo, el hijo devolvía el plato casi intacto, y se derrochaba una cantidad considerable de comida. No quiere comer, dijo el padre de Bruno, no le sirvas comida que no se va a comer, porque termina en la basura. Yo la pago, dijo el gordo, y siguió embutiendo al niño. Enrique fue regañado por su hermana menor por poner los codos sobre la mesa. Deja a tu hermano en paz, dijo la madre. La niña se sintió retada y propuso que Enrique cocinara al día siguiente. Ya que estaba estudiando gastronomía, era una oportunidad para que se ejercitara, y para que las familias probaran el punto que le daba a la comida. A todos les encantó la idea. La niña sabía que Enrique no iba a las clases y que no tenía la menor idea de cómo rebanar una carne. Yo te ayudo, le susurró Rebeca al oído.

Las familias se pusieron a jugar dominó en la terraza, mientras bebían de más y hablaban de sus achaques médicos. La comunidad de excomulgados debía divertirse por su cuenta. Enrique y Rebeca jugaron a los escondidos con los niños por veinte minutos. Bruno decidió no participar. Por sus edades resultaba obvio que Enrique y Rebeca no jugaban porque querían, sino porque era su responsabilidad entretener a los niños. Él se encontraba por otro lado en una edad dudosa en la que no quedaba claro que jugara solo para entretener a los niños. Al terminar Bruno escuchó cómo la madre de Rebeca le proponía a Rebeca que jugaran a dodos contra moas. La hija dijo que mejor otra noche, estaba cansada. Bruno quedó confundido, no había escuchado hablar nunca del juego. Le vinieron a la cabeza las imágenes de aquellas extrañas aves, que nunca coexistieron, y visualizó una batalla absurda e imposible. La idea le parecía simpáticamente alocada. Jamás esperó que Rebeca supiera lo que era un dodo o un moa. De repente descubría que ella compartía una parte de su mundo.

Bruno le preguntó a Enrique si iba a salir esa noche. No, tranquilo, contestó, ayer fue suficiente. Bruno se sintió decepcionado, significaba que Rebeca iba a dormir con sus padres, y a la vez sentía alivio, sus problemas iban a acabarse, aquello había sido un desliz, sobre el que era mejor no pensar. Deseaba refugiarse de nuevo en sus ensueños de siempre, pero Rebeca sabía de un juego llamado dodos contra moas, no podía fingir que nada había ocurrido. Por la noche, justo antes de que apagaran la luz, Rebeca entró al cuarto de los excomulgados. Les dije a mis padres que me había gustado este cuarto después de todo, le comentó a Enrique con una misteriosa sonrisa.

La quietud de la noche anterior se repetía, y Bruno no podía dormir. Rebeca había decidido quedarse en ese cuarto. Comprobó que, al igual que él, ella estaba despierta. Su respiración era irregular, y daba vueltas en la colchoneta coordinando los movimientos de los brazos con los del tronco y las piernas, algo que estando dormida no podría hacer. En su mundo aislado y fantasioso Bruno había deseado cosas, pero la mayoría de esas cosas las había conseguido con facilidad. No había sentido nunca el deseo auténtico (el deseo auténtico es aquel insatisfecho). Esa confusión entre realidad e imaginación, producto de haber permanecido tanto tiempo solo, y haberse habituado a que el mundo exterior pudiera ser controlado por sus caprichos internos, ahora quedaba en evidencia en ese íntimo cuarto a oscuras. Su sorpresa al no poder ir y besar a Rebeca era la de un ser humano que hubiera pasado toda su vida bajo el agua, y se hubiera acostumbrado al peso amansado de los objetos bajo el agua, y de repente emergiera a la superficie y comprobara cuánto las piedras pesaban en verdad, y cuán débiles eran sus brazos.

Sucedió una cosa que no estaba prevista. Rebeca se dio la vuelta y quedó frente a él, con los ojos abiertos. Bruno fue valiente, y no cerró sus ojos. Ella lo vio y sonrió. No quisiste jugar a los escondidos, dijo en una voz casi inaudible, él se quedó mudo de la vergüenza. Ya no me entretiene tanto, respondió por fin. A tu edad también me dejó de interesar, dijo Rebeca, ahora la verdad lo disfruto mucho. ¿Se siente como cuando eras niña? No exactamente, dijo Rebeca. Ahora lo disfruto de otra forma, disfruto creer que lo disfruto. ¿Qué es el juego de dodos contra moas del que hablabas con tu madre hace un rato? Es un juego de cartas, en el que los dodos luchan contra las moas. ¿Puedes mostrármelo? Me gustaría, dijo Rebeca, pero debo irme, será en otro momento. ¿Irte? Sí, Enrique y yo nos turnamos, hoy me toca a mí escaparme. ¿Y tienes que irte ahora? Sí, tengo que irme ahora, alguien me espera afuera. Rebeca se destapó y se levantó con cuidado, y se despidió de Bruno agitando la mano.

Todo cobró sentido para Bruno. Ella se había quedado a dormir con los excomulgados esa noche para que le fuera más fácil escapar. Se sintió humillado, y se juró a sí mismo nunca desearla de nuevo. Quiso regresar al estado anterior de cosas, pero un equilibrio había sido roto. Él debía restablecer ese equilibrio de algún modo. Y descubrió que el único modo de restablecer ese trascendental equilibrio era desearla y conseguirla, o de ser posible, no desearla y aun así conseguirla.

Estuvo despierto por varias horas, pensando en la persona con la que escapaba Rebeca. Se durmió poco antes del amanecer. Soñó que jugaba a los escondidos dentro de la casa, que en el sueño era más grande y oscura y húmeda. Los niños iban apareciendo en sitios cada vez más extraños: un armario, la bañadera, una tetera de porcelana, detrás de un espejo que no reflejaba nada. Rebeca apareció en una especie de clóset de la limpieza. Sus brazos y piernas estaban doblados de manera que encajaran en el pequeño rectángulo del clóset, y Bruno descubrió que había cuatro brazos y cuatro piernas, y que por tanto había otra persona junto a ella.

La persecución se transformó en una guerra. Habían formado dos bandos y combatían en la sala, haciendo toda clase de destrozos, una de las niñas (no la hermana de Enrique, la otra) usaba una máscara guerrera africana que probablemente había agarrado de la pared, y se sentía el estruendo de los búcaros y de los platos. Y también había almohadas y las almohadas se rompían y en vez de soltar la esponja sintética de la que probablemente estaban rellenas soltaban plumas blancas como las almohadas de las películas. Y entre aquellas plumas ingrávidas los guerreros humanos se transformaron en aves. Unos se hicieron pájaros regordetes, pegados al suelo, de ojos pequeños. Y otros se hicieron pájaros sin alas, altos, estilizados, un animal fantástico que era solo patas, cuello y cabeza. La ridícula batalla entre dodos y moas.

∾

Bruno se despertó tras el largo sueño y miró el reloj, eran las once de la mañana, una hora despoblada, rural. Los demás se habían ido a la playa. El día estaba soleado, pero la brisa marina compensaba el calor, entraba por las ventanas abiertas al azul egipcio y se escurría en ciertos rincones como promulgando inviernos minúsculos de nubes y sal. Aprovechó la privacidad para mirar el diminuto, casi decorativo librero que había junto a la escalera. No encontró nada interesante, solo novelas cuyos rimbombantes títulos le sonaban de algún lado, y que imaginaba que algún día tendría que leer. El librero de juguete carecía de libros de ciencia. El libro más científico que encontró decía algo del principio de causalidad vertical. Bruno no sabía lo que era, pero sonaba más o menos científico.

Le recordaba a la causalidad física, a las lecciones que le daba su abuelo sobre cómo cualquier acción poseía una causa y a la vez originaba una consecuencia. Al hojear el libro descubrió que se trataba de un tratado de filosofía. Hablaba sobre el rizo infinito en la forma del caracol, semejante a la forma que se suponía tenían las galaxias, y sobre la orientación de las aves migratorias, apuntando simultáneas a un mismo sitio en los triángulos de su vuelo, y sobre las apariciones del círculo perfecto en la naturaleza, y sobre el escandaloso paralelismo entre la sociedades de las hormigas y abejas, seres sin inteligencia, y las que con aparente libertad había instaurado la voluntad política de los hombres. No entendía la mayor parte de lo que leía, pero le quedaba claro que el autor separaba la causalidad que denominaba cronológica, horizontal, de una supuesta causalidad vertical, que era el extraño tema de su libro.

Hay un vínculo secreto entre el sol y el dibujo del sol, decía el libro, entre el círculo que perciben nuestros ojos en el cielo y el círculo trazado por el grafito de un compás. La forma del sol es la forma de su gravedad ciega y paranoica. Cualquier forma es el dibujo de una ley, el compás como instrumento está hecho para precipitar esa ley. La curvatura solar es la curvatura que esboza mi mano, el vínculo entre una y otra será incognoscible, pero real. El sol estará presente en todo dibujo que se haga del sol. Habrá una causalidad horizontal, que dirá que puesto que mis ojos han visto el sol y mi voluntad le ha dicho a mi mano que lo reproduzca, la existencia del sol ha causado la existencia del dibujo del sol. Pero habrá una causalidad vertical y oculta que dirá que en el sol dibujado actúan las mismas leyes específicas que en el astro, y que decir que el astro ocasiona el dibujo tiene el mismo valor que decir que el dibujo ocasiona el astro.

El padre de Rebeca lo vio con el libro en las manos. Yo no lo entiendo, dijo, pero a mis hijos les gusta mucho. El filósofo también inventó un juego de cartas, llamado dodos contra moas, para explicar su teoría. Creo que en la segunda sala de la casa, en alguna gaveta, están esas cartas.

ༀ

No había manera de predecir el avance y el retroceso de la línea espumosa del agua. Sus piernas estiradas apuntando hacia el mar servían como medida. A veces en el retroceso la orilla quedaba más atrás, por sus tobillos, suspendida en un empinado acantilado de agua, y a veces el indeciso retroceso se interrumpía por un avance inesperado, y una orilla borraba a la otra orilla.

Bruno podía sentir que el agua se hacía más delgada a medida que avanzaba, como si estuviera dispuesta en cada empuje a sacrificarlo todo por llegar esta vez más lejos. El agua desesperada que tocaba sus muslos llegaba a tener el grosor de una hoja líquida. Justo antes de retraerse, la orilla se quedaba quieta por un instante, como si disfrutara la breve victoria del dominio arrebatado a la tierra.

Había no más de veinte personas en cien metros de playa. La mayoría de las familias compraban unas pizzas que vendían por allí cerca. Eran pizzas inmensas y de un sabor profundo, dado por exquisitas especias, que Bruno nunca más probaría en otro sitio. Recordaría ese sabor acompañado del hecho de tener que comer las cuñas de pizza con las manos arrugadas, todavía húmedas del agua salada. Incluso a la sombra de unos almendros que crecían junto a la arena el sol cegaba. Sus padres le preguntaron por una concha extraña que había recogido en la playa. Bruno se contentaba observándola, era un botín inesperado. Pensó en la causalidad vertical, que relacionaba la forma de sus uñas con la del albino crecimiento de la concha.

Rebeca jugaba con la hermana de Enrique con una pelota inflable de color blanco. El viento a cada rato les llevaba el planeta de aire, y desistieron.

El sol había bajado un poco. Rebeca se veía perturbada e incómoda, y Bruno le propuso caminar por el litoral, en dirección contraria a los arrecifes. Le preguntó qué tal le ha había ido en su escapada. No muy bien, contestó Rebeca, y Bruno se entusiasmó ante la siniestra esperanza de que las cosas entre su misterioso acompañante y ella se hubieran quebrado, ya fuera por decisión suya o del misterioso acompañante. Si ella estaba triste, calculó Bruno con inocencia, probablemente fuera por decisión del acompañante. Y deseó que Rebeca estuviera lastimada. Con tal de tener la oportunidad *ayudarla* (el único acercamiento que era capaz de concebir su narración instintiva), deseó de manera egoísta su ruina y su dolor.

Caminaban a una distancia de complicidad, y las faldas de agua y espuma se deshacían entre sus pasos medio enterrados. Bruno le preguntó a Rebeca quién la había esperado afuera durante su escapada. Un muchacho con el que estoy saliendo, dijo, está en la universidad. ¿A dónde fueron? Salimos a caminar por la playa, el plan era bañarnos en el mar de noche. ¿Y qué salió mal? Bruno, a veces uno no sabe exactamente qué es lo que sale mal.

Una canción pop se escuchaba a lo lejos, el mar parecía erosionarla. Rebeca se detuvo, un muchacho rubio con las muñecas llenas de pulsos se puso de pie, en una pose que sugería que deseaba hablar con ella. Rebeca intercambió unas palabras con él, en privado, Bruno no logró descifrar qué decían. Cuando regresó Rebeca le aclaró que el muchacho era el de anoche. Bruno y ella siguieron caminando. Ya habiéndolo dejado atrás Rebeca se apartó en la arena para reprimir sus ganas de llorar. ¿Qué fue lo que te dijo? Déjame, estoy bien. Regresemos, tengo que ayudar a Enrique a cocinar. ¿Estás segura de que estás bien? Sí, estoy segura.

Mientras Rebeca le mostraba a Enrique cómo cortar un limón para aprovechar al máximo el jugo, el padre de Rebeca atrapó a Bruno husmeando de nuevo en el libro sobre el principio de causalidad vertical, lo agarró del brazo y con entusiasmo lo llevó a la segunda sala de la casa, una habitación cuyo aclimatado interior nada tenía que ver con los otros cuartos. Al carecer de ventanas, necesitaba luz artificial incluso de día, unas bombillas frutales en unas ramas alicaídas de acero. Había vajillas de porcelana que invocaban escenas bucólicas, y copas de vidrio para bebidas que habían dejado de fabricarse, todo dentro de unas vitrinas inmensas con un espejo al fondo que las duplicaba y que creaba una sala idéntica del otro lado, en la que también había vitrinas de cedro y en las que se reflejaban ellas mismas hasta el infinito.

Había búcaros negros de madera con árboles y pájaros pintados. En algunas partes se notaba la huella fibrosa del pincel. Las gavetas de los muebles tenían agarres de bronce, recientemente pulidos, y cerca de una de las luces había una pecera esférica, en la que nadaba un pez misterioso. Cada vez que el pez se volteaba su piel escamosa cobraba por un instante los brillos dorados de la luz. Breves auroras metálicas en su cuerpo. Todo esto era de nosotros, le dijo el padre de Rebeca, pero tuvimos que venderlo, y a esta casa le hacía falta algo así. A toda casa le hace falta un santuario, ¿no? Bruno asintió y descansó en uno de los muebles. Entre otras cosas vendimos nuestra colección de naipes, siguió el hombre, y abrió una de las gavetas, y sacó de ellas varias cajas de colores gastados, reconstruidas con cinta adhesiva. Tenemos barajas uta-garuta, en las que los jugadores deben memorizar los últimos versos de cien poemas clásicos japoneses, y barajas indias, que son redondas. El hombre puso las cartas sobre la mesa del centro, alrededor de treinta cajas, que parecían pesar más de lo que pesaban en realidad, como todos los cartones viejos. La palabra naipe viene del árabe, dijo el hombre, y significa prohibido. Las cartas son anteriores al papel moneda. De hecho, el papel moneda comenzó a usarse en China tomando como base el sistema de barajas. El parecido de las barajas con el dinero no es casual: en el fondo, los billetes son juegos de cartas, que en vez de reyes tienen figuras de patriotas. Las cartas llegaron a Europa a través de las cruzadas, y se masificaron con la invención de la xilografía, que permitía imprimirlas en grandes cantidades, y por tanto venderlas a menor precio. Algunos piensan que la idea de imprimir libros sale de las imprentas ilegales de barajas, y en tal caso los libros impresos y el dinero vendrían de los juegos de cartas. Por un tiempo, antes de caer en el olvido, se convirtieron en objetos familiares de ocio, perdieron su encantadora aura diablesca. Ahora solo son recuerdos coleccionables, especies al borde de la extinción, mantenidas de manera artificial en las reservas naturales que son el lujo y el derroche. El lujo y el derroche de idiotas como el padre de tu amigo Enrique hacen posible la supervivencia de cosas inútiles y preciosas.

Bruno miró a su alrededor. El pez hacía elásticos y resplandecientes dibujos con su cuerpo, era lo único que se movía en la sala, pero se trataba de un movimiento mineral, inútil, falso, como el del péndulo de un reloj. El hombre mostraba la pasión de todos los coleccionistas, aquella engendrada por el hábito de subordinar toda la realidad a un diminuto segmento de ella. Un coleccionista de sellos entiende las guerras entre las naciones y la sucesión de los años y los siglos como maquinarias contratadas por la oficina de correos para justificar la eternidad de sus estampas. El coleccionismo canaliza el ansia abstracta de poseer, común en todas las personas, en el deseo concreto de acumular un tipo de objeto, y sustituye el razonamiento intelectual por una erudición de acuario, restringida a un espacio minúsculo del conocimiento. El coleccionismo es paciente, mediocre y bondadoso, como lo era el padre de Rebeca. Bruno admiraba la forma en la que hablaba sobre las cartas, sin descubrir que era la misma forma en la que hablaba él sobre los fósiles y la formación de los arrecifes coralinos. El juego de dodos contra moas, dijo el hombre, fue inventado como te dije por el filósofo para ejemplificar su teoría. No sé jugarlo, mis hijos son los que saben. Si revisas las cartas comprobarás que no se parecen a nada que hayas visto. Disculpa por traerte aquí, es que imaginé que te interesaría ver mi colección de cartas, ya no tengo a quién mostrárselas. Tengo que irme, pero siéntete libre de verlas, el padre de Enrique no se va a molestar, hasta cierto punto creo que las cartas siguen siendo mías aunque las tenga él.

Ya en solitario, Bruno sacó las cartas de las cajas. Desplegó juego por juego en la mesa central y los contempló. Reyes, dioses y monstruos mitológicos. Las figuras de las cartas parecían observarlo desde su eterna inmovilidad. Los reyes originales cuyos perfiles habían inspirado los perfiles de los reyes de las cartas parecían observarlo desde un sitio fuera del espacio y el tiempo. Quien observa una baraja es en realidad observado por la baraja. Bruno recordó lo que le había dicho el hombre, que el dinero en papel provenía de las cartas, e imaginó la civilización como el producto de un prolongado y caprichoso juego de barajas, y recordó los delirantes razonamientos sobre el principio de causalidad vertical. El rostro inmortalizado en una carta era exactamente lo opuesto del rostro inmortalizado en una pintura. La pintura era única, si alguien reproducía una pintura estaba haciendo una mera imitación. Pero las cartas no eran imitaciones, pensó Bruno, se reproducían hasta el infinito sin que hubiera una original. Una carta determinada contenía a sus iguales en el mundo. Las cartas, y no las pinturas, ofrecían la verdadera inmortalidad.

Sacó el juego de dodos contra moas, que había dejado para el final, y lo desplegó de manera ordenada. Su aparente entropía resultaba chocante. Había dos bandos contrarios: 47 cartas de dodos y 24 de moas. Las 47 cartas de dodos se dividían en 30 cartas de números (los números del 1 al 30) y en 17 cartas de letras (desde la A hasta la R, con algunas letras misteriosamente ausentes, no había F de dodo, por ejemplo). Las 24 cartas de moas estaban compuestas casi exclusivamente por números (del 1 al 21). Las tres cartas sobrantes eran idénticas entre sí: tres imperiales A de moas. Los dibujos a color de cada carta del juego eran diferentes y meticulosos, pero no había una lógica definitiva dentro de los dibujos de cada categoría, salvo que los dodos eran dibujos de dodos y las moas eran dibujos de moas. Bruno quedó pasmado ante el aparente caos en las cartas, no pudo imaginar un juego para el que fuera útil semejante segmentación del mundo (un juego de cartas constituye una colección diminuta, que segmenta y clasifica el mundo y le postula un orden posible, por tanto coleccionar juegos de cartas, como coleccionar sellos, es fundar una colección de colecciones).

El padre de Enrique abrió la puerta y encontró a Bruno con las cartas fuera de sus cajas, se quedó mudo por unos segundos y luego le preguntó, fingiendo una sonrisa, cómo había encontrado las cartas. Me las enseñó el padre de Rebeca, dijo con una voz que trató de ser la voz inocente de un niño. El dueño de las cartas asintió con la cabeza y volvió a sonreír, y se fue.

Desde el segundo piso Bruno vio cómo los dos hombres discutían en el portal. Al final el padre de Rebeca hizo gestos sumisos que sugerían unas disculpas. Bruno se sintió incómodo por dos razones. En primer lugar, porque el padre de Enrique no se había molestado con él, sino con el otro: lo acababan de tratar como a un niño. En segundo lugar, porque sabía en su interior que era un delator. Tuvo mucho miedo de que su padre se enterara del asunto.

En la comida el padre de Rebeca no abrió la boca. Las familias celebraron los conocimientos culinarios de Enrique. El padre del niño de la trilogía le sirvió a su hijo la cantidad absurda de comida que ya era habitual. Al final la va a dejar como siempre, le dijo el padre de Enrique, así que no se la sirvas. El hombre obeso quedó en silencio. El padre de Enrique le preguntó luego, para rematarlo, si acaso le iba a responder también que él pagaba por la comida. Al terminar guiñó el ojo al padre de Bruno, y Bruno lo interpretó como una gentileza. En verdad el guiño solo les estaba demostrando por contraste a todos en la mesa, incluido al padre de Rebeca, que en aquella casa se hacía lo que él decía y que nadie más tenía ese poder.

Rebeca no se quedó para el postre, subió a la terraza en cuanto terminó su plato. Bruno la siguió un minuto después. La encontró acostada en la hamaca, tenía los ojos rojos. El aire fresco los despeinaba y el entorno fuera de la terraza estaba dominado por un azul húmedo y total, algunas luces amarillas de otras casas de verano se veían a lo lejos. ¿Cómo estás?, le preguntó Bruno. Esa fue la última pregunta que me hiciste hace unas horas, contestó Rebeca. Si le preguntas mucho a alguien cómo está, se lo va a pensar cada vez, y nunca va a estar bien.

Cualquiera que haya roto contigo es un imbécil, dijo Bruno. Rebeca se volteó. Él no rompió conmigo, aclaró, yo rompí con él. ¿Por qué estás triste entonces? Es una buena persona, contestó. Le pedí que no viniera, y aun así vino. No quería presentarlo a mis padres, sabía en el fondo que no iba a durar. Vino por su cuenta a la playa, pero no quiero que haga eso por mí. No quiero que nadie lo haga, pero a la vez se siente muy bien que alguien lo haga de vez en cuando, no sé si me entiendes.

Por cierto, no debiste decir que fue mi padre, añadió. Los muebles, la vajilla y las cartas tienen un valor especial para él, y no se ha acostumbrado al hecho de que ya no sean suyos. Mañana nos iremos de la casa, no estamos cómodos aquí. Es cierto que mi padre te mostró las cartas, pero pudiste haber compartido la culpa, haber explicado que te interesó aquel libro, que cogiste sin permiso. No estoy molesta contigo, lo que quiero es ayudarte a entender un par de cosas importantes. Lo normal es culpar a otros por nuestros errores y hacer como que no se ve lo que está muy claro. Uno debe atreverse a pensar, a pensar sobre lo que uno piensa, y de ser posible, a pensar sobre lo que uno piensa de lo que uno piensa. Si uno va a hacer algo que está mal, debe hacerlo con completo conocimiento. Lo normal es que abracemos las ideas antojadizas que nos vienen a la cabeza como verdades, sin cuestionarlas.

Si odiamos a alguien creemos que es malo, sin preguntarnos si es justo que lo odiemos. Es muy fácil sentirse el centro del mundo y asumir una serie de nociones equivocadas que se derivan de esa suposición. El padre de Enrique nos parece engreído, pero esa visión sale del hecho de que cuando lo vemos pensamos ante todo en la distancia social que nos separa de él, y deberíamos preguntarnos si tratamos de explicar cualquier cosa que diga o haga basándonos en la distancia social que nos separa de él. Quizás haga un chiste por una razón y creamos que lo ha hecho por otra. No estoy diciendo que no sea necesariamente un engreído, pero uno no puede solo asumirlo. Yo no asumí la inocencia de mi padre, lo cual habría sido lo más fácil. En tu caso, si no quieres ser tratado como un niño debes preguntarte cuáles son las razones por las que los demás te tratan como uno. Te aíslas y te crees superior a los demás niños, pero eso solo confirma tu temor a ser confundido con uno de ellos. Estoy segura de que has pensado en estas cosas antes, pero de manera separada y confusa. Y si estuviera molesta, Bruno, sería en última instancia porque me iré mañana por culpa de lo que pasó y porque tenía ganas de pasar más tiempo contigo.

Debo confesarte algo más. No sé jugar a dodos contra moas, nunca le he dicho a mi padre, él supone que sí. Tampoco entiendo la causalidad vertical. Me vio hojeando el libro varias veces y le alegró que alguien lo leyera. He escuchado hablar de los dodos, Bruno, pero no sé qué es un moa. Tú debes saber, ojalá me puedas explicar. Me han dicho que vives en un universo de fósiles, eras geológicas y documentales televisivos. Todos hablan de eso. Ese es tu pequeño mundo, como las barajas son el pequeño mundo de mi padre. Nunca he tenido algo así, y quizás me molesta que seas un sobreprotegido porque siento celos de los sobreprotegidos, como mi padre, como tú. Te hablaba hace unos minutos de cómo uno debía pensar sobre sus pensamientos, y te ponía el ejemplo de ver al padre de Enrique como un engreído. Quizás yo te juzgo partiendo de la diferencia entre nosotros. Deberás creer que estoy loca. Te he soltado un sermón de diez minutos, pero necesito que me perdones. Me da mucha tristeza irme antes de tiempo, y te he dicho de un tirón todo lo que te quería decir.

Un moa es como un kiwi de cuatro metros, dijo Bruno y abrazó a Rebeca y le pidió que no se fuera.

Tengo que irme, contestó, pero si quieres esta noche podemos hacer un mal con pleno conocimiento del mal. Sígueme. Lo tomó de la mano, se levantó de la hamaca de un salto y lo llevó a la segunda sala. El pez seguía dando vueltas en el acuario. Rebeca sin hacer ruido abrió la gaveta y sacó las cartas de dodos contra moas. Se sentaron en la alfombra descalzos, y pusieron las barajas sobre la mesa.

No recuerdo con exactitud el juego, te diré lo que sé. Recuerdo que un bloque de cartas se ponía en el centro de la mesa, y que las otras se repartían al azar. Del bloque puesto en el centro de la mesa se volteaba la última carta en cada turno y esa carta imponía el orden del turno. Podían jugar cinco personas, o cuatro, o dos. Nunca tres, por un asunto relacionado con los tres A de moas. Ninguna persona ganaba ni perdía, por eso dodos contra moas era distinto de otros juegos de cartas. Quienes competían en cada partida eran los bandos de aves, y para que los bandos reanudaran su batalla bastaba usar de herramienta a dos personas. Quizás hasta una sola, no recuerdo. Los jugadores *eran* las cartas de las aves. Al barajar las cartas, lo que se estaba haciendo en realidad era barajar los jugadores y repartirlos entre las aves.

Las azarosas decisiones de los jugadores eran el motivo de diversión de las aves, del mismo modo que el orden aleatorio de las cartas en otros juegos suele ser el motivo de diversión de las personas. La suerte constituye el núcleo de cualquier juego de cartas: los bandos de aves usaban al jugador para disfrutar de la incertidumbre. En cada turno el jugador funcionaba como una carta distinta a la que las aves le daban la vuelta. El libro, según recuerdo, se valía mucho de estas inversiones lógicas, que eran la manera más efectiva de demostrar la verticalidad. No se me olvida un fragmento que decía que los días y las noches hacían girar el planeta, y que las estaciones del año eran las que lo arrastraban en una elipsis alrededor del sol.

Sintieron un ruido, alguien caminaba por allí cerca. Rebeca instintivamente le tapó la boca a Bruno y le agarró el brazo. Bruno no supo si para hacerlo sentir más seguro, o si para sentirse más segura ella. Rebeca señaló las luces: cualquiera del otro lado podía ver por el umbral incandescente de la puerta que estaban encendidas.

El padre de Enrique abrió la puerta. Se balanceaba, y tenía la cara roja y los ojos achinados por el alcohol. Sin decir una palabra los miró con rabia, primero a ambos, y luego a cada uno de manera separada. Rebeca y Bruno quedaron petrificados. Se detuvo en Bruno. ¿Sabes cuántos favores me debe tu padre? Él va a enterarse de esto. Bruno estaba paralizado. Luego se detuvo en Rebeca. Y tú... ¿crees que por tener un par de tetas voy a aguantarte las atribuciones que no le aguanté al marica de tu padre? Quiero que se vayan todos, esta misma noche.

Rebeca y Bruno se levantaron de la alfombra. Rebeca hizo un gesto al padre de Enrique para que se detuviera y llevó a Bruno a una esquina para hablar en privado. Nunca se dará cuenta de que faltan estas, le dijo y con discreción le introdujo tres cartas en el bolsillo de su ropa de dormir. Bruno sintió brevemente la mano de Rebeca en su muslo a través de la tela suave del pantalón. Ve a dormir, añadió, yo hablaré con él.

Se alejó de Rebeca y del padre de Enrique, que apoyado en una silla de repente sonreía de una manera extraña. Ambos guardaban silencio, resultaba obvio que esperaban a que él se fuera. El pez seguía nadando en el acuario, ajeno al tiempo. Bruno cerró la puerta tras caminar hacia atrás y se le quedó grabada para siempre la imagen de ellos dos mirándolo mientras cerraba la puerta.

Se acostó en el cuarto de los excomulgados, pero le fue imposible dormir. Rebeca no regresó a las dos de la madrugada, ni a las tres, ni a las cinco. Bruno no quería pensar en aquel cuarto cerrado, y no quería pensar sobre su no pensar, y sobre el no pensar su no pensar. Sacó las barajas de su bolsillo: las tres A de moas, indiscernibles entre sí, y ahora inútiles. Se sentía un pobre instrumento de fuerzas superiores y desconocidas, los bandos de las aves proseguían su lucha eterna, y él era incapaz de actuar, él era un cobarde que no se atrevía siquiera a pensar.

En el desayuno las familias actuaron con normalidad. El padre de Enrique hacía las bromas de siempre, y su padre las toleraba. Alguien en la mesa preguntó por Rebeca y sus padres, y Enrique contestó que se habían ido temprano a causa de una complicación médica, un asunto del no habían dado detalles. Nadie notó lo raro que se sintió Bruno durante el resto de su permanencia allí. Se daba por descontado que el niño era solitario y tímido. No volvió a saber de Rebeca nunca más, ni regresó a esa casa en la playa. Al padre de Enrique lo vio algunas veces, evitó saludarlo.

De adulto, durante unas vacaciones, Bruno regresó a la biblioteca provincial. En la entrada no le pidieron una tarjeta de asociado, y en las salas lo dejaron tomar con la mano las enciclopedias de los anaqueles, como lo había hecho siempre. Repartió las tres barajas en tres tomos discontinuos. La tercera la escondió en la página donde había visto la fotografía falsificada del moa. La página de la enciclopedia seguía intacta, y conservaba la pequeña nota que había grabado con un bolígrafo rojo, veinte años atrás. Las tres barajas robadas siguen en su escondite, y desde allí siguen jugando y deciden el futuro del mundo.

Fósiles

André supo de Jeremía por primera vez en los intermedios de las clases de la universidad, la gente hablaba sobre cómo Elisa lo mencionaba cada cinco minutos: la opinión pública decía que terminarían acostándose. Jeremía era un buscador de fósiles o algo así, un tipo dedicado a su trabajo. Elisa se sintió impresionada por la pasión ciega hacia algo tan raro y específico. En un café, luego de caminar bordeando el río, Elisa le contó a André que se iría con el paleontólogo por un fin de semana a unas formaciones rocosas que él había identificado como provenientes del cretácico. André se dio cuenta de que la batalla ya estaba perdida y descartó la posibilidad de invitarla a salir. Por la noche escribió su primer relato. Quería también obsesionarse con algo.

Su amistad con Elisa prosiguió después de graduados, y aprendió a tolerar a Jeremía. Luego de varios encuentros entablaron la confianza suficiente para hablar a solas. Jeremía parecía más joven, su rostro era hasta cierto punto atractivo, y la ropa ripiada le daba un aura falsa de artista. Solía preguntarle a André por lo último que estaba escribiendo, a diferencia de Elisa. A los escritores les encanta que les pregunten por lo último que están escribiendo. André no imaginó que su vida permanecería entrelazada con la de Jeremía y con la de un tercer hombre que nunca llegó a conocer en persona, Francis.

Jeremía conoció a Francis en un congreso en la capital. Con una educación autodidacta Jeremía había emprendido sus propias expediciones y había encontrado el diente fósil de un mosasaurio, el único resto de un reptil marino prehistórico del que se sabía en esa zona. La comunidad científica estaba muy emocionada con el descubrimiento del joven y Francis, que tenía su edad, se convirtió en su amigo. Se escribían semanalmente sobre sus investigaciones y a veces también hablaban de asuntos personales, aunque la verdad es que ambos prácticamente carecían de asuntos personales. Cuando Jeremía empezó a salir con Elisa le escribió rápido a Francis, la pintó como una mujer hermosa e inteligente (lo cual era indudablemente cierto), y a su vez, de manera simultánea, le habló a Elisa sobre Francis. De algún modo Francis constituía su único amigo verdadero, y por tanto también un motivo de orgullo, una manera de demostrar que él era un tipo más o menos normal, a pesar de no saber nada de literatura, o de cine, o de música, y de andar con ropas ripiadas. Elisa le habló a André sobre Francis desde el principio porque quería mostrar a su pareja como alguien sociable y con buenas influencias.

Con el paso del tiempo André fue deduciendo, a través de los diálogos de Elisa, que la relación entre Jeremía y Francis tenía matices más o menos oscuros que se empañaban por las cortesías de la distancia. Francis estaba cansado de trabajar en la capital como asistente de los verdaderos paleontólogos, y envidiaba la suerte de Jeremía, que tenía las canteras cerca y que podía realizar sus propias expediciones. Los estudios de los ammonites de Jeremía no se comparaban con el hallazgo del diente de mosasaurio, pero le permitieron publicar algunos artículos científicos relevantes. Francis apenas sobrevivía con su sueldo de ayudante en el Museo de Historia Natural, y entonces Jeremía tuvo una idea: el mercado negro de fósiles había existido siempre. Después de un par de llamadas vendió algunos de sus ammonites para ayudar a financiar una expedición conjunta. Estuvieron en unas zonas deshabitadas por semanas.

Elisa le contó que esa expedición había sido un fracaso, pero un año más tarde Francis había regresado al mismo lugar y había encontrado evidencias de plantas terrestres, lo cual causó una verdadera conmoción y le procuró la fama. Nada volvió a ser igual desde entonces.

Museos e instituciones extranjeras comenzaron a invitar a Francis a dar conferencias, y no solo consiguió publicar artículos con los resultados de los descubrimientos, también publicó un libro de divulgación científica sobre la formación de los suelos en las islas recién emergidas. Francis no le dijo a Jeremía sobre el descubrimiento de plantas terrestres (unas tres rocas que contenían fósiles de helechos, para ser exactos) hasta el último momento, lo cual según Elisa fue al menos extraño, por no decir descortés, ya que esos descubrimientos no habrían sido posibles sin el viaje anterior, que había financiado Jeremía de su propio bolsillo, vendiendo algunos de sus mejores fósiles. Jeremía no tenía una opinión definitiva sobre Francis, pero Elisa sí la tenía: lo detestaba. Los fósiles que lo habían hecho famoso según ella habían sido tres míseras rocas con plantas. Jeremía al contrario valoraba en extremo los descubrimientos, no solo implicaban que habían aparecido y luego desaparecido islas antiquísimas en esos mares, de las que nadie había hablado, los fósiles en sí mismos también eran bellísimos, la piedra había preservado los detalles más minúsculos de las hojas. Jeremía nunca tocó los fósiles, pero sabía muy bien cómo debían sentirse esas texturas en la yema de los dedos, habría sido como tocar la cicatriz de una estatua.

El tema de los helechos, encontrados cerca de donde mismo habían realizado antes sus excavaciones conjuntas, era tocado con incomodidad tanto por Jeremía como por Francis. Jeremía prefería hablar de lo que estaba haciendo, de las comparaciones del diente de mosasaurio con modelos de dientes de diferentes géneros y especies a los cuales podría pertenecer. Su mayor esperanza era que pudiera catalogarse como un género nuevo, o al menos como una especie nueva, pero él bien sabía que el diente no bastaba, resultaba demasiado impreciso, y Francis, desde luego, también lo sabía, pero fingía no hacerlo, prefería que su amigo tuviera alguna esperanza mientras encontraba algo en verdad significativo que le devolviera su fama perdida. La comunicación entre ambos empezó a debilitarse por la cada vez menos disimulada falsedad de los elogios de Jeremía ante los nuevos logros de Francis, y por la condescendencia de Francis ante el laberinto taxonómico sin salida en el cual se había metido Jeremía solo para simular que no estaba perdiendo el tiempo. Su matrimonio con Elisa en ese momento se debilitaba, y cuando acudió a la Sociedad Espeleológica, donde ahora trabajaba André, en busca de financiamiento para una nueva expedición, André se ocupó de que se lo otorgaran, solo por el perverso placer de decírselo a Elisa y ganarse su favor. Este gesto en verdad no tuvo ningún efecto en ella, pero Jeremía al menos había conseguido una manera de regresar a los yacimientos donde Francis había encontrado los helechos, y donde ambos habían acampado un año antes. La excusa era investigar sobre unas misteriosas formaciones geológicas que había casualmente en unas cavernas, pero André sabía que él iba en busca de un fósil que lo pusiera a la misma altura que Francis en la comunidad científica. Estando allí sobornó a algunos campesinos remotos que vivían sin luz eléctrica para que le dijeran dónde había excavado Francis. Jeremía no le mencionó este viaje a Francis, el plan era mencionarlo después ya sabiendo que había tenido éxito.

No consiguió nada, únicamente unos poco significativos resultados para la Sociedad Espeleológica. Pero justo después de eso Jeremía y Elisa no supieron nada de Francis durante dos meses. Dedujeron que él había sabido de alguna manera que Jeremía había regresado a los yacimientos y que había sobornado a sus espaldas a los campesinos. Y que no se lo había reprochado porque entonces él mismo habría quedado en evidencia por haber hecho antes una cosa parecida. La comunicación prosiguió tarde o temprano, no obstante. Francis había descubierto un ave fósil cretácica, una pieza bellísima que dejaba ver los detalles de su plumaje. Ni siquiera lo habían encontrado en el país, sino en unas islas remotas, a cuya expedición habían acudido paleontólogos de renombre internacional, pagados por fundaciones millonarias. El nombre de Francis apareció en la televisión y en los periódicos, y Jeremía lo felicitó, y Francis devolvió la felicitación. Era obvio que estaba feliz, según Elisa había respondido la felicitación porque estaba feliz y porque nada le importaba. Jeremía opinaba que la felicidad simplemente lo había llevado a un perdón silencioso. Las canteras donde habían aparecido los helechos ya no eran un asunto de disputa para él, puesto que al lado del fósil del ave cretácica se hacía insignificante. En una festividad local un geólogo de poca monta se burló de Francis, imitando su entrecortada forma de hablar cuando lo entrevistaron para la televisión, y André recordaría la historia que le había hecho Elisa, cuánto se había insultado Jeremía, con cuánto fervor había defendido a su amigo ausente. André no pudo reconocer si Jeremía había actuado porque había sentido que ofendiendo a su amigo (al hombre que públicamente era reconocido como su amigo) lo ofendían a él, o si por una rara lealtad que solo podía manifestarse ante el ataque de un tercero.

En algún momento Jeremía y Elisa tuvieron dos hijas. Jeremía trabajaba en un pequeño museo local cuyas únicas colecciones eran de unos lamentables mamíferos pleistocénicos cuyos huesos liliputienses no tenían más de cien mil años: cualquier paleontólogo decente se habría rehusado a llamarlos fósiles. Elisa había emprendido un negocio de reparación de antigüedades, cosa que tenía sentido en un pueblo cuya aristocracia se había arruinado y trataba a toda costa de sobrevivir (la propia familia de Elisa había pertenecido a una larga tradición aristocrática). El negocio de Elisa representaba la mayor fuente de ingresos de la casa. Una tarde llamó Francis para ofrecerle un empleo a Jeremía en el Museo de Historia Natural de la capital, habían llegado colecciones nuevas de reptiles fósiles y se necesitaba a alguien experimentado en el reconocimiento de taxones. Francis había hablado con la junta y había sugerido el nombre de Jeremía, después de todo el hombre de joven había identificado el diente de un mosasaurio a simple vista, sin haber visto de cerca alguno antes. Jeremía dijo que lo iba a pensar. Elisa no tenía intenciones de mudarse, en última instancia su negocio estaba allí. Le propuso a Jeremía que fuera unos meses a la capital y probara el empleo, si funcionaba entonces ella consideraría la opción de mudarse con él. Elisa le confesó a André que había mentido, no tenía contemplado siquiera la posibilidad de mudarse, y sus esperanzas radicaban en que a Jeremía no le gustara la capital, y regresara. Si él decidía quedarse, quizás no pudieran seguir juntos nunca más. En otro tiempo André habría quedado entusiasmado por esa posibilidad, por la posibilidad de una Elisa soltera, pero ya era muy tarde. Se había desvanecido cualquier sentimiento trascendental hacia ella, y la había convertido en una amiga.

El trabajo en la capital era agotador, pero le permitió por primera vez en su vida contemplar auténticos tesoros fósiles. Había réplicas hechas con resina de esqueletos completos de animales de otros sitios, unas expuestas al público (cada día decenas de niños se fotografiaban junto a ellos), y otras en los gabinetes del museo, para estudios comparativos. Los gabinetes solían carecer de ventanas y poseían un olor característico, similar al de una ropa que hubiera sido guardada durante cien años en un armario. Cada noche hablaba por teléfono con Elisa y le contaba del pterosaurio encontrado en cierta sierra, que se había perdido y había reaparecido en un cajón veinte años después, o de los ammonites de colores resplandecientes como nácar, como arcoíris líquidos en el vidrio de piedra de la concha, muchísimo más hermosos que los opacos ammonites que él había encontrado en las canteras que tenía cerca. Con las hijas hablaba sobre la capital, de los diferentes tipos de pizza que se vendían en las esquinas, los menúes escritos a mano con tiza en una pizarra, puestos en la calle (en su ciudad no solían verse, había apenas un puñado de restaurantes y la competencia entre ellos no era feroz). Hablaba de las luces y de las muchedumbres que todas las noches iban de los cafés a los restaurantes, y de los restaurantes a los cines y a los elegantes teatros, y de allí a los bares o a sus acogedoras casas. En el Museo de Historia Natural Jeremía ganaba más que en su antiguo trabajo, pero el alquiler era más caro, así como el transporte y la comida. A veces se sentía solo, prácticamente nunca veía a Francis, que estaba en otros países u ocupado pasando tiempo con su esposa e hijos, pero en general Jeremía se sentía realizado. Probablemente fueron los meses más felices de su vida.

André habló con Jeremía para pedirle que le trajera de la capital ciertos libros que allá no podían conseguirse. Jeremía los fue comprando poco a poco, porque no eran baratos, y también tenía que comprar un cargamento de juguetes para sobornar el cariño de las niñas. Elisa lo extrañaba muchísimo, una vez le dijo a André que quizás sí se mudara a la capital, porque había descubierto que no podía estar tanto tiempo sola. Francis por fin reservó todo un domingo para salir con su viejo amigo. Francis vestía con elegancia y a la vez cierto desenfado, y transmitía una vitalidad sorprendente como la de un muchacho, pese a tener cuarenta años. Ambos dieron una vuelta por la ciudad y hablaron sobre cuánto extrañaban las expediciones. Jeremía confesó que su verdadera aspiración era reunir suficiente dinero, y mientras todavía fuera joven emprender una expedición de meses, con una decena de hombres contratados, a fin de buscar otros restos del mosasaurio. Le contó que desde niño tenía un sueño recurrente de unos restos que esperaban en la piedra, y que cuando descubrió aquel diente se confirmaron las sospechas de ese destino, sabía que iba a encontrarlo y que iba a ser un descubrimiento sacudiera el país y le diera la inmortalidad. Francis le dijo que estaba seguro de que encontraría esos restos, y que sería el mosasaurio más grande y completo jamás encontrado, y le habló de la posibilidad de escribir un libro a cuatro manos sobre reptiles marinos. Mientras proponían la distribución hipotética de los capítulos tomaban vino y veían pasar a la gente, que por lo común jamás habría estado interesada en estos temas. Decidieron ir juntos a los mismos lugares que habían ido cuando se conocieron de jóvenes en el congreso, y así lo hicieron, y Francis llevó a su esposa y a sus hijos. La esposa había estudiado química, y daba clases en la universidad, era una mujer grácil y hermosa. Jugaron tenis ellos tres y el hijo mayor de Francis. Jeremía terminó demasiado agitado y el partido fue suspendido.

En sus ratos libres Jeremía trabajó en algunos capítulos del libro sobre reptiles marinos. Hasta entonces no se había detenido en cuán difícil resultaba dosificar la información, atraer la atención del lector, generar expectativas, satisfacerlas, crear páginas más lentas que permitieran luego una mayor agilidad y una mayor sorpresa en los fragmentos indicados. Habló por teléfono con André para pedirle consejos. Aunque en apariencia la narrativa y el ensayo de divulgación científica estaban distantes, poseían muchos vínculos, y André convenció a Jeremía de que un texto científico, además de ameno e instructivo, podía ser *hermoso*. Con el paso de las semanas Jeremía consiguió mayores responsabilidades en el museo, y hasta le fue asignado un pequeño esqueleto recién descubierto, que él de inmediato identificó como una variedad de pliosaurio. Reconstruyó al animal basándose en los esqueletos completos de otras especies que ya se conocían, y concluyó que era un género nuevo. Extrañaba las excavaciones, le confesó a André por teléfono, pero la verdad nunca había alcanzado una sensación tan gratificante: proponer un nuevo género. El diente de mosasaurio era demasiado impreciso como para hacerlo, pero ahora podía llamar a la prensa y proponer un nuevo género (la prensa, nacionalista e idiota, como suele ser, prestaba mayor atención a los animales extintos endémicos, aquellos que al parecer no habían existido en ningún otro sitio). Y así lo hizo, el animal, pese a no haber sido nombrado oficialmente, fue conocido por el público, e incluso un artista hizo la primera reconstrucción, una pintura al óleo (en realidad lo había tenido que imaginar casi todo, pero el público no solía ser muy estricto con sus libertades artísticas).

El problema comenzó cuando los descubridores del fósil ni siquiera lo reconocieron como suyo. Al leer en la prensa primero pensaron que se trataba de un nuevo hallazgo. Los teléfonos empezaron a sonar por todos lados, y empezaron a salir críticas de especialistas, y en algún punto Jeremía se dio cuenta del ridículo: había identificado como pliosaurio lo que en verdad era un plesiosaurio, había imaginado un reptil marino de cabeza pequeña, cuello corto y cola larga, cuando en verdad era un reptil de cabeza pequeña, cuello largo y cola corta. Sí, la situación podía resumirse en que Jeremía había puesto estúpidamente la cabeza del animal al final de su cola, había pensado que los restos de la cola pertenecían a su cuello, y los de su cuello a su cola. Hubo incontables caricaturas que lo retrataban como un hombre lento trabajando en un museo, que se rascaba tontamente la cabeza mientras ponía la cabeza del tiranosaurio en su cola, como si fuera un escorpión reptiliano, o que ponía el cráneo de un homínido al final de su coxis, o que ponía su propia cabeza en su propio trasero. Francis intentó atribuirse la culpa, pero no sirvió de mucho. Humillado y viendo destruida su reputación, Jeremía se marchó del museo antes de que lo expulsaran. Elisa lo esperaba en la estación de trenes. Cuando llegó no le preguntó nada, solo lo abrazó junto a sus hijas. Bienvenido a casa, le dijo. Elisa no lo contó, pero André adivinó que mientras se abrazaban el pobre Jeremía se había echado a llorar.

Jeremía convenció a varias instituciones de financiar una nueva expedición, donde mismo se había encontrado el diente de mosasaurio. Solo el descubrimiento de un inmenso reptil marino podía borrar la humillación a la que había sido sometido. Francis mantenía el contacto, pero seguía postergando de manera indefinida el libro a cuatro manos. Jeremía estuvo meses en los yacimientos dirigiendo a más de diez peones que, bajo sus instrucciones, iban tallando la dura piedra en busca de fósiles. En esos meses lograron encontrar ocho ammonites y un pez cretácico, el cual constituía el verdadero hallazgo. Aunque aquello no bastó para que pronunciaran su nombre sin matices de burla en la capital, al menos por allí recuperó algún respeto. El pez fósil y el diente de mosasaurio constituían las únicas atracciones del museo en el que había vuelto a trabajar, y ambas habían sido descubiertas por él. Regresó a la vida doméstica, de vez en cuando ayudaba al negocio de Elisa, que no había parado nunca de crecer (muchas personas lo conocían simplemente como el esposo de Elisa). De vez en cuando sentía un vacío corroyente y pensaba en sus viejos tiempos en la capital, o en el congreso al que había ido cuando joven, en el que había conocido a Francis. Ahora tenía más de cincuenta años, y muy pronto su salud no le iba a permitir emprender expediciones. Un día, mientras hablaba con André sobre el libro que algún día iba a publicar (pero André sabía que ese libro no iba a ser publicado nunca), le contó que seguía viendo los borrosos huesos en el sueño, y que seguía siendo su destino hallar al mosasaurio más grande y completo jamás descubierto. Seguido de eso, le pidió dinero a la Sociedad Espeleológica. André le explicó que ellos ya no tenían dinero, pero como siguió insistiendo se lo terminó dando días después de su propio bolsillo (André supo que Jeremía murió creyendo que ese dinero en realidad no había salido de su bolsillo personal, creía que aquello había sido una mentira a fin de cobrar el dinero de vuelta cuanto antes).

Las hijas de Jeremía ya no estaban en la casa: una vivía con su pareja y la otra había viajado a la capital por su carrera universitaria. Elisa, a fin de servir como decoradora en unas islas con potencial turístico en las que se estaban construyendo nuevas casas de verano, tendría que estar fuera por varios meses. Jeremía aprovechó para emprender su última gran expedición. André, ligeramente molesto por el incidente del dinero, no habló con él durante ese tiempo. Estaba ocupado terminando un libro de relatos que por fin podía darle el reconocimiento literario que había anhelado toda su vida. Sin embargo, escuchaba las historias sobre Jeremía que corrían en boca de la gente. Había pedido dinero prestado a una docena de personas y había contratado a veinte ayudantes para que de manera laboriosa agotaran las paredes de roca caliza donde sospechaba que podían encontrarse los huesos del mosasaurio. Se decía que Jeremía había hecho correr la voz entre los niños y los desempleados de la zona que daría una fortuna, además, por cualquier fósil que le llevaran. El viejo había enloquecido. Una vez que en efecto pagó lo prometido por un ammonite encontrado por un muchacho (por el que tomó el crédito, claro estaba), muchos habitantes se lanzaron a excavar en todas partes, incluso en zonas absurdas, en rocas que no tenían más de un millón de años. Algunos emplearon explosivos caseros, y otros cavaron con tanta brutalidad que, una vez encontrado el fósil (otro pez cretácico), lo dañaron de una manera terrible. Desde sus paradisíacas islas Elisa hablaba con André y le contaba de las mil historias que tuvo que inventarse ante Francis y ante los demás especialistas para explicar los daños en el nuevo pez fósil. Un hombre una vez le llevó a Jeremía un ammonite falso, que había sido tallado a mano en la misma roca donde solían encontrarse los moluscos. Otra vez uno de sus peones escondió un ammonite que había sacado de la piedra y utilizó a un niño como intermediario para revenderlo a Jeremía, y así cobrar su salario como peón sin suerte y el premio como cazarecompensas afortunado.

La última y extendida expedición del viejo paleontólogo se convirtió en una especie de mito local. Nadie sabía de dónde sacaba el dinero para proseguirla, pero el hecho era que parecía decidido a no detenerse. Elisa le contaba a André desde sus islas que al parecer salía del Museo de Historia Natural de la capital, puesto que últimamente habían acrecentado su interés por el yacimiento: habían mandado a buscar los ammonites, los dos peces, y por último el diente de mosasaurio, para volverlos a estudiar. Elisa ya no amaba a Jeremía como lo había hecho en su juventud, cuando lo había acompañado en la tienda de campaña, pero le contentaba de manera profunda que las investigaciones de aquel viejo empecinado al menos estuvieran siendo escuchadas de nuevo en la capital. El mosasaurio, sin embargo, seguía sin aparecer, y la expedición, que había adquirido proporciones míticas (auxiliada por la historia de los huesos que el viejo veía en sueños desde niño) se había dilatado demasiado, hasta un punto inaceptable para su salud. Elisa regresó de las islas preocupada por la salud del viejo en aquellas difíciles condiciones, y de ser necesario ella habría ido hasta allá, hasta los yacimientos, para traerlo de vuelta, pero al abrir la casa se encontró un escenario demasiado impactante. Estuvo cerca de desmayarse, y rápido llamó por teléfono a André. El escritor, cuyo libro de relatos tampoco había alcanzado el éxito esperado, acudió pronto y se topó con una casa saqueada. Primero pensaron que habían robado, pero la verdad era más simple: Jeremía lo había vendido todo para proseguir sus enloquecidas y estériles excavaciones. Había vendido no solo mercancías, sino vajillas familiares de Elisa, objetos que habían pertenecido a su familia por generaciones, y que sin importar las necesidades que hubieran atravesado (habían sido muchas) ella se había preocupado por conservar.

Tras el divorcio Elisa le dejó la casa a Jeremía. La mujer, ya anciana también, le contó a André de una traición no menos espantosa, de la que no había tenido conocimiento. Antes de vender las cosas de la casa Jeremía había ido entregando al mercado negro los ammonites, luego los peces y por fin el diente de mosasaurio. Los fósiles que había recolectado a lo largo de su vida fueron vendidos para conseguir los restos de un mosasaurio que no aparecería nunca. Acepta tu destino, le dijo Elisa a Jeremía antes de dejarlo para siempre, acepta que nunca lo encontraste. El museo local había comenzado a preocuparse por los fósiles que no acababan de ser devueltos por la capital, y llamaron al Museo de Historia Natural, hubo naturalmente una enorme confusión. Una vez más Francis tuvo que intervenir (ya era un viejo enfermo también, y ni siquiera trabajaba en el museo, lo tenían como una especie de estatua viviente, para actos y conmemoraciones), explicó que en verdad esos huesos habían sido pedidos por ellos, y recibidos, pero que habían sido robados de forma misteriosa. Hubo investigaciones fantasmales, hechas premeditadamente para no llegar a ningún sitio y que al final de su vida Jeremía no fuera a prisión. Aunque de manera oficial se aceptó la historia improvisada por Francis y Jeremía, la gente sabía muy bien lo que había pasado. Peor, Francis tuvo que saber la verdad. Jeremía tuvo que rogarle que se apiadara. Esos fósiles se perdieron para siempre, dijo Francis, todo lo que hallaste en tu vida fue para nada, y lo mereces, tú lo mereces, Jeremía, pero el resto del mundo no lo merecía. Faltaba mucho por investigar, y ahora habrá mil cosas que nunca sabrá la ciencia por tu culpa. Nunca más Francis le volvió a hablar. Jeremía lo llamó cada cumpleaños para desearle felicidades, pero la esposa siempre era la que contestaba el teléfono, y se limitaba a dar las gracias, y colgaba con una evidente incomodidad.

De esto último André se enteró porque el mismo Jeremía se lo contó con vergüenza. El viejo lo invitaba una y otra vez a que lo visitara y hablaran de sus respectivos proyectos, aunque ya también André hubiera envejecido un poco y sintiera que no hubiera más nada que escribir. Jeremía estaba convencido de que un día Francis iba a recapacitar e iba a contestar sus llamadas, y emprenderían de nuevo el libro a cuatro manos que habían pensado en conjunto. Francis murió a los ochenta y dos años de una apoplejía. Los últimos meses de su vida había estado casi paralítico, pero Jeremía no había tenido modo de enterarse. Hicieron algunos homenajes en la capital, y publicaron un libro de edición limitada, con páginas cromadas, en el que se incluían todos los fósiles que Francis había descubierto en su vida, así como numerosos detalles biográficos (en la portada, como cabía esperar, estaba el ave cretácica). Algunos de los detalles biográficos Jeremía los desconocía, producto del relativo distanciamiento que había sucedido en los últimos años. En el libro Jeremía no encontró una sola mención a su nombre.

Resignándose a que el libro sobre los reptiles marinos no iba a ser completado jamás, Jeremía lo envió en su última versión a una editorial enfocada en la divulgación científica, con la esperanza de que la coautoría de Francis le diera luz verde al proyecto. Jeremía incluso le prometió absurdamente a André que resolvería contactos para reeditar uno de sus viejos libros de relatos. Unas semanas después los de la editorial llamaron para notificar que rechazaban el proyecto. Se habían comunicado con la viuda de Francis, y ella les había dicho que bajo ningún concepto su esposo habría permitido que ese libro oportunista y parasitario fuera publicado.

André se encontró varias veces con Elisa, y ella le había preguntado cómo estaba Jeremía, y él se había limitado a contestarle que estaba bien. La verdad las visitas a casa de Jeremía lo cansaban y le despertaban una tristeza demasiado desoladora, demasiado inminente, a la que prefería no acercarse. André fue dejando sus hábitos de lectura con los años hasta pasar la mayor parte de su tiempo libre viendo series humorísticas, en las que los personajes ya eran conocidos y reconfortantes, y en las que el conflicto se resolvía para todos antes de que aparecieran los créditos. Nunca se había casado, y ya era muy tarde para hacerlo, pero le gustaba el papel del tío adorable. Malcriaba a sus sobrinos y le encantaba ver cómo los niños crecían, cómo se habían sorprendido de pequeños por algo tan simple como el tamaño de una habitación y cómo disfrutaban ahora jugar ajedrez entre ellos. Y André experimentaba cada placer de nuevo a través de ellos, y eso compensaba lo demás. Le permitía seguir existiendo sin sus libros y sin la eternidad literaria, lo cual ahora le parecía ridículo, un insensato sueño adolescente.

Cuando se enteró de la muerte de Jeremía quedó irreversiblemente destrozado. Algo había en el destino de ese bribón con encanto que lo sentía suyo. Quizás le molestaba pensar en la historia de Jeremía porque se reconocía en ella: las ruinas de su sensibilidad literaria todavía eran capaces de generar paralelismos y significados en el caos absurdo que eran la humanidad y el universo. Las cosas cambiaban sin que uno pudiera remediarlo, y era tan ilusorio creer que alguna vez se había tenido algún control sobre el destino propio como creer que por no dejar evaporar el agua de una cazuela esa tarde no se aglomerarían nubes y dejaría de llover. La cultura, la sociedad, sublimaba precisamente las costuras, los absurdos de sus concepciones, nos llevaba a asociar las tumbas con las flores, cuando el cadáver resultaba un cuerpo hediondo, a asociar la humildad y la pobreza con la virtud, cuando no había nada de virtud en ellas. El énfasis del arte y la literatura a lo largo de los siglos en las decisiones que tomaban los hombres encubría que los hombres no tomaban decisión alguna, sino que sus épocas y sus genes decidían a través de ellos, y si existía un destino, no había sentido en ese destino, era solo una historia escrita por la mano de un dios dormido.

El entierro fue en un pequeño cementerio al sur de la ciudad. No asistieron más de siete personas. La nieta de Jeremía jugaba en su teléfono celular mientras André hablaba. Dijo unas palabras elogiosas, mencionó el diente de mosasaurio y las historias pintorescas que había protagonizado, mencionó también que había amado a Elisa y a sus hijas todavía más que a la paleontología, lo cual no era estrictamente falso: Jeremía había amado a Elisa y a sus hijas más que a la paleontología, pero no más que a sí mismo. Elisa le preguntó en voz baja a André si había sido una buena idea enterrarlo en aquel cementerio, había oído que se inundaba, y quizás hubiera sido mejor incinerarlo. No creo, contestó André, él habría odiado que lo incineraran. ¿Por qué lo crees? Por algo que me dijo la última vez que lo vi. Entonces Elisa preguntó por la última vez que André había ido a ver a

Jeremía. André quiso hacer una historia detallada, así que le pidió que esperaran a la noche.

Era invierno, mientras anochecía tomaron té en un café que no estaba lejos de allí y luego decidieron caminar bordeando el río. Hablaron sobre cuánto había cambiado la ciudad. No parecía la misma, prácticamente se sentían extranjeros en una ciudad futurista. Por al lado les pasaban las parejas de jóvenes, hermosos y despreocupados. Eres mi único amigo, André, dijo Elisa, y le tomó la mano como lo hacía en los tiempos de la universidad, y los dos viejos siguieron paseando juntos mirando la corriente del río, en la que temblaban las estrellas deformes y amarillas de las luminarias reflejadas, silentes e imperecederas. André comenzó a contarle la historia de la última vez que habló con Jeremía.

Le ocultó la razón por la que había ido. Le habían dicho que las hijas le mandaban una cantidad *aceptable* de dinero todos los meses, y él estaba en apuros financieros, y creyó que podía cobrar la vieja deuda. Fue con la excusa de hablar de lo de siempre, de sus libros y proyectos, aunque esta vez el viejo Jeremía renunció a hacerlo. Para su sorpresa, desde que abrió la puerta, le habló desde una calma misteriosa. Jeremía estaba encorvado y usaba un bastón a raíz de una caída que le había fracturado la pierna, sus ojos tenían algo distinto, y el rostro mantenía una expresión verdaderamente lastimosa y a la vez seria, digna.

La casa acumulaba el polvo de meses. La luz entraba familiarmente por los antiguos y desnudos ventanales. André miró cómo caían las inagotables partículas de polvo, inflamadas por la linterna dorada del día. Miró el polvo y miró sus manos, la piel arrugada y llena de venas. Estaba sintiendo la vida. Jeremía regresó a paso lento y le mostró unos recortes de periódicos. Eran las caricaturas que le habían hecho luego de su error en la clasificación del plesiosaurio. André no supo si sonreír, pero al ver que el viejo cascarrabias reía se sintió libre de hacerlo también.

Después el viejo le mostró la fotografía de una pintura, un mosasaurio. El enorme reptil parecía una salamandra monstruosa con aletas en lugar de patas. La pintura capturaba muy bien la sensación de movimiento del agua y del elástico animal. Esta reconstrucción se hizo a partir de mi diente, es la única reconstrucción que se hizo. En el fondo es demasiado especulativo, lo sé, es como pintar una persona de cuerpo entero a partir del zapato que se encontró alguien, ni siquiera supimos a qué género pertenecía, pero bueno, es algo… Como sabes el fósil se perdió, a veces me pregunto dónde estará. ¿Tienes tiempo como para quedarte a almorzar? André afirmó con la cabeza, ya había olvidado el asunto de la deuda, por el cual había ido.

Almorzaron uno frente al otro en el comedor, con la mejor vajilla que había en la casa, como dos caballeros. A veces he pensado que el estudio de la literatura es como la paleontología, dijo André en voz alta. La literatura captura lo que está vivo y lo deja en el sedimento de los libros. Un libro es un molde hueco, como un fósil, como la piedra que llena el espacio dejado por el hueso orgánico. Jeremía negó con la cabeza, mientras se llevaba la comida a la boca. La literatura es admirable, pero subjetiva, dijo el viejo, unos creen que un libro es bueno, otros creen que es malo, pero un fósil está ahí y nadie puede cuestionarlo. El fósil existe en la piedra aunque nadie lo esté pensando, el libro no. El fósil en la piedra… es como si un dios lo estuviera pensando. Como si la tierra fuera una consciencia incesante, y tuviera sus nostalgias.

André fregó los platos y miró por la ventana, el cielo se estaba nublando. Debería irme, dijo. Un momento, contestó Jeremía, ¿podrías ayudarme en algo? Antes lo hacía, pero ya mi salud no me lo permite. Sígueme.

Lo llevó a un cuarto vacío en la parte de atrás en el que había una jaula con dos pájaros. Explicó que antes le gustaba de vez en cuando cerrar las ventanas y soltarlos para que volaran, pero ya no podía, desde la caída y la rotura de su pierna. Cerraron las ventanas, solo entraba la luz secundaria del vitral con la forma de un semicírculo que quedaba sobre las ventanas. André abrió la puerta de la jaula, y esperó unos segundos. Primero salió un pájaro, y luego el otro. Jeremía sonrió al verlos volar, aunque fuera en aquel cuarto abandonado. Ahora debes atraparlos, dijo. André se acercó a uno de ellos con cautela, pero el pájaro huyó. Tuvo que repetir la operación varias veces hasta capturarlo. Cogerlo le daba miedo, el pájaro latía en su mano como un corazón con plumas, sentía que ante la menor presión podía matarlo, y si aflojaba demasiado la mano podía huir de nuevo. La sensación de tener un pájaro en la mano es indescriptible. Lo metió en la jaula y la cerró rápido. Capturar al segundo fue más difícil, porque estaba agitado, y ya tenía sesenta y nueve años.

Fueron de nuevo para la sala. Recorrer la casa le había permitido a André descubrir que en la casa prácticamente no había muebles. ¿Cómo está Elisa?, preguntó el viejo. Está bien, respondió André. Era obvio que Jeremía quería que André se quedara un rato más, pero no sabía cómo retenerlo. André le dio el pésame tardío por la muerte de Francis.

Cuando lo vi por primera vez en aquel congreso Francis tartamudeaba, estaba muy nervioso, no sabía hablar en público. Yo había llevado una caneca con whisky y le ofrecí un poco para que se relajara, prácticamente era un desconocido, pero confió en mí, supo que yo había entendido la situación que estaba atravesando, porque yo la había atravesado también, yo había descubierto ese fósil, y eso me daba confianza, pero nunca había hablado ante una aglomeración de personas. Fuimos a varios sitios, me dio una especie de recorrido turístico por la capital, el único que tuve durante ese viaje. Se sintió muy bien, porque por mi acento todos notaban que yo no era de allí, y ahora al menos tenía un compinche, una persona a la que llamar si sucedía algo, cualquier confusión. Francis fue una persona generosa, mucho más de lo que yo he sido jamás, y también fue un mejor investigador, tenía mejor ojo, sabía en qué piedra buscar... Nunca volvimos a hacer una expedición conjunta. Hicimos solo aquella, y no encontramos nada. Si de algo me arrepiento en mi vida es de no haber encontrado nada en la única expedición conjunta que hicimos. No debió morir antes, la vida no es justa, él debió sobrevivirme.

André le estaba haciendo la historia de la última visita a Elisa, con lujo de detalles. Ella no podía decir una palabra. Sus ojos brillaban con una piedad infinita, líquidos y enormes. A pesar de ser una anciana Elisa seguía siendo una mujer bellísima. Había un silencio absoluto en la ciudad y el río negro corría. André continuó la historia.

El sueño recurrente, esos huesos misteriosos en la piedra... ya sé lo que significan. Pensé que eran los huesos del mosasaurio, pero estaba equivocado, dijo Jeremía (después de terminar cada frase los labios del viejo temblaban, como si fueran capaces por sí mismos de odiar). Cada vez pude ver con más nitidez los huesos, y hace unas semanas vi la fractura en la tibia. Creo que los huesos que he estado viendo en sueños desde niño no han sido otros que los míos. Jeremía se quedó afirmando íntimamente con la cabeza, como si se resignara, e hizo un gesto con la débil mano para invitarlo a caminar por el patio, lo cual constituía ya, junto a contemplar las aves, su único entretenimiento. André lo ayudó a levantarse, al viejo obviamente le molestaba que alguien tuviera que ayudarlo. El día estaba gris y seco. Eran las tres de la tarde, pero parecía como si pronto fuera a atardecer. No había más nadie por allí, y todo se sentía lejano y perdido.

Echo mucho de menos a Francis, sin él nada de esto tiene sentido, dijo Jeremía mientras caminaba con dificultad apoyado en su bastón. La punta del bastón dejaba pequeños y superficiales cráteres en el suelo. La mayoría de la gente no entiende cuán milagrosa es la existencia de un fósil, en medio del caos y la impermanencia que caracterizan al mundo. El animal debe morir y al instante quedar enterrado en un tipo especial de sedimento, continuó. Con un poco de suerte ese sedimento dejará pasar el agua con minerales que sustituirán el hueso original, y si no está cerca de una placa tectónica, que eleve el terreno y produzca erosión y un desentierro prematuro, o que lo lleve a las profundidades, donde se convierta en lava, si está enterrado preferentemente alejado de placas tectónicas, en tierras bajas, bueno... entonces hay una remota oportunidad. Tierras bajas, sí...

Los cálculos sugieren que las probabilidades de que un organismo se convierta algún día en un fósil son de una en mil millones, dijo. Piensa bien en eso: *una* en mil millones. Hasta hoy han vivido, se estima, cien mil millones de personas. Si mañana desaparece de repente la inconmensurable humanidad, cien restos fósiles machacados, incompletos y dispersos en el mundo será todo cuanto quedará de ella. Unas cuantas vértebras, fémures y cráneos, que habrían cabido en una sola fosa común.

Jeremía detuvo su trabajoso caminar, miraba el suelo con una expresión de desdén y de cansancio, como si buscara algo. Cuando muera quiero que mi tumba esté en tierras bajas, dijo. Sí, creo que es lo mejor... eso mejorará mis probabilidades.

El imitador

El árbol genealógico había sido encargado por su bisabuelo. Al parecer solo quedaba esa copia. Era uno de los pocos objetos valiosos que había en la casa. Emanuel podía reconocer fácilmente el tacto y el olor de aquel cartón cromado. El dibujo del árbol parecía la cabeza de una gorgona, pero Emanuel no sabía lo que era una gorgona, así que solo le parecía un árbol. No estaban él ni su madre, y la mayoría de los nombres le resultaban desconocidos. Imaginó una vez un sistema en el cual cada persona acumulara en el nombre todos los apellidos de su genealogía. Que el nombre de una persona ocupara varias páginas, quizás un libro entero. De las bifurcaciones del árbol había una que siempre le había llamado la atención, un hombre extraño, tío de su madre, hermano de su abuelo. Era la única persona que aparecía en el árbol que seguía con vida. Esta simultaneidad le resultaba asombrosa, como si creyera en una ley secreta según la cual solo los muertos figuraban en el dibujo. De su tío abuelo había escuchado hablar poco. Al parecer mantenía escasa comunicación con su madre.

A cierta edad, a un niño le resulta natural copiar la opinión de sus padres sobre los parientes. Con sus padres se había burlado de sus parientes de la capital cuando habían ido a visitarlos y se habían espantado porque ellos no hervían ni purificaban el agua. Había disfrutado con los padres ver sus incómodas cortesías y su repugnancia por el piso de tierra. A los doce años, no obstante, Emanuel había comenzado a hacerse cuestionamientos. Una vez en la capital, invitado por los tíos, lo habría avergonzado mencionar que en su casa no hervían ni purificaban el agua, al conversar con personas nuevas. Supo entonces que la vergüenza estaba moldeada a menudo por la opinión pública del lugar y del momento, y sintió vértigo al descubrir que en la mayoría de los asuntos de la vida solo había estado reflejando la opinión ajena. Era un imitador.

Cuando se enteró de la muerte de su tío abuelo, el que aparecía en el árbol genealógico, la madre hizo un comentario despectivo mientras almorzaban, y mostró su preocupación por la posibilidad de que ellos tuvieran que hacerse cargo del nieto del muerto, que ahora se quedaba solo. El padre trató de calmarla diciendo que los parientes de la capital debían ser los que se ocuparan. Ellos no nos pueden pedir a nosotros que nos hagamos cargo, dijo, no tenemos dinero ni tiempo, además, el niño está loco. Emanuel no había escuchado hablar de su primo hasta entonces. El niño va a estar mejor atendido en la capital, dijo la madre, hay médicos allá, si nos piden que nos hagamos cargo podemos decirles eso, no es ninguna mentira.

El tiempo que no pasaba en la casa o en la escuela Emanuel solía ocuparlo yendo al centro del pueblo, a vagabundear por una plazoleta cercada por pequeños negocios que satisfacían la mayor parte de la demanda local. Había un sitio al que le gustaba ir en particular: la tienda de lámparas. Se distinguía de inmediato de los demás sitios, porque parecía inservible. No solía ir mucha gente. La iluminación era la de un santuario. Solían colocar inciensos, además, y siempre había una música casi inaudible que no parecía música sino otra cosa, lo que debía ir antes de la música, o después. El negocio daba pérdidas, pero lo mantenían porque en la parte de arriba del local estaba el taller donde fabricaban las lámparas, la mayoría de las cuales eran vendidas en la capital a través de terceros. Emanuel se sentaba un rato a mirar si había alguna lámpara nueva que despertara su interés y luego se iba.

Allí trabajaba a medio tiempo una muchacha de veinte años llamada Flavia, que había sostenido una amistad peculiar con Emanuel. A él le agradaba que siempre oliera bien, y que se recogiera el pelo con dos palillos chinos, le recordaba a las muchachas que había visto en la capital. Una vez Flavia le había preguntado su cumpleaños, y unos meses después se había acordado, y lo había invitado a una heladería. Nunca nadie había memorizado su cumpleaños, salvo sus familiares o los amigos de sus familiares. Los muchachos de su edad olvidaban los cumpleaños, los cumpleaños de los otros constituían un segmento de la realidad del que no sentían la necesidad de hacerse responsables. Que Flavia se hubiera acordado había resultado la confirmación de su primera privacidad adulta.

Flavia era la hija del dueño de la tienda, a Emanuel le habían dicho que ella había dejado la universidad, pero luego se había enterado de que solo se había cambiado para la escuela de arte. Iba a empezar en unos meses. Supuestamente era muy buena actuando. Una vez la había visto imitar a un actor famoso, con un bigote pintado con lápiz de cejas. Había sido gracioso, pero él no entendía cuándo una actuación era de verdad buena. Le gustaban los personajes, no los actores. En este pueblo no hay ni un solo grupo de teatro, le había escuchado decir a su madre.

Lo que más le gustaba de Flavia constituía su espeluznante bondad. Nunca había visto algo parecido. Cuando sus padres decían que alguien era bueno generalmente se referían a que alguien había sido bueno con ellos, y tenía que ver con algún tipo de favor que la persona les había hecho, pero Flavia no era buena en ese sentido vulgar. Movía a veces las lámparas de sitio, solo para comprobar si alguien más se daba cuenta, y aceptaba las propinas de los clientes, a pesar de que su padre prohibía a los empleados aceptar propinas. Flavia no necesitaba el dinero, las aceptaba porque sabía que una de las pocas situaciones cotidianas en las que la mayoría de las personas tenían la oportunidad de ser generosas y sentirse clementes resultaba el momento de la propina. Esa diminuta decisión mejoraba el día de muchas personas. Emanuel no conocía a nadie más capaz de detectar estos detalles. De hecho, había empezado a detectarlos él mismo a causa de Flavia, a causa de sin darse cuenta querer ser como ella, lo cual respondía a su inherente condición de imitador. Sus padres jamás podrían entenderlo, y él a veces se avergonzaba. Y se avergonzaba por avergonzarse de vivir en una casa con piso de tierra, porque sabía que a Flavia no le habría importado. Probablemente se habría quitado los zapatos. En realidad en algún momento ya ella habría entrado a la casa. Flavia conocía a sus padres, y de niña había conocido a su abuelo. Una vez ella le confirmó que había visto el árbol genealógico (y aquello ocasionó la misma sorpresa que si le hubieran dicho que había contemplado un objeto que solo existía en sueños).

Al enterarse de la muerte del tío abuelo y de la posibilidad de que su primo fuera a vivir con ellos se atrevió a preguntarle a Flavia qué sabía de ellos.

Sé que tu abuelo y tu tío abuelo no se hablaban, respondió. Tu abuelo trabajó como peón en el campo, y perdió el trabajo cuando los cultivos se hicieron irrentables, al no poder competir con los precios bajos de otros productores de regiones más fértiles. La casa en la que vives la construyeron tus padres, y él se fue a vivir allí durante sus últimos años, porque no podía valerse por sí mismo. Tu tío abuelo hizo mucho dinero y también lo perdió. Algunos dicen que había robado y que había quemado el dinero. ¿Quemó el dinero para que no lo atraparan?, preguntó Emanuel. Se dice que lo quemó para divertirse, que para empezar había robado para divertirse. ¿Por qué?, preguntó

Emanuel. Es difícil de explicar, ¿alguna vez has robado algo? Deberíamos robar alguna vez, le dijo Flavia. El imitador escuchó aquellas palabras y sintió el deseo profundo de ser capaz de pensar de la forma en la que podía pensar Flavia. Desde el bien, pero desde un bien que paradójicamente se encontrara por encima del bien y el mal.

Los parientes de la capital llegaron a un acuerdo con sus padres. Ellos mandarían una cantidad de dinero cada mes, que bastaría para cubrir las necesidades del niño, y además implícitamente pagarles el servicio. Compartirían el cuarto, Emanuel y su primo. Se hicieron algunos cambios en la casa, encaminados a guarecer en el cuarto de los padres los pocos muebles y objetos de valor. Se hicieron los trámites escolares pertinentes. De cualquier modo todavía era verano y se encontraban en período de vacaciones.

Emanuel a veces llenaba las horas viendo pasar los trenes por la estación de ferrocarril. Pocas personas se bajaban o se subían, la pausa en la estación de aquel pueblo constituía un protocolo, semejante al de la aguja de un reloj analógico, que tiene que detenerse en cada línea, aunque se trate de una hora poco interesante. Una vez él había viajado en tren, y había visto los campos de un modo distinto, del modo en el que lo veía la gente de ciudad: como un paisaje. Un paisaje es aquel lugar en el que no estamos. De estar nosotros, dejaría de ser paisaje. Durante el verano ponían el aire acondicionado en la cafetería de la estación, y este era un motivo suficiente para pasearse por allí de vez en cuando. La estación solía acoger vagabundos. Si de casualidad un día él quedaba en la calle sabía que lo más seguro era la estación: las personas se renovaban, y podían obtenerse más limosnas. Las personas de pasada solían comprar comidas a un precio absurdo en la cafetería y solían sentirse mal al ver los vagabundos durmiendo en el suelo. Una vez había visto a un niño más joven que él durmiendo en el suelo. El imitador había sentido también varias veces la tentación de vivir por un tiempo como un vagabundo.

Sus padres lo enviaron a la estación a recibir a su primo porque ellos tenían el día ocupado (el padre trabajaba como guardia de seguridad, y la madre había conseguido un empleo sin horario fijo limpiando casas). Los raíles estaban sobre unas piedras de colores agrisados que parecían menos piedras de río que las piedras de una pecera, rotas y sin pulir. A mediodía los raíles de acero se calentaban y sobre ellos la imagen de las piedras temblaba engañosamente. Emanuel esperó el tren recostado a una de las columnas de la estación. Deseaba entrar al aire acondicionado de la cafetería, pero tenía miedo de perderse el instante en el que su primo se bajara del tren. Venía de la capital, se había pasado unos días con sus tíos. Su nombre era Eliot. Emanuel creyó que Eliot era un nombre un poco ridículo. Cuando se bajó del tren comprobó que se trataba de un niño de aproximadamente su misma edad. Soy Eliot, dijo, salgamos de aquí.

Emanuel se ofreció para ayudarlo con la maleta, pero él respondió que no hacía falta. Eliot caminaba rápido. No volteaba la cabeza hacia los lados por ningún motivo, parecía asustado. ¿Almorzaste ya? No, y tengo bastante hambre. Mis padres me dieron dinero para que almorzáramos si hacía falta, contestó Emanuel, dejamos atrás una cafetería que es muy buena. No podemos regresar a la estación, le dijo Eliot mirándolo seriamente, comamos en otra parte. El niño no parecía sorprendido por el aspecto del pueblo, su antigua casa estaba en un lugar semejante, según tenía entendido Emanuel. Compraron unos pasteles rellenos de carne y se sentaron en la plazoleta a comerlos. La carne se les desmoronaba entre los dedos, y cada uno, tratando de que el otro no lo viera, trató de rescatar las sobras de sus pantalones. Lo siento por tu abuelo, dijo Emanuel, con un tono un tanto nervioso. Aquella constituía la primera vez que daba un pésame. No estaba seguro de cómo ni cuándo decirlo, pero una parte de él incluso se emocionaba ante la idea de imitar afectadamente a aquellos a quienes había visto dando un pésame. No creo que lo sientas de verdad, contestó Eliot, pero no importa, me divierte un poco que estés incómodo.

Por la noche se sentaron todos a la mesa, fue la bienvenida oficial. La madre rezó y después empezaron a comer. Como nadie decía nada, ella hizo una pregunta para abrir la conversación. ¿Qué te pareció la capital? Me gustó muchísimo. A mí no me gusta la capital, dijo la madre mientras picaba la comida, la gente vive obsesionada por el dinero, y se olvida de otras cosas. Emanuel pensó que en el pueblo también la gente vivía obsesionada por el dinero, y que si no había olvidado otras cosas era probablemente porque no había nada que olvidar. ¿Qué fue lo más hermoso que viste en la capital?, preguntó la madre. Eliot se quedó pensando por un instante, con la mirada hacia arriba. Lo más hermoso que vi fue un bulldog muerto a la orilla de un río.

Emanuel y Eliot se fueron a dormir a las once. Naturalmente les costó trabajo dormirse, y antes hablaron un poco. ¿Por qué te pareció hermoso un bulldog muerto?, preguntó Emanuel. ¿Solo lo dijiste como una broma? Lo dije como una broma, contestó, pero no era una broma. Mi abuelo creía que Dios estaba en las moscas. La expresión más hermosa de un cuerpo es cuando se corrompe, decía él. Quería que cuando muriera lo dejara corromperse al sol, hasta que solo quedaran sus huesos, y que luego triturara sus huesos y los mezclara con harina y agua, para que pudieran ser digeridos por los buitres. ¿Y lo hiciste? A medias, respondió e hizo silencio. Emanuel se dio cuenta de que su pregunta había estado de más. Había mucho sobre su primo que nadie le habría querido decir.

En la tienda de lámparas Flavia le contó lo que había escuchado. Dicen que Eliot encontró al abuelo muerto en la mañana, no despertaba, ni respiraba, y el niño supo que finalmente había sucedido, y lo llevó hasta una especie de prado, y el cuerpo estuvo varios días a la intemperie. Una carroña a cielo abierto. Pero el niño se horrorizó demasiado y por fin lo cubrió de paja y madera y le dio fuego. Durante varios días Eliot trató de ocultar la muerte del abuelo a los demás campesinos que vivían por allí, pero inevitablemente descubrieron lo que había pasado. No quería contarte nada de esto, pero ya que te enteraste de una parte de la historia… Conversé mucho con tu tío abuelo, era una persona interesante. Macabra, pero interesante. ¿Y lo de la quema del dinero fue verdad? No lo sé, no estoy segura. Solo trataba de convencerme de sus extrañas ideas. Mi padre lo toleraba porque entonces tenía mucho dinero. ¿Crees en Dios?, le preguntó Emanuel a Flavia. No, no creo en Dios. Ni en el que creen tus padres ni en el de las moscas. Mi madre dice que las personas que hacen el mal están lejos de Dios, dijo el niño, pero tú haces el bien aunque estés lejos de Dios. Estarían cerca de Dios las mejores personas, pero también las peores, contestó Flavia, suponiendo que existiera Dios. Lo que intento decir es que hacer algo lo suficientemente malo también nos acercaría a Dios.

Emanuel guardó aquella última frase en su memoria. No era capaz de entenderla y un instinto suyo la rechazaba, sin embargo había otro instinto que la reconocía de inmediato, como una verdad autoevidente. Tal vez la frase le regresaba a la cabeza una y otra vez porque por un lado no podía imaginar a alguien más decidido a hacer el mal que su primo Eliot, y por el otro no imaginaba a alguien más cerca de Dios. Estaba tocado por una especie de inmunidad mística. La mayor parte de las respuestas que daba a cualquier pregunta que se le hacía constituían mentiras, que elaboraba en el justo instante gracias a un ingenio perverso. Sus chistes llegaban a una crueldad que hasta entonces Emanuel no había conocido, ni habría considerado posible. Varias veces lo había visto sonriendo frente a una hoguera. Eliot llevaba sin falta una caja de fósforos en el bolsillo, y con ella prendía fuego a la cosa menos pensada. Los padres de Emanuel intentaron comunicarse con los parientes de la capital, pero ya no podían retractarse. Además, necesitaban el dinero que les mandaban. Eliot se comportaba con la maldad de un niño más joven, y con la astucia de alguien mucho mayor. Físicamente era atractivo. Su sonrisa nunca mostraba los dientes. Era una sonrisa callada que dilataba los labios hasta las orejas, una mueca hermosa que en ocasiones daba miedo. Niños y adultos en el pueblo comenzaron a temerle. No a lo que el niño fuera capaz de hacer, peor, le temían miedo a *él*, a su simple presencia en un sitio, a sus palabras. Como mismo se le teme a una araña que no se mueve.

Los muchachos en el pueblo se encontraban divididos de acuerdo a su edad y al estrato social de los padres. Entre los seis y los trece años los varones pobres se agrupaban en pandillas para jugar y a veces para protegerse entre sí. Muchas pandillas terminaban haciéndose más cerradas y los cuatro o cinco miembros resultantes, ya con quince o dieciséis años, hacían pequeños robos en otros pueblos o traficaban artículos robados. Sin embargo la mayoría de los miembros de estas pandillas infantiles iban separándose de manera paulatina antes de cumplir los quince, a medida que conseguían pequeños trabajos, o que empezaban su vida sexual. En general el acercamiento con las muchachas solía disolver las pandillas: con quince años ningún miembro quería ser visto por las muchachas descalzo, con los pies cubiertos de polvo, o descansando a la sombra comiendo frutas robadas, o liderando patrullas de enanos llorones de nueve u ocho años. Las muchachas entre los seis y los quince años formaban grupos más reducidos que los de los varones, células de cuatro o cinco amigas, en cuyo centro solía concentrarse la amistad de solo dos o tres (las otras iban y venían: aproximadamente la mitad de las muchachas a esa edad resultaban nómadas, lo cual contrastaba con la relativa estabilidad de los varones, más tontos y leales, cuyos parias por otro lado la pasaban mucho peor, y eran sometidos a frecuentes escarmientos físicos).

La jerarquía masculina entre los seis y los trece años normalmente estaba encabezada por los niños más pobres, tal vez porque estos tenían menos ataduras y se adaptaban antes a un mundo de violencia (luego de los trece años el sistema cambiaba por completo). Por el contrario, la jerarquía femenina estaba encabezada por las niñas más adineradas. En ocasiones la niña más adinerada coincidía con la más hermosa, y en tal caso podía proclamarse como soberna absoluta. Cuando la niña más hermosa era pobre solía surgir una polarización, los dos poderes solían convivir da mala gana. En cualquier caso la niña pobre y hermosa no solía rodearse de otras niñas atractivas, y en cambio las niñas adineradas, aunque no tuvieran entre ellas a la más atractiva, solían tener como promedio un mayor atractivo físico, y por tanto, utilizando sus fuerzas sumadas, conseguían ejercer un mayor dominio que la muchacha pobre y hermosa, que se encontraba aislada. Por lo general las muchachas pobres y hermosas se embarazaban de forma temprana o perdían toda su belleza física antes de cumplir los veinte años, lo cual les daba un aura trágica que una persona con experiencia distinguía de inmediato. Flavia había sido una de las muchachas atractivas y adineradas. Nunca la más atractiva, en apariencia, al menos para la sensibilidad de los muchachos de doce años. Con el paso de los años, Flavia se había vuelto cada vez más atractiva, al punto de encontrarse en su mayor esplendor justo ahora, en su época universitaria, cuando por otra parte el esplendor de la mayoría de sus antiguas compañeras había ocurrido hacía cuatro o cinco años.

Emanuel se encontraba en una pandilla en proceso de desintegración. Saludaba a los otros miembros cuando los veía en un sitio, pero al hacerlo sentía una incomodidad inexplicable, y se preguntaba si los otros miembros sentían algo parecido al verlo a él, y si la incomodidad yacía en suponer que el otro se sentía incómodo, y si todos se sentían estúpidamente incómodos solo por suponer que los otros se sentían incómodos, y se preguntaba si aquello al final resultaba tan estúpido, porque no podía ser aquella una simple confusión, algo real debía haber en el alejamiento entre ellos, en la tensión entre ellos, más que una confusión colectiva infinitamente reflectante. En las condiciones idóneas, casi cualquier comportamiento externo arrojado a la caja de arena de una sociedad podría ser infinitamente reproducido por esta, como una piedra madre a la que le baste dar sepultura a un organismo para aprehender su forma y engendrar fósiles semejantes durante milenios y milenios (habría bastado que muriera un ammonite para que llegaran a nosotros miles de conchas de piedra), no obstante, algo de razón tenían los presentimientos de Emanuel: la incomodidad no era un mero reflejo entre todos los miembros de la pandilla, debió existir una incomodidad primigenia en un miembro, un ammonite orgánico, muerto y podrido en la piedra, que los comportamientos de los otros reflejaran ciegamente, sin que ellos mismos pudieran entenderlo. Los miembros de su pandilla le confesaron que la gente decía que Eliot estaba loco, pero que ellos sin embargo no creían que estuviera loco, aunque desde luego ellos también creyeran que estaba loco. Esto alejó todavía más a Emanuel de los otros muchachos, que se sentían intimidados por Eliot. No lo atacaban, ya que no era un paria indefenso como las otras víctimas a las que estaban acostumbrados, pero evitaban acercarse. Eliot entabló cierta amistad, para sorpresa de todo el mundo, con algunas niñas. Su atractivo físico y la historia de su orfandad lo volvieron inmediatamente un tema de conversación entre ellas. El acercamiento nunca fue completo, jamás permitió que ninguna se acercara lo suficiente en términos emocionales. Eliot se divertía porque jugaba con sus poderes, con sus diminutas fraternidades, pero a las dos semanas perdió el interés. Andaba solo la mayor parte del tiempo, y disfrutaba la zona del centro del pueblo, la plazoleta y los pequeños negocios. Que conociera a Flavia constituía entonces una mera cuestión de tiempo.

Una mañana Emanuel entró a la tienda de lámparas. No había nadie, solo Flavia. Por las alegres ventanas de cristal coloreado pasaban las siluetas fantasmales de los transeúntes, cuyo bullicio quedaba casi silenciado una vez que la puerta se cerraba de nuevo. La música terminaba de aislar el espacio. Flavia llevaba unos inmensos audífonos blancos, y se movía suavemente en su silla tras el mostrador. Miró a Emanuel a los ojos y encogió los hombros. No me dejan poner la música que quiero, dijo, y siguió moviéndose. Emanuel repasó las lámparas, como siempre hacía. Las lámparas guardaban una notable semejanza con las figuras de la naturaleza, estaban hechas de metal dorado y vidrio naranja, los tubos dentro de los cuales iba el cableado se retorcían como enredaderas y daban frutos luminosos de vidrio, cuya bombilla interior no se distinguía, delicados globos de luz, que huían de la facilidad de la forma esférica, y a veces se separaban, como las mitades de un melocotón. Cada una de las lámparas de la tienda se encontraba encendida, y visto el conjunto desde lejos parecía un jardín secreto en un sueño de bronce. Emanuel sintió que abrían la puerta, pero no se molestó en ver quién había entrado. Siguió mirando las los detalles de las lámparas hasta que reconoció la voz de su primo. ¿Siempre vienes aquí, verdad?, le preguntó Eliot. Emanuel se dio la vuelta. Pese a andar con ropa extremadamente vieja y barata, una talla por encima de la suya, Eliot se paraba en los talones de sus zapatos y levantaba las puntas, balanceándose sobre sí mismo con las manos en los bolsillos y la barbilla levantada, como un dandy a punto de comprar una obra de arte. Siempre vengo aquí, la verdad, contestó Emanuel. Es como un museo, dijo Eliot con su sonrisa licenciosa, me da la impresión de que no puedo tocar nada. Puedes tocar lo que quieras, dijo Flavia, no te preocupes. ¿Estás segura de que puedo tocar lo que quiera? Muy segura.

El muchachuelo se acercó a Flavia, ralentizando ceremoniosamente sus pasos. Estaba sudoroso y sucio. Su respiración animal se escuchaba. Emanuel percibió que Flavia se encontraba un poco nerviosa ante su presencia. Eliot se recostó al mostrador, y miró la computadora, las bocinas, el teléfono y los audífonos. Desconectó las bocinas de la computadora, y los audífonos del teléfono, y conectó las bocinas al teléfono. Sus dedos sucios dejaron una marca en el blanco inmaculado del cable. Huellas dactilares incompletas. Sonó en la tienda una música agradable en otro idioma. Tienes buen gusto musical, dijo Eliot. Gracias, dijo Flavia. ¿Tu jefe te permite traer los audífonos al trabajo?, le preguntó. Flavia suspiró y sonrió, tal vez un poco incómoda. Mi jefe es mi padre, contestó. Tienes muchísima suerte entonces, dijo Eliot, no tienes jefe. Créeme, tengo jefe, dijo Flavia. Si esto último es verdad significa que no tienes padre, contestó el muchacho, al menos no mientras sea tu jefe. Eliot la miraba detenidamente a los ojos, a ella le costaba sostener la mirada. Pero lo que me dices es mentira, puedo verlo, sí tienes padre. Miras como alguien que tiene padre. Eliot se fijó en una inmensa lámpara que había sobre sus cabezas, de la que caían decenas de bombillas diminutas. Me gusta esta, prometo algún día venir por ella. Yo también tengo padre. Le pediré que me contrate como su empleado, y que sea mi jefe, aunque eso signifique que mientras tanto deje de ser mi padre, y trabajaré duro, y ahorraré dinero, y vendré por esta lámpara. ¿Dónde la pondrás?, le preguntó Emanuel, tratando de seguirle juguetonamente la corriente, y al tanto de que Flavia sabía que su primo había dicho al menos un par de mentiras. No tengo casa todavía, ni cuarto, porque vivo con mi padre, así que cuando la compre por el momento la tendré que dejar aquí. Lo que más me interesa es ser el dueño. Me da igual que todos la sigan viendo cuando entren a la tienda. Puedes traer a tu padre, le dijo Flavia, te prometo que podrás pagar la lámpara a plazos, sin intereses, durante años, si lo traes a él y me demuestras que es tu padre. Eliot quedó mudo y durante algunos segundos no pudo reaccionar. Flavia se había arrepentido de lo que había dicho justo cuando ya había terminado de decirlo. Eliot salió de la tienda. Lo siento, dijo Flavia, no entiendo cómo pude decirle eso, nunca me había sentido tan extraña, lo siento mucho.

Emanuel corrió tras Eliot. Lo encontró llorando en una callejuela. ¿Estás bien?, le preguntó el primo. Voy a quemar esa tienda, contestó con la voz rota. Voy a robar la lámpara y voy a quemar esa tienda, lo prometo. No importa lo que pase conmigo después. Voy a robar la lámpara y a quemar esa tienda hasta que no quede nada. Lo prometo.

∞

Durante varios días Eliot permaneció en silencio y no salió de la casa. Los padres de Emanuel se aliviaron. Emanuel no les dijo nada de lo que había pasado en la tienda. Eliot se dio cuenta de la lealtad de su primo y una noche le dio las gracias. Después de comer llamó a Emanuel por su nombre (cosa que rara vez hacía) y le dijo que sabía que sus padres le habían preguntado por él y que sabía que él no había dicho nada. La relación entre los primos era distinta de la relación que Eliot tenía con el resto de las personas. Con Emanuel solía comportarse como un ser humano más o menos normal. Se permitía confesiones y comentarios villanescos, aunque inofensivos, y nada más. Eliot le contó a Emanuel que sus primos en la capital le informaban de cada una de sus palabras y acciones a sus tíos. Los llamaba cariñosamente los informantes. Creían que estaban haciendo lo correcto, dijo Eliot, respeto eso. Lo correcto en su caso era lo mismo que lo *conveniente*. No se buscaban problemas. Lo correcto para la mayoría de las personas coincide con lo conveniente, también para tus padres. Lo siento, Emanuel, pero te lo tengo que decir: tus padres hacen algo correcto solo si es conveniente. Estoy al tanto de eso, dijo Emanuel. Me aceptaron aquí por el dinero, ¿no es verdad? Emanuel contestó afirmativamente con la cabeza. Los respeto, dijo Eliot, entiendo sus razones, el Dios al que le rezan no es el Dios de la bondad, sino el de la conveniencia. Son coherentes a su manera. ¿Y tú le rezas al Dios que vive en las moscas?, preguntó Emanuel. Las moscas tienen su propia moral, respondió.

El viento soplaba y tambaleaba el marco de la tela metálica en la ventana. Tu amiga de la tienda es un caso aparte, dijo Eliot. No era conveniente para ella lo que dijo. Simplemente vio la oportunidad de ser cruel y fue cruel. ¿Y tú no eres cruel?, le preguntó Emanuel. Yo nunca he ido por el mundo pretendiendo ser una buena persona. Ella sí, pude verlo inmediatamente, eso fue lo que me molestó. Creo que a las muchachas lindas uno las juzga más duro que a las demás, dijo Emanuel. Uno tiene la sospecha de que son unas creídas insoportables, y en cuanto aparece la más mínima información que lo confirme... ¿Crees que es tan linda?, le preguntó Eliot, ¿de eso se trata? Creo que es muy linda, contestó Emanuel. Ponerse del lado de una muchacha linda es conveniente, ¿no crees?, le preguntó Eliot. Emanuel no respondió. Me pregunto cómo habrá sabido. Supongo que se habla de mí en el pueblo, la gente disfruta hablar de los casos perdidos. ¿Tú le contaste mi historia? Emanuel estuvo tentado a decir que al contrario, ella le había contado a él su historia, y que le había contado detalles que ni siquiera él había confesado, pero se dio cuenta de que estaba cayendo en una trampa. Eliot le había empezado a hablar de la deslealtad de sus primos de la capital precisamente porque quería sacarle información. No le he dicho nada, contestó, ni tengo la menor idea de lo que ella sabe sobre ti. ¿Todavía quieres quemar la tienda? No, pero la voy a robar. Ya lo he decidido. Te lo he confiado a ti y solo a ti. Si alguien se entera será porque tú se lo habrás contado.

Emanuel descubrió que necesitaba ganarse la confianza de su primo, justamente para prevenir después el robo. Hay algo que la gente cuenta sobre tu abuelo, dijo, no sé si será verdad o mentira, y no es mi problema, así que no me tienes que decir. La gente cuenta que robó dinero solo por el placer de quemarlo después. Eliot sonrió, de una manera vulnerable, como Emanuel no lo había visto hacerlo hasta ese momento. Su primo había sonreído por primera vez sin un ápice de cinismo. La gente no tiene idea de lo que mi abuelo fue capaz de hacer, dijo. Le habrían tenido miedo, y me tendrían miedo a mí ahora. Somos sacerdotes de la esencia. El fuego revela la esencia de las cosas, lo que las cosas significan. La putrefacción también lo hace. Las sustancias se separan en sustancias más primitivas. Los vapores que estaban aprisionados en forma de materia regresan al aire. El agua que estaba en la carne regresa al suelo y es purificada por las piedras. Incluso la vida se separa en esencias más primitivas. En las primeras esencias que hubo en el mundo. Cada cuerpo que se pudre es un regreso a la Creación y a Dios. Ahí está su belleza. Probablemente no entiendas por qué te cuento esto, hay cosas que algún día te tendré que contar, antes de que alguien más lo haga.

Por varios segundos Emanuel se quedó pensando en la teoría de las esencias, y le vino a la mente la imagen de su tío abuelo muerto a la intemperie. ¿Lo que dices de las esencias también se aplica a la moral?, preguntó. Está claro, también se aplica a la moral, contestó Eliot. La verdad corrompe del mismo modo que un organismo vivo corrompe la esencia de la naturaleza. La verdad es un organismo de las ideas. Emanuel se estremeció, no estaba seguro de entender. ¿Por eso mentir o matar nos acerca a Dios?, preguntó. Exactamente, contestó Eliot. Mentir o matar son descomposiciones del alma, o más bien son resultados de la descomposición del alma en verdades más esenciales. Hay una última cosa que quería preguntarte, dijo Emanuel. ¿Cómo estás tan seguro de quiénes eran los informantes en la capital? Te dije que había muchas cosas que te tenía que contar, y te dije que mi abuelo y yo éramos sacerdotes. Yo *sé* cosas. Nunca trates de ocultarme algo, yo lo sé todo. Emanuel pensó en lo que le había contado Flavia. ¿Estaba Eliot probando su lealtad? Siempre tendría esta sensación a partir de ahora, no saber si él llevaba la delantera o era su primo.

Se durmió tarde en la madrugada. A la mañana siguiente comprobó que Eliot ya se había despertado antes. Emanuel fue todavía con sueño, como un borracho, hasta la cocina. La madre le había pedido que se encargara del almuerzo. Los objetos habían cambiado de lugar. Platos sucios en el fregadero que no habían estado por la noche. Ropa mojada, sin tender. La madre se habría tenido que ir a limpiar alguna casa antes de la hora prevista, quizás por un cambio de planes de los dueños de la casa, una posible visita imprevista. También podría haberse tratado de una salida imprevista (las casas de clase media alta, a diferencia de las de clase auténticamente alta, jamás se dejaban solas al cuidado de la servidumbre, de hecho los dueños se preocupaban por merodear cada cinco minutos la habitación que se estuviera limpiando, no fuera a ser que la servidumbre robara un búcaro irremplazable). Las ventanas habían sido abiertas y había pasadizos de luz solar a lo largo de la casa. Despertarse tarde era como ver una película ya empezada en la televisión. Implicaba atar cabos narrativos, hacer un trabajo detectivesco de evaluación del entorno, antes de emprender cualquier actividad.

Lo extrañó el inusual número de moscas que había deambulando de un lugar a otro. La conversación de la noche anterior parecía flotar todavía. Hizo los deberes de la casa y luego salió a la calle, para despejar su cabeza. No almorzó, dejó el almuerzo hecho para los otros. Quería hablar con Flavia personalmente, pero no era buena idea hacerlo tan pronto, si su primo se enteraba podría pensar que había ido a contárselo todo. ¿Pero no resultaba eso precisamente lo que deseaba hacer? ¿No deseaba contárselo todo a Flavia, como siempre hacía? ¿Y si Flavia era su excusa para no atreverse a forjar una moral propia, una opinión moral propia? ¿Podía ser Flavia al final una mala persona, o al menos una persona ordinaria en términos morales, que él hubiera idealizado porque fuera *fácil* de idealizar? El sol del mediodía volvía insoportables los tejados y las calles. Y todo lo que quedaba a la sombra parecía miserable. Puede que sí, puede que el mundo sea el infierno, pensó. ¿Cuán consciente estaba Flavia de lo fácil de idealizar que resultaba ella para los otros? Emanuel sentía cierta repugnancia al pensar estas cosas, como si en el mero hecho de pensarlas ya existiera una deslealtad. En la calle los perros habían aprendido a huir de los niños. Los perros caminaban con el rabo entre las patas, débiles y enfermos, cabizbajos como bufones temerosos del golpe del cetro, habían aprendido que el gesto de amenaza de un niño con un palo significaba algo. Uno puede aprender mucho de un pueblo solo viendo sus perros.

Llegó hasta la estación de trenes. Tenía algo de cambio en los bolsillos. Había un solo vagabundo, viejo y descalzo, estaba dormido contra una pared sobre unos cartones mojados por su propia orina. Se le ocurrió que podía gastar todo su cambio en un sándwich para el vagabundo. Ese acto de impredecible bondad (aún no realizado) lo hizo sentir orgulloso, pero un instante después su orgullo devino en una vanidad rancia. ¿Y si lo hacía solo para sentirse superior al resto de los seres humanos? ¿Era normal sentirse así? ¿Cada vez que alguien hacía una beneficencia inconveniente y desproporcionada pensaba en aquello en lo que él estaba pensando? Se preguntó qué habría hecho Flavia en su lugar. Se le ocurrió comprar dos sándwiches pequeños en vez de uno grande, para que el vagabundo no se sintiera mal, si él también comía un sándwich y lo comía junto a él se trataría no de una limosna, sino de una invitación a almorzar juntos. ¿Y si la segunda opción resultaba todavía más detestable que la primera? Emanuel recordó las imágenes de las celebridades haciendo deportes junto a niños pobres. ¿Y si solo le daba el dinero íntegro? Así el vagabundo podría administrarlo según sus necesidades. Pero el vagabundo tal vez lo gastara en cigarros y alcohol. Odiaba la imagen de un vagabundo comprando cigarros con el dinero de la comida. Tuvo una idea: compró dos sándwiches pequeños, se sentó en el suelo junto al hombre, lo despertó y le dijo que un señor había pasado por ahí y les había dejado a cada uno un sándwich. Emanuel no llevaba una ropa tan gastada como el hombre, pero había niños que pedían limosnas incluso con ropas menos gastadas que la suya. Su farsa resultaba verosímil.

El hombre lo miró al principio con cierta incredulidad, como si lo evaluara. Dame el tuyo y toma tú el mío, dijo el hombre mirando el pan que el niño había reservado para sí, solo así sabré que no lo has escupido. Emanuel aceptó y añadió algo riendo. Igual nunca estarás seguro de que no había guardado para mí el que había escupido. Si hubieras guardado para ti el escupido, dijo el hombre, ¿cómo habrías estado tan seguro de que yo te iba a pedir cambiarlo? No habría estado seguro, dijo Emanuel, quizás lo escupí solo para castigarte en caso de que fueras desconfiado, y en cualquier caso mi saliva no me molesta. No me gustan las personas que no confían en mí. El vagabundo lo miró con sus ojos enfermos, hinchados por venas rojas. ¿Cómo era el señor que te dio esto?, preguntó. Alto, con el pelo crespo, de alrededor de cuarenta años. ¿Así crees que se ve un señor, no? Sí, todos los señores son altos, y tienen alrededor de cuarenta años. El pelo crespo es lo que hacía a mi señor peculiar. Dime algo, muchacho, ¿crees que eres bueno mintiendo? ¿Estás diciendo que mi historia es mentira? No, te estoy preguntando si crees que eres bueno mintiendo. Una pregunta interesante, dijo Emanuel, pero es un callejón sin salida. Esa pregunta no tiene respuesta correcta.

Ambos comieron sus sándwiches, con las piernas cómodamente tendidas. Emanuel se aseguró de que no se notara su asco por los cartones sobre los que estaba postrado el vagabundo. Miró con disimulo sus pies, las uñas parecían conchas fosilizadas de almejas. El vagabundo le contó que llevaba en la calle dos años. Casi nadie puede sobrevivir en la calle por más de cinco años con mi edad, dijo, lo más probable es que te pase algo antes. Quizás me queden dos años, o uno. He aprendido a conseguir dinero mejor que nadie. Me muevo de estación cada dos meses. He aprendido que la mayor parte de las ganancias de un mendigo sale de un puñado de personas, veinte o treinta personas que siempre que te ven te dan algo. Personas de las que te vuelves un protegido. Se sienten bien, porque le dan dinero a alguien que ellos creen que conocen. Lo que frena a la gente es que no conocen al tipo, no saben qué hará con el dinero, si lo gastará en cigarros, pero si siempre es el mismo tipo, eso los consuela. Pero luego de dos o tres meses pierden el interés. Luego de dos o tres meses sospechan que están alimentando la vagancia de su protegido. Vuelven a pensar que gasto el dinero en cigarros. La enseñanza aquí es que hay que estar en un sitio lo suficiente como para que se encariñen contigo, pero no lo suficiente como para que crean que te estás aprovechando de ellos. El tiempo preciso son dos meses, no más. He pasado dos años haciéndolo, y me ha funcionado. Tarde o temprano hay que repetir las estaciones, pero cuando eso sucede ya las personas se han olvidado de ti, o si se acuerdan se acuerdan con nostalgia, y les alegra verte de nuevo. ¿No te preocupa haberle revelado tu secreto del éxito o alguien más?, le preguntó Emanuel. Me preocuparía si esa persona fuera un vagabundo como yo, pero tú no lo eres, y de eso estoy seguro. No eres tan buen mentiroso. No obstante, agradezco que te sentaras y que hablaras conmigo. El vagabundo sonrió y sacó dos cigarros de su bolsillo, y una caja de fósforos. ¿Fumas?, le preguntó. Nunca he fumado, contestó Emanuel, pero te aceptaré uno.

Pocas veces Emanuel se había sentido tan bien como en aquella sombra, contemplando los ardientes raíles del tren. Alguna vez había querido imitar a un vagabundo, y por fin lo había conseguido, sin siquiera proponérselo.

Ahora sí iría a la tienda de lámparas. Emanuel descubrió que lo que le faltaba para ir a la tienda era una buena historia que contarle a Flavia, una historia que prácticamente pareciera salida de la imaginación de ella. ¿Se había engañado a sí mismo? ¿Le había dado el sándwich al vagabundo solo para poder contárselo a Flavia? No podía contárselo. Para que fuera realmente valioso como gesto no podía contárselo a nadie, incluso debía evitar recordarlo con demasiada frecuencia. Recordó la persistente intención de Eliot de robar la tienda. ¿Debía preocuparse en serio? ¿Debía avisarle a Flavia? En el fondo Emanuel hallaba una satisfacción venenosa en replantearse hasta el infinito cuál decisión constituía la mejor, hasta qué niveles podía llegar a ser generoso. Pero no tenía idea de cómo combatirlo. Entre más se esforzaba por ser menos falso, más falso terminaba siendo. Por el contrario Flavia, la persona a la que él imitaba, podía actuar sin parecer falsa en todo momento.

En la tienda de lámparas Emanuel se encontró a otra mujer. La nueva mujer llevaba unos espejuelos simpáticos, daban la impresión de ser los de alguien que jamás hubiera usado espejuelos. ¿Hoy no trabaja Flavia?, preguntó. Sí, pero ella ya no se dedica a las ventas, está allá arriba, en el taller. Puedes subir si quieres.

Se entraba por unas escaleras que había afuera de la tienda. El taller era oscuro y caliente. Los extractores de aire no conseguían enfriar el espacio. Encontró el horno encendido. Verlo quemaba la vista, era como si hubieran puesto un sol en un agujero. En el horno había varios tubos de metal con algo en la punta que brillaba, un magma blanco. Flavia conversaba con un hombre joven. Emanuel se acercó en silencio. Sobre ·las mesas, en la penumbra del taller, dormían maquinarias colosales, que habían devorado a medias las planchas de metal, con las que adivinó se hacían las bases de las lámparas. En una esquina había un bosque de tubos color bronce, rectos, todavía sin torcer. ¿Qué es lo que tienen en el horno?, preguntó Emanuel. Flavia lo saludó sorprendida. El hombre también saludó, guiñando un ojo. Eso que ves es vidrio derretido, dijo Flavia.

Sacaron los tubos, con mucho cuidado. En aquel estado el vidrio parecía la sustancia más primitiva del universo, una maleable seda de estrella. Con cada segundo que pasaba la seda se hacía más oscura, de blanco pasó a amarillo ámbar. Ahora verás lo mejor, dijo Flavia, y sopló por un extremo del tubo hasta que se infló el globo de vidrio inflamado. ¿Así es como se hacen?, preguntó Emanuel. Se necesita mucha práctica, pero en definitiva de esto se trata. Emanuel se acercó, había quedado hipnotizado por la transparencia roja del vidrio. En un momento me quedo contigo, le dijo Flavia, déjame terminar aquí. Le dieron un acabado al globo utilizando unos instrumentos que parecían de un metal especial. Giraban el tubo como un torno, y en sus revoluciones el globo obedecía al tacto de los instrumentos, hasta que por fin se apagaba en rojos y marrones volcánicos. Flavia y el hombre, que se llamaba Ramón, inflaron los demás vidrios y repitieron el procedimiento. Luego Ramón recogió sus cosas, se despidió de ambos y se fue.

Flavia se quitó los guantes y el overol. ¿Por qué ahora trabajas aquí?, le preguntó Emanuel. Ella suspiró y se sentó en el suelo. Sudaba y la piel le adquiría un brillo grasiento, metálico. Mi padre se enteró de ciertas cosas, respondió, entre ellas de mi hábito de no rechazar las propinas, o peor, de mi mal hábito de devolver el dinero a los clientes que piden un rembolso después de que sus lámparas fallen, estando en el límite de la fecha de garantía. Flavia se encogió de hombros y miró hacia abajo. Se había quedado con una blusa blanca y unos shorts que llevaba debajo del overol. Eliot había descubierto el punto débil de Flavia en un minuto: su padre. A Emanuel jamás le habría pasado por la cabeza. Ahora entendía mejor por qué ella se había sentido incómoda durante la conversación con su primo. ¿Hay algo que pueda hacer para que te sientas mejor? No hace falta que hagas nada, dijo ella, estoy bien. Me gusta trabajar con el cristal, no me molesta estar aquí. Lo que detesto es la sensación de deberle cosas a mi padre, o peor, de que él sienta que yo le debo cosas. Como si hubiera una especie de factura infinita, que yo nunca pudiera pagar, y que él tuviera guardada en alguna parte. No haría falta mostrármela. Bastaría hacer sutiles referencias a su existencia. No tienes idea de cuán triste puede ser. Mi padre es un gran negociante, es decir, una persona a la que no le importan las personas. Ha hecho mal al mundo, créeme. Y lo único que puedo hacer es compensar otra factura infinita que siento que tengo con el mundo, por el simple hecho de ser su hija. El mundo tendría una segunda factura guardada, y la gente podría amenazarme con ella en cualquier momento. Y yo trataría de compensarla, siendo flexible con la garantía de las lámparas. Pero siento que al trabajar para mi padre no puedo restar una sola cosa a una factura sin sumarla a la otra. No puedo quedar bien por una vez con el mundo sin quedar mal con mi padre. Ni puedo quedar bien con mi padre sin extender mi factura con el mundo.

Jamás Flavia le había contado nada de esto. De repente le parecía encontrarse ante otra persona, mucho más frágil, y Emanuel comprendió que había sido un tonto al asumir que una muchacha cuyos padres tuvieran dinero iba a tener la vida resuelta. ¿Te sientes culpable porque tu padre es un gran negociante? ¿No crees que sea un poco exagerado? Es más complicado de lo que parece, contestó Flavia. Mira, si eres una niña y ves que tus padres tienen dinero, y que muchas otras niñas quieren estar en tu lugar, hay dos caminos posibles: un carácter dominante te volverá líder de la manada sin que te des cuenta, un carácter tímido te aislará y te hará sentir culpable por no estar siendo lo *suficientemente* feliz, por tener las comodidades, las condiciones idóneas para ser feliz, y no conseguir serlo. Yo era tímida como un gato debajo de un mueble. Estaba convencida de que cada persona que me veía pensaba: de yo haber tenido esas ventajas habría hecho algo mucho mejor, habría llegado mucho más lejos. Esa fue mi niñez, y mi adolescencia. Y los años no me han hecho sentir mejor, porque he comprendido muchas cosas, he comprendido por qué algunos amigos de la familia comenzaban a alejarse, o por qué nos alejábamos de ellos. Siempre fue una cuestión de negocios. Según mi experiencia, mi padre no ha mantenido una sola amistad que no le haya ofrecido ventajas, principalmente ventajas en los negocios. Ya que por mí misma no pude hacer amigos, lo único que me quedaba era hacerme amiga de los hijos de los amigos de mis padres. Esos compañeros de fiestas, unidos por las circunstancias, a los que nunca conocí en la escuela, o en la cotidianidad de sus casas, sino bajo los manteles de las mesas surtidas, o en los jardines, o en las piscinas, a cuya mitad más baja quedábamos restringidos, ni siquiera sé ahora qué habrá sido de ellos. Cuando mis padres se alejaban de uno de sus amigos, me alejaban a mí de sus hijos. Perdón por contarte todo esto. No me gusta hablar de mi padre. Mi padre se opuso a que estudiara actuación, no cree que actuar sea un trabajo real, y tal vez él tenga razón, tal vez yo crea que es un trabajo real porque en el fondo sé que si me va mal siempre puedo contar con su dinero, siempre puedo regresar de la capital y pedirle que me dé un empleo en cualquier cosa, pero tengo el *derecho* a intentarlo. He sentido toda la vida que los demás me miran y piensan: si hubiera tenido sus ventajas habría llegado más lejos. Bien, por una vez trataré de aprovechar esas ventajas. Eliot tiene razón, tengo un jefe y no un padre, pero ha dejado de ser un padre incluso antes de ser mi jefe. Quizás te habrás preguntado cómo conocí al abuelo de Eliot: fue amigo de mis padres por un breve tiempo, antes de que cayera completamente en la locura. De Eliot haber sido mayor tal vez hubiera ido a las fiestas con su abuelo, y hubiera sido uno de mis amigos. Cuando entró a la tienda me pregunté si me reconocería, o si sabría a quién pertenecía este negocio. Nada justifica lo que le dije, lo siento mucho. No sé qué hacer para compensarlo.

Tal vez sí te reconoció, dijo Emanuel. Hasta donde sé Eliot disfruta esconder lo que sabe, y disfruta manipular a la gente. Si Eliot hubiera sabido quién eras no habría dejado que te enteraras, ni que yo me enterara. Hay algo que te debo que decir. Mi primo me ha repetido varias veces que quiere robar la tienda de lámparas. Supongo que como una venganza personal, o como un modo de sentirse mejor con respecto al abuelo, a haberle fallado. Probablemente pretenda robar y quemar el dinero, como su abuelo hizo, o destruir las lámparas. Flavia miró a Emanuel desde el suelo y sonrió de una manera intrigante. Eliot sonreía sin mostrar los dientes, alargando la línea de la boca, y con la mirada despierta, Flavia sonreía igual sin mostrar los dientes, pero absorbiendo sus labios, con la quijada inmóvil, la mirada distraída, y las cejas fruncidas y culpables. Cuando reía muy fuerte solía soltar el aire entrecortadamente, y de ser el motivo lo bastante meritorio, llegaba a ahogarse por unos segundos agónicos de carcajada silente. ¿Crees que se atreva a hacerlo? No lo sé, contestó Emanuel. Tal vez que tu primo robe la tienda sea lo mejor que nos pueda pasar a todos, dijo Flavia, me alegraría mucho que sucediera. ¿Hablas en serio? No lo sé, Emanuel, realmente no lo sé.

Flavia recogió sus cosas y se lavó las manos en un lavabo de cemento que había en una esquina del taller. Debiste subir al taller por las escaleras internas, Patricia debió decirte que hay una puerta que da directo hasta acá. Bueno, no importa, menos mal que viniste, te tengo un regalo… lo había olvidado. Fui a la capital este fin de semana y una persona fue tan poco cautelosa como para invitarme a ver cómo funcionaba la cocina de una pastelería. Naturalmente en esa pastelería tenían cerezas, tenían en refrigeración pequeñas cajas de cerezas que utilizaban en su producción industrial de pasteles. Así que robé una pequeña caja para ti, para que te comieras en un par de minutos las cerezas de al menos veinte pasteles. Flavia sacó la caja de su mochila y la abrió. El cartón de la caja era cromado, y el niño adivinó que las letras de tipografía líquida impresas en el cartón constituían las iniciales del nombre del negocio. Las cerezas brillaban como si estuvieran mojadas, y a través de su color prácticamente se notaba cuán delgada era la piel que las cubría, y cuán jugosa su carne. ¿Por qué no compraste una caja de cerezas, en vez de robarla?, le preguntó Emanuel. Porque si las compraba serían cerezas ordinarias. Lo interesante aquí es comerse de un tirón la mejor parte de veinte pasteles.

Emanuel le preguntó a Flavia si no le importaba que la acompañara hasta la casa, ya que él no tenía nada importante que hacer, y ella aceptó. Caía la tarde, y había luces prendidas en las casas después de las jornadas. Las casas atravesaban la hora incierta entre las cinco y las siete, en la que nada sucede. Mientras caminaba Emanuel iba cogiendo cerezas de la caja. De vez en cuando Flavia robaba alguna. ¿Cómo tu padre descubrió lo de las propinas? La mujer que actualmente ocupa mi puesto en ventas, Patricia, se encargó de informarle. La odié desde que la vi, dijo Emanuel. No seas tan duro, dijo Flavia, ella realmente necesitaba ese puesto. ¿Eso crees? Mi padre la despidió para con-seguirme el trabajo de verano. ¿Tú lo sabías? Me enteré ahora, de haberlo sabido no habría aceptado el trabajo. ¿Entiendes lo que te decía de las dos facturas? La factura del mundo se estaba ampliando y yo ni siquiera lo sabía. ¿Despidieron a alguien en el taller también para que trabajaras? No, se inventaron un empleo de la nada. Ahora dos personas, Ramón y yo, hacemos lo que podría hacer una sola. Y con ello se extiende la factura invisible de mi padre.

Al doblar una esquina se toparon con Eliot. Estaba en la escalera de un edificio, bloqueando la entrada. Tenía en la mano la caja de fósforos. Colocaba un fósforo contra la lija, y lo paraba con una mano, con la otra, utilizando un solo dedo, lo disparaba como si su extremo fuera una pelota de golf, intentando que se encendiera con el golpe. Emanuel lo había visto jugar a eso varias veces. Había desarrollado una habilidad prodigiosa para improvisar aquellos fuegos artificiales de bolsillo. Emanuel elevó la mano para indicar un saludo. Eliot no respondió: solo disparó un fósforo, que se prendió y se apagó en el aire. Emanuel y Flavia siguieron caminando, y apresuraron el paso sin darse cuenta. Eliot lanzó otro fósforo, en dirección a Flavia. El resto chamuscado rebotó contra la ropa. Emanuel recordó la intención inicial de quemar la tienda. ¿Te da vergüenza saludarme en la calle?, le dijo Eliot. Emanuel se disculpó con Flavia y le pidió que siguiera sola hasta la casa.

No tenías que quedarte conmigo, dijo Eliot, solo quería que me saludaras sin avergonzarte. No estaba avergonzado, solo estaba incómodo, son cosas distintas. Estabas incómodo porque te preocupa demasiado la opinión que ella tiene de ti, contestó. Te preocupa que ella piense que te pareces a mí. Pero no tienes que preocuparte por eso, no tienes que demostrar nada para seguir siendo su amigo. La única forma de que se aleje de ti es que dejes de ser pobre, y eso no va a pasar. No entiendo, dijo Emanuel. Tu amiga te mantiene cerca porque eres pobre, ese es el rasgo que más le gusta de ti, que seas pobre, porque es muy fácil ser bueno con un pobre si tienes dinero, solo debes comprarle cerezas y helados y cosas que él no pueda pagar y ya eres bueno. Ser tu amiga la hace sentirse interesante. Tan interesante como tú te sentías haciéndote amigo del vagabundo en la estación.

Emanuel se preguntó cómo Eliot se habría enterado de lo del vagabundo, tal vez pasaba por allí, o tal vez conociera al vagabundo. ¿Cómo sabías que ella tenía problemas con su padre?, le preguntó. Yo sé cosas porque Dios las observa y me las cuenta. Tengo un trato con él, hay un pequeño altar en el patio, en el que le hago tributos. ¿Quieres que te lo enseñe?

Fueron hasta la casa, con el sol a punto de ocultarse. Se desplegaba sobre el pueblo un cielo azul intenso, que no quedaba claro si ya era el cielo definitivo de la noche o todavía era el de la tarde moribunda. En la casa el padre de Emanuel dormía sobre su sillón. Nada más se veía la silueta. Su trabajo consistía básicamente en dormir mientras hacía guardia, y cuando lo terminaba celebraba el tiempo libre durmiendo un poco más. Parecía un hombre muerto, o alguien mucho más viejo, alguien que tuviera esa edad en la que uno ya parece estar medio muerto a toda hora.

Había aumentado el número de moscas. Eliot invitó a Emanuel a meterse entre unos arbustos del patio. El olor a putrefacción le produjo unas náuseas insoportables. Divisó la forma confusa de un gato, o algo que parecía haber sido un gato (llamarle gato a un gato muerto quizás también constituya una imprecisión). Ya casi no se puede ver nada, dijo Eliot, mañana te lo muestro mejor. Emanuel experimentaba náuseas. Eliot miró el último vestigio del sol sobre las casas, un azul claro y desértico que se apagaba con cada segundo que pasaba.

Creo que muy pocas personas han entendido la belleza del sol, dijo Eliot. La tierra es solo un gran pedrusco que se quema o se pudre a fuego lento. La vida en la tierra es posible por el calor del sol, la vida es posible porque el calor del sol descompone la tierra, la vida es solo una forma que toma la descomposición de la tierra. Burbujas que salen del agua hirviendo, o de la masa fétida. Las burbujas son las sustancias volviéndose puras. Si hay burbujas por un momento es solo para separar irreversiblemente las sustancias, es para que ya no pueda haber burbujas luego. Si hay vida es solo para que luego haya menos vida. Cada vida humana en la tierra es la cancelación de una posibilidad.

Al parecer Eliot estaba al tanto de la vulnerabilidad de Emanuel, la aprovechó para preguntarle sin previo aviso si le había contado algo a Flavia de sus planes. Emanuel sintió deseos de encararlo de algún modo, tal vez un remedio ante su desagrado por aquel escenario, y por el discurso que acababa de pronunciar. Si quieres saber qué le he dicho deberías preguntarle a tu Dios en vez de a mí, le contestó. O tal vez solo te pongo a prueba, dijo Eliot. O intentas hacerme creer todo el tiempo que me pones a prueba, dijo Emanuel, para que así no te mienta, porque te asusta demasiado que la gente te mienta, ¿no? Te asusta no tener el control. Flavia te asustó cuando entraste a esa tienda. ¿Por eso fuiste tan desagradable? ¿Por qué te asustó? ¿Porque era linda? ¿Por qué no lo admites de una vez? Te *gusta* Flavia. Sí, me gusta, contestó Eliot, sorprendido. Todavía eres un niño, dijo Emanuel, ¿qué intentabas hacer? ¿Creíste que comportándote como un idiota ibas a lograr que ella no te viera como lo que eres? ¿Te das cuenta de que eres muchísimo más infantil que yo? Cuando me decías que yo le gustaba porque era pobre, ¿en verdad hablabas de ti? ¿Te odiabas a ti mismo por ser alguien en quien ella jamás se fijaría, incluso si tuvieras su edad? Todo lo que haces o dices va de eso, ¿no? Tu discurso del sol y de las larvas te lo enseñó tu abuelo, pero ni tú mismo lo entiendes, solo lo repites. Sé cómo funciona, soy un imitador profesional, a esta edad todos lo somos. Eliot empezó a llorar. Emanuel reaccionó como si se tratara de un llanto falso, un último intento de revertir la situación: salió de los arbustos y se metió en la casa.

യ

Eliot atravesó un período depresivo que se prolongó durante semanas. Dejó de pasear por el centro del pueblo, y no se escucharon más sus bromas villanescas. No hubo más altares a las moscas, ni incendios provocados. Empezó a hablar de una manera distinta, sin mirar a los ojos y sin sonreír. Daba las gracias, se comportaba de manera amable. Pero permanecía la mayor parte de la noche despierto, sin hacer nada. Apenas comía, y en el día, además de ayudar en la casa, solo se dedicaba a mirar la pared, de una forma que provocaba una sincera lástima.

Los padres de Emanuel se tomaron su cambio de actitud de buena manera al principio, pero incluso ellos, que tenían una pobrísima destreza para detectar la tristeza en otros seres humanos que no fueran ellos mismos, fueron capaces de detectar que algo peligroso estaba sucediendo. Emanuel, que en un inicio se había convencido de que se trataba de una estrategia deliberada de su primo para ganarse la atención de todo el mundo, también comenzó a preocuparse. Le contó a Flavia lo que le había dicho aquella tarde, omitiendo algunos detalles claves. Entiendo cómo te sientes, dijo ella, yo también le dije algo terrible. Ojalá pudiéramos hacer algo.

Flavia había empezado a salir con Ramón, el trabajador del taller de lámparas. Era un buen tipo, en apariencia. Fuera del taller tenía una afición desmedida por no parecer un trabajador, sino el dueño de algo, que expresaba tratando de vivir muy por encima de sus posibilidades financieras: a menudo ofrecía pagar cosas incosteables a Flavia, que ella desde luego rechazaba, y Emanuel llegó a preguntarse si solo se las ofrecía porque estaba convencido de que ella iba a rechazarlas. Solían salir a un restaurante en el centro del pueblo, al que iban personas diez años mayores que ellos. En cierto sentido, Ramón parecía alguien diez años mayor (como solía suceder en el pueblo), pero Flavia parecía una mujer exactamente de la edad que tenía. Emanuel se preguntó qué le vería ella a aquel tipo. No comprendía lo importante que resultaba para Flavia encajar en el círculo de los trabajadores (en total, contando todos los turnos, en la venta y en el taller, eran como diez), puesto que el círculo de los trabajadores detestaba a su padre tanto como ella, y porque ser asimilada por ellos implicaba un perdón simbólico de la sociedad por ser su hija. Ramón era el tipo más atractivo y deseado en aquel feudo diminuto, receloso de su rey, era la persona indicada con la que huir del castillo.

Desde que había empezado a trabajar en el taller, y desde que inició la relación con Ramón, Flavia fue desapareciendo de la vida de Emanuel. A él le costaba entenderlo. Una vez lo invitaron al apartamento en el que ambos estaban viviendo (el antiguo apartamento de Ramón). Flavia lo recibió en una bata de casa, y Ramón no llevaba camisa. De algún modo aquella era la vida real. Fueron amables, pero la conversación no llegó demasiado lejos. Se notaba que existía una intimidad auténtica entre ellos, pero para que esa intimidad existiera se habían sacrificado las otras. Hablar con Flavia ahora también implicaba hablar con Ramón. Ambos se habían fundido en un solo interlocutor, que solo sabía hacer preguntas tontas, como si tenía ganas de entrar en la escuela de nuevo, o contar historias que necesariamente tenían que tener gracia para Ramón, historias carentes de la sutileza y el alma extraña que siempre había caracterizado a Flavia, el alma que Emanuel había tratado de imitar. Hasta cierto punto, tanto Flavia como Eliot habían desaparecido por motivos distintos. Los dos polos opuestos en torno a los cuales por un momento había girado la vida de Emanuel se habían debilitado hasta el punto de no ejercer ninguna influencia. Emanuel llegó a odiar a Ramón. No podía ver que a fin de cuentas era un buen tipo con el que se estaba acostando Flavia antes de ir a la escuela de arte. Toda mujer antes de madurar debería estar alguna vez con un tipo como Ramón, porque es la única forma de asegurarse que después no se terminará con alguien como él. Cada vida humana en la tierra es la cancelación de una posibilidad, y hacer una cosa es el único modo de prevenirla.

Finalmente Flavia avisó a Emanuel de una tarde de domingo que tenía desocupada. Fueron a caminar por un campo que había en las cercanías de un embalse. El clima estaba agradable. Vieron pasar varias aves acuáticas, que no supieron identificar. Flavia llevó una especie de sombrero campestre, que le ofreció a Emanuel varias veces para protegerlo del sol, aunque él lo siguiera rechazando. Nunca pensé que estarías con Ramón, le confesó Emanuel. Puede cargarme con una sola mano, contestó Flavia, uno no puede decir que no a alguien así. No pensé que eso fuera importante para ti, dijo el niño. Es importante que sea importante para mí: quizás se trate de que me gusta que pueda gustarme Ramón. No creo que eso sea amor, dijo Emanuel. Yo creo que sí, creo que al final lo que nos gusta de alguien es que pueda gustarnos, quizás lo entiendas más tarde. Ramón es *demasiado* aburrido, dijo Emanuel. Eso es un punto a su favor, dijo Flavia. Si fuera entretenido, tal vez me gustara solo por eso, por su capacidad para entretenerme. Pero no, me gusta sin importar que sea aburrido. Que te guste alguien entretenido es tan sospechoso como que te guste alguien con mucho dinero, o alguien demasiado atractivo físicamente: nunca sabrás si de verdad te gusta. Las personas realmente entretenidas, como las personas con mucho dinero, o físicamente atractivas, tienen la maldición de no saber jamás si realmente son amadas. Los buenos conversadores suelen padecer cierta clase de soledad. Lo que dices siempre me provoca una sensación rara, dijo Emanuel, es como escuchar las historias religiosas, la bondad que hay en ellas tiene algo monstruoso. Eliot decía que la verdad era un organismo de las ideas, compuesto por verdades más esenciales, y que entre más grande la verdad más corrompida la pureza de las verdades de las que se componía, y lo que me dices me suena a una gran verdad. No sé cómo asimilarla, porque en ella hay un mal. A mayor bondad, mayor mal. Soy atea, respondió Flavia encogida de hombros, no creo en el bien ni en el mal, al menos no como los entiende alguien que cree en Dios. Y en todo caso lo que te dijo Eliot también es una gran verdad, como tú le llamas. Es muy extraño, dijo Emanuel, ustedes dos no podrían parecer personas más diferentes, sin embargo son tan espantosamente parecidos…

Emanuel se acostó sobre la yerba bocarriba y se tapó la cara con el sombrero campestre de Flavia. El viento soplaba fuerte, bajaba de las nubes y se les metía por dentro de la ropa, refrescándoles la piel. La ropa se hinchaba de aire por momentos y se endurecía como la vela de un barco, y luego regresaba a su estado natural, hasta que el viento volvía a soplar. Flavia se acostó también en la yerba, imitando a Emanuel, imitando a una niña de doce años. El sombrero salió volando y ella lo capturó con una mano. Dime la verdad, dijo Flavia con una sonrisa, ¿estás celoso de Ramón? ¿Estabas enamorado de mí o algo así? No, contestó Emanuel mientras se volvía a poner el sombrero en la cara, esta vez sosteniéndolo con una mano. Me hacías sentir como un adulto. Ahora nadie me hace sentir de esa forma, y soy todo el tiempo un niño. Quizás hay algo que no entiendes, Emanuel. Los adultos no hablan de la forma en la que nosotros hablamos. Tristemente, solo los niños hablan como nosotros hablamos. Los niños no hablan así, *créeme*, contestó Emanuel. Muy bien, dijo Flavia, supongo que sea un punto medio entonces, quizás solo haya una edad intermedia a la que se puede hablar como ahora estamos hablando. Después todo se rompe, y no hay forma de regresar. Cuanto más hay pequeñas reminiscencias y reconstrucciones. Debes saber algo más, dijo Emanuel. Yo no estaba enamorado de ti, pero Eliot sí.

Flavia lo miró directamente a los ojos. No esperaba la revelación. Intentaba procesarla y a la vez comprobar si Emanuel mentía. La tarde en la que me llevó a ver su altar y en la que lo insulté le pregunté si tú le gustabas y me dijo que sí, y usé esa debilidad para destruirlo. No te lo conté porque no sabía cómo. Él ha estado muy mal. Pensé primero que actuaba, que intentaba manipularme, como siempre, pero creo que ahora es en serio. Flavia cerró los ojos, y se llevó la mano a la cara. Emanuel se sintió infinitamente avergonzado. Es un niño que ha pasado por una experiencia traumática con lo del abuelo, dijo ella, un niño que desesperadamente ha tratado de esconderse y de no mostrarse ante nadie, su extroversión es timidez, y yo me he burlado de él porque no tiene padre. Le parecí atractiva, lo herí, y como respuesta, engendró un odio tan descomunal que se transformó en un modo de idealización. Me siento terrible. Eliot debió estar mucho tiempo confundido, depositó su necesidad de aprobación en la persona que lo había despreciado: parece ilógico, pero ahora que lo pienso contiene una lógica perversa. Probablemente él no había aceptado ante sí mismo la atracción hasta que tú se lo preguntaste, y entonces todo se terminó de derrumbar. Porque ahora había otro testigo de su humillación. ¿No lo ves, Emanuel? Tu culpa no estuvo en haberle hecho ninguno de los reproches que le hiciste, tu culpa en verdad no fue una culpa, consistió solo en hacer la pregunta y escuchar la respuesta. ¿Sigue sin comer y sin dormir? Come y duerme, pero muy poco, parece otra persona. Ahora usa siempre ropa limpia, y mi madre lo ha enseñado a rezar. Lo hemos destruido. Quizás lo hayamos hecho bueno, pero también lo hemos destruido. No entiendo qué es lo correcto, Flavia, pero creo que debemos hacer algo, lo que sea. He querido hablarte de esto, pero apenas nos hemos visto, y Ramón ha estado siempre delante.

Que robe la tienda, dijo Flavia. Él se siente culpable por no haber estado a la altura de su abuelo. Robar la tienda le devolverá la confianza en sí mismo, y hará que crea que ha vengado mi falta. Pensarás que estoy loca, pero de verdad creo que es lo correcto. Debes convencerlo de que robe la tienda, de lo contrario nunca se recuperará. Él no va a ser feliz yendo a la escuela, ni llevando ropa limpia, ni rezando todas las noches. Desde la postura de la mayoría de la gente, *eso* es lo correcto, eso es lo que todo ser humano debe hacer, pero yo no lo creo, estoy segura de que no todos los seres humanos tienen que hacer lo mismo para estar haciendo lo correcto. Eliot siente que debe cometer algún gran crimen para sentirse completo: una vez que lo cometa, estará en paz, y quizás vaya a la escuela, y lleve ropa limpia, y rece, eso lo decidirá él. Mejor que el crimen no sea tal. Prepararemos la escena, para que crea que está cometiendo un crimen. Dejaré mi dinero en la caja, todo el que pueda, mucho más de lo que normalmente hay. Y le darás la llave de la tienda, y le dirás que me la has robado. Y le dirás dónde guardamos la llave de la caja registradora. Creerán que fue un ladrón profesional, porque no habrá marcas de fuerza, jamás lo incriminarán. A mi padre no le dolerá económicamente un robo a la menor de sus tiendas, y de cualquier modo la mayor parte del dinero que Eliot robe será mío.

¿Qué pasa si quema la tienda, como quería hacer desde el inicio?, dijo Emanuel. Debes convencerlo de que no queme la tienda. Puede quemar el dinero, como su abuelo, pero no puede quemar la tienda. ¿Hablas en serio? Hablo muy en serio, respondió Flavia. Tenemos que preparar el falso robo muy bien. Es la única forma de que las cosas queden en paz. Ya empieza a atardecer. Creo que es hora de irnos. Había una atmósfera enrarecida. Emanuel podía percibir algo inmenso y poderoso que lo superaba, algo que apenas podía notar mientras sucedía, pero que luego en su memoria cobraría una relevancia especial. ¿De verdad crees que Ramón te quiere, más allá de que seas entretenida?, preguntó Emanuel, levantándose. Flavia se levantó de la yerba con la ayuda del niño, suspiró y quedó seria por un instante. Más le vale, dijo.

En el patio de la casa Emanuel encontró a Eliot observando las sábanas blancas tendidas a la intemperie. Era de noche, y las sábanas reflejaban la escasa luz del cielo. Emanuel sacó una caja de fósforos del bolsillo y le preguntó a Eliot si podía enseñarle a encenderlos en el aire. Eliot le dijo que no había ningún truco, que tratara de dispararlos y que alguno tarde o temprano ya encendería. Tú los enciendes todos, dijo Emanuel. Nací con suerte para algunos asuntos, contestó el otro. No me has vuelto a hablar de tu idea de robar la tienda, dijo Emanuel. Mi idea de robar y *quemar* la tienda, rectificó Eliot. No tiene sentido, olvídala. ¿Y si te digo que creo que puedo robar la llave de la tienda? Eliot miró fijamente el rostro de Emanuel, sin decir una palabra, poniendo a prueba su reacción ante la ausencia de reacción. Flavia y Ramón me han invitado a su apartamento, sé dónde ponen las llaves de la tienda, y creo que la próxima vez que vaya puedo agarrarlas sin que lo noten. ¿Y tú quieres robar la tienda? La verdad estoy molesto con Flavia, creo que me ha olvidado un poco, y estoy en deuda contigo, así que se me ocurre que puedo sencillamente agarrar las llaves y dártelas. Pero tienes que prometerme que no quemarás la tienda, solo la robarás. Eliot miró para el suelo y se quedó pensando. ¿Tu plan es devolver las llaves al apartamento de Flavia después de que yo haya robado la tienda? Sí, es lo que había pensado. No me parece una buena idea, dijo Eliot. Te daré una caja pequeña con una capa de plastilina. Pondrás la llave en la plastilina mientras todavía estés en el apartamento de Flavia, y de ahí saldrá el molde. Robaré de noche, y no quemaré nada. Confía en mí, no me conviene. Si hay un incendio la policía lo tomará como un caso de terrorismo e investigará a fondo.

El pragmatismo de Eliot sorprendió a Emanuel. Su primo ahora había vuelto a esbozar aquella sonrisa, aunque de un modo distante y desganado. Antes de entrar a la casa, Eliot le preguntó si le estaba diciendo *toda* la verdad. Sí, claro. ¿Estás completamente seguro de que no hay nada que me estés ocultando? Emanuel afirmó con la cabeza.

Como habían acordado, Emanuel le dio a Eliot la caja con la forma de la llave grabada en la plastilina. También le dijo el escondite de la tienda en el que colocaban las llaves de la caja registradora (procedimiento que había quedado instaurado a causa de las frecuentes confusiones con respecto a quién tenía la llave, dónde estaba esa persona, y las demoras para poder abrir la tienda, además de los obvios inconvenientes y peligros de la otra variante: dar una llave de la caja a cada empleado). Eliot iría de noche, después de que los padres de Emanuel ya se hubieran acostado. Eliot pensaba que lo mejor sería hacer creer que el robo había sido perpetrado por uno de los empleados. Volver a cerrar la caja, y cerrar la puerta de la tienda, sin dejar ninguna marca que indicara el uso de la fuerza. Emanuel objetó que podrían despedir al empleado que trabajaba el día anterior. Eliot dijo entonces que tendría que dejar claras marcas que indicaran el uso de la fuerza. Una palanca metálica podría servir. Pero en ese caso, ¿para qué habría querido la llave en primer lugar?

Unas horas después Emanuel repitió a Flavia la conversación que había tenido con Eliot. A Flavia se le ocurrió que podría irse por la fachada del robo interno, todo lo que ella tendría que hacer sería contar cuánto dinero había en la caja al momento de cerrar la tienda (probablemente no mucho) y restituirlo por la mañana. Por la noche Eliot robaría solo su dinero, y por tanto por la mañana nadie se habría percatado siquiera del robo, y de ninguna manera incriminarían ni despedirían al empleado del día anterior. Emanuel dijo que si no había ninguna repercusión posterior Eliot podría sospechar que se había tratado de un simulacro. Y que si eso sucedía el plan podía terminar siendo contraproducente. Flavia le preguntó, como una broma, qué pasaría si se enteraba. Supongo que nos matará a los dos y nos dejará podrirnos a la intemperie, contestó.

Programaron el robo para la noche del domingo. Eliot dejaría marcas de fuerza en la caja registradora, pero no en la puerta. De ese modo se sugeriría que el robo habría sido acometido por alguien que no tenía idea de la existencia del escondite secreto para la llave de la caja registradora, y que tenía una especial destreza abriendo cerraduras ordinarias (la cerradura de una puerta es mucho más fácil de vulnerar que la de una caja registradora), lo cual descartaría a cualquier empleado.

Pensar en el plan hacía sentir a Emanuel la euforia de un juego. Habría sido capaz de *asimilar* el mal de otro, y de redimirlo. El bien no sería absoluto si no se probaba capaz de incorporar orgánicamente al mal en su interior, y de transformarlo en bien. Creía haber hallado una solución definitiva a su incertidumbre. Imaginó una sociedad en la que un hombre que hiciera el mal fuera infinitamente perdonado, y en la que las disposiciones de todos se pusieran en función de hacer benigno ese mal, sin intentar reformar a su perpetrador. Durante los días previos a la noche del domingo le resultaba difícil esconder la felicidad. Eliot, por otra parte, aunque había mejorado su estado de ánimo, seguía comportándose de un modo extraño, seguía comportándose como lo que podría llamarse un ser humano normal. Incluso durante las averiguaciones y los preparativos del robo parecía demasiado razonable. Se comportaba como un ladrón corriente, que estuviera haciendo un trabajo más de muchos en su historial. No había soltado ningún discurso demoníaco ni había mostrado interés en quemar el dinero, como había hecho su abuelo. Emanuel le preguntó si robaría la inmensa lámpara del techo, y Eliot le respondió que le sería imposible transportarla sin ser visto, y que luego no tendría dónde ocultarla. El nuevo temperamento de Eliot resultaba decepcionante, insoportable. Emanuel se ofreció para ir con él a la tienda en la noche del domingo. No hay problema, contestó el otro, siempre y cuando hagas lo que te diga.

El domingo por la tarde Emanuel fue a ver a Flavia, pero no la encontró en el taller. Le dijeron que había estado ocupada, por culpa de su mudanza a la capital. Había estado buscando un cuarto y un compañero de cuarto. Fue al apartamento de Ramón. Se demoraron en abrir la puerta. Finalmente abrió Ramón, y lo saludó sonriendo. ¿Buscas a Flavia? Está aquí. La llamó y Emanuel tuvo que esperar treinta eternos segundos a que llegara, indeciso sobre si decirle o no algo más a Ramón. Flavia estaba acabada de levantar, no parecía precisamente ocupada. Se sentaron los tres, y trataron de desarrollar una conversación. Flavia le dijo a Emanuel que iba a irse en un par de días, que ahora había intentado dormir, porque llevaba muchos días sin tiempo para hacerlo. Voy a extrañarte mucho, le dijo Flavia. Aquella sería una de las últimas veces que la vería en un buen tiempo, y ni siquiera tenían libertad para hablar sobre el plan de Eliot, tal vez la última cosa que ellos planearían juntos. Emanuel se preguntó qué habría pasado si Flavia se hubiera ido esa tarde, se preguntó si habría sido capaz de seguir el plan sin Flavia, sin un observador y cómplice. ¿La diversión del plan yacía en la compañía de Flavia? Eso de lo que tú y yo sabemos, le dijo repentinamente Flavia a Emanuel, ¿todo está bien? Sí, todo está bien.

En la casa se comió a la hora usual. Emanuel y Eliot vieron un poco de televisión, y fueron temprano para el cuarto. Eliot se tiró en la cama, bocarriba, como alguien que hubiera acabado una tarea, y no como alguien que estuviera a punto de emprender una. Gracias por lo que Flavia y tú han hecho, dijo Eliot. Ha sido muy generoso. Terriblemente arrogante, al creer que el mal podía ser encerrado y dominado, pero generoso. Emanuel se sentó en su cama, descansó los brazos sobre las rodillas, con la vista hacia el frente, y depositó toda su atención en su primo. ¿De qué estás hablando? Sé lo que Flavia y tú trataban de hacer, siempre lo supe. Al principio pensé en burlarme de ustedes. Necesitaban un escarmiento, por creer que estaban por encima del resto del mundo. En el patio, debajo de unos cartones, guardé un galón de gasolina. Iba a quemar la tienda, y me iba a escapar con el dinero extra que Flavia ha puesto en la caja registradora. Mi armario está vacío. Mis cosas están ya listas para la huida. Pero ya no veo sentido en hacerlo. De verdad creí que podría hacerlo, como mismo creí que podría enfrentar la muerte de mi abuelo de la forma en la que él quiso que la enfrentara. No entiendo qué me pasa. De repente cualquier cosa me parece aburrida, y sin sentido. He estado intentando jugar con ustedes, pero no puedo. ¿Cómo supiste lo que Flavia y yo planeábamos? Dios me lo dijo en cuanto lo hablaron, contestó. ¿Y Dios te pidió ahora que te detuvieras? No, no he vuelto a escuchar su voz desde entonces.

Emanuel quedó impactado por la inacción del otro. Ya no podría ver a Flavia nunca más como el modelo moral a imitar.

El mal había jugado con ellos, a tal punto que se había aburrido de jugar con ellos. El imitador se quedó hasta la medianoche hablando con Eliot. Luego se acostó y al parecer se quedó dormido. A Eliot le costó más tiempo conciliar el sueño. Y más bien se trató de un sueño ligero, inquieto, que nunca fabricó imágenes, sino que se limitó a neutralizar los sentidos y a hacer descender el pensamiento a un nivel muy primitivo, en el cual la consciencia quedaba reducida a las interacciones de unos pocos nervios, en los que el tiempo se apagaba, dando lugar a breves eternidades y a breves universos, por completo diferentes del nuestro, que tal vez no tuvieran más que unos pocos segundos de duración.

Cuando se despertó definitivamente de aquel limbo, Eliot no podía recordar exactamente con qué había soñado. Solo notó que la cama de Emanuel estaba vacía, y que el equipaje en el que había guardado sus cosas para la huida no estaba donde lo había dejado, en la esquina del cuarto. Pronunció en voz alta el nombre de Emanuel, pero nadie respondió. Salió al patio y escuchó que algunos vecinos murmuraban en la calle. Bajo los cartones no estaba el galón de gasolina. Entonces contempló el cielo y vio que una delgada columna de humo se desdibujaba en la oscuridad.

Salió a la calle. El ruido de la puerta debió despertar a los padres de Emanuel, cuyas voces ahora preguntaban qué pasaba. En la puerta de la casa del frente dos vecinos hablaban. Estaba ocurriendo un incendio en el centro.

Eliot les preguntó dónde había sido el incendio, y contestaron que no sabían. Con los pies descalzos y en ropa de dormir siguió caminando, y entre más se acercaba al centro más personas veía en la calle. ¿Dónde es el incendio? En la tienda de lámparas, creo. Solo te digo lo que he escuchado.

Corrió esquivando a las personas, entre la confusión en las calles, a las que todo el mundo había salido al ver la humareda.

Había una luz rojiza que iluminaba el humo ascendente. Pudo divisar cómo el humo que estaba más cerca del suelo ascendía más rápido (como si todavía estuviera poseído por la vitalidad de las llamas), y cómo a medida que subía se iba ralentizando, hasta el punto que al llegar a la atmósfera su movimiento era casi imperceptible. El incendio empezó hace una hora, pero la estación de bomberos más cercana queda demasiado lejos, oyó decir.

Se abrió paso en la multitud, hasta quedar parado frente al incendio. El viento transportaba partículas ardientes hasta unos metros de donde se encontraba. Sudaba, el calor podía sentirse en la piel. Las llamas devoraban el edificio de dos plantas. Por un instante parecía un rostro: de la boca abierta salían varias lenguas de fuego que se le metían por los ojos. Se escuchaban gritos. Lejos de allí, Flavia abrazaba calmada al padre. Superado el horror, la multitud se veía arrastrada a admirar en silencio la sublimidad de la destrucción.

Eliot sintió que le había sido arrebatado algo, el imitador había huido con el dinero y había cumplido un destino que era suyo.

Disección del suceso impensable

Tenía cinco años cuando descubrió que su nombre se lo habían puesto sus padres, y que por tanto era tan falso como el que se le daba a un perro. Pero la decepción cicatrizó cuando supo que se llamaba Baltasar por un amigo de la familia que había sido piloto de guerra y que había combatido del otro lado del océano. Desde entonces quiso conocerlo. Lo vio por primera vez en un cumpleaños de su padre. Baltasar llegó de uniforme, caía la noche y todo el mundo quería hablarle, pero hizo un alto amable ante la multitud que se amontonaba en el portal de la casa y se dirigió hacia él, que todavía era un niño, y le preguntó el nombre, y al escuchar la respuesta sonrió y sacó la mano inmensa de detrás de su espalda y le mostró un regalo preciosamente envuelto. Aquí hay un tesoro, dijo, puedes quedarte con él o regalárselo a tu padre, que hoy cumple años. Debes elegir. El niño dudó hasta que por fin agarró el regalo y se lo dio al padre. El aire estaba otoñal y áspero pero los carros y las casas empezaban a llenarse de alegres luces amarillas. Tiene un buen corazón el muchacho, dijo Baltasar.

Ambos se encontraron durante años en situaciones bien planificadas y memorables (decir memorables es también decir que estaban planificadas, pero a la inversa, desde el futuro). Baltasar no paraba de hacer bromas y cada vez se aparecía con una nueva historia inverosímil que, aseguraba, le había sucedido. Cuando el padre le contó que iba a tener que viajar con su madre por un par de meses a causa del trabajo, y que quizás fuera necesario que viviera con el piloto durante ese tiempo, él ya tenía dieciséis años. No le fue difícil mentir. Preguntó si no había otra solución y luego los abrazó con fuerza y les confesó que los iba a extrañar.

Comieron en un restaurante para llegar a un acuerdo. El restaurante estaba en el pueblo de Baltasar. Los padres del muchacho estaban bien vestidos, querían impresionar al anfitrión. Más tarde no dudarían en pagar la cuenta. El cuento inverosímil de la noche lo narró Baltasar mirándolo a él. Hablaban de las costumbres alimenticias y él comentó que no existirían costumbres alimenticias más extrañas que las de un hombre al que había visto en aquel mismo restaurante. El tipo elegía con cuidado los platos, los observaba con detenimiento, y luego se limitaba a desgranarlos con las manos, hasta que quedaran convertidos en una especie de masa marrón. Pedía entrantes, un caldo, un plato fuerte, una ensalada, un postre, como si fuera una persona normal, pero en vez de comer, en vez de masticar y tragar, usaba únicamente las manos para recrear la digestión fuera del aparato digestivo. Incluso, contó Baltasar, el tipo pedía agua y en vez de tomarla, como alguien normal, la añadía poco a poco a su extraña mezcla. No pude contenerme y le pregunté por qué lo hacía. Me explicó que la digestión le parecía repugnante, pero que disfrutaba el aspecto y el olor de la comida. El muchacho pensó que a sus padres los ponía incómodos aquella historia, porque estaban convencidos de que el hijo de Baltasar tampoco era un ser humano normal. El piloto según ellos no tenía ningún derecho a andar juzgando la forma de comer de los otros.

Llegó a la casa de Baltasar de noche. Por el camino le había preguntado cómo le iba en la escuela y en el mundo de las muchachas, y él le había respondido que bien, y decía la verdad. Sus notas eran sobresalientes y cada vez que se proponía que una muchacha fuera su novia lo conseguía al cabo de unos pocos días. No dijo esto, claro, porque no quiso sonar como un fanfarrón. Tampoco quiso sonar demasiado impresionado cuando vio la casa, una construcción de dos plantas con una pequeña piscina en el patio con luces colocadas bajo el agua. Julia, la esposa de Baltasar, dijo que podía bañarse a la hora que le entraran ganas y podía coger lo que quisiera del refrigerador. Menos las cosas que decían Angus en una etiqueta, que eran las de su hijo.

Julia tenía cuarenta años, pero era una mujer elegante y encantadora, y el muchacho pensó que cuando tuviera la edad de Baltasar le gustaría tener una casa con piscina y una esposa como aquella. Se preguntó si tendría primero que convertirse en un héroe de guerra. Ya no había guerra ni probablemente aparecieran nuevos héroes. Le vino a la cabeza una idea oscura, que luego se apoderaría de él, la idea de quedarse a vivir para siempre con Baltasar y con Julia. Gozaba de la excusa perfecta, puesto que sus padres tendrían que viajar por trabajo a partir de ese año con demasiada frecuencia. Sin embargo no volvió a pensar en ello durante esa noche. Se acostó en una cama inmensa y suave y quedó instantáneamente dormido.

Desayunaron arepas con miel y al final Julia preparó otra tanda de café para acompañar su primer cigarro del día. Le preguntó al joven Baltasar si fumaba y él contestó que no. Haces bien, dijo mientras sonreía. Su esposo Baltasar, que seguía comiendo arepas, le confesó que él no fumaba ni tomaba. El muchacho mintió y dijo que él tampoco tomaba alcohol. Baltasar le preguntó a Julia cuál había sido el regalo que le habían hecho al padre del muchacho por sus cincuenta años. El muchacho me preguntó una vez, dijo, me dio pena no poder responderle. Ese año fue la navaja con el mango de marfil, contestó. Ya me acuerdo, dijo Baltasar, tenía como un siglo de antigüedad, y se me ocurrió probarte. Las cosas que hacemos de niños dan pistas sobre quiénes seremos más tarde, y me habían hablado mucho de ti. El muchacho se sirvió un poco de leche en el café y pensó en que nunca había visto la navaja y en que probablemente sus padres la habían vendido.

Preguntó por Angus y Julia le respondió que él se levantaba siempre temprano y que se ponía a dar vueltas. Le ordené que se quedara hoy, dijo Baltasar, y de todas formas hizo lo que quiso. Hay que ser más duros con él. Julia abrió la boca y lo que quedaba de un cigarro cayó en la jarra. Una mosca negra y líquida flotando en la leche. Déjalo que sea feliz. No, no podemos dejar que haga lo que quiera, porque un día nosotros no estaremos. Él es especial, dijo la madre. Claro que es especial, es especial porque es nuestro hijo, pero por lo demás es un ser humano perfectamente *normal*. Ambos hicieron silencio al darse cuenta de que el muchacho se sentía incómodo. Baltasar se levantó y empezó a fregar los platos y propuso bañarse en el río más tarde. La piscina es para viejos y para niños, explicó, uno se aburre. Julia dijo que quería adelantar unos capítulos y que no podría ir. Ella era crítica literaria, pero según se decía quería terminar su propia novela desde los veinte años (una novela con un suceso central e inverosímil que hiciera dudar al lector de la sinceridad del que narraba la historia).

Subieron los tres por el río. Angus se quedaba atrás y el muchacho no lo podía ver bien. Era menos una persona y más una sombra gigantesca que iba recolectando cualquier flor pequeña que viera en el suelo. Llegaron a la caída de agua. Tenía entre cuatro y cinco metros de altura y esparcía una niebla húmeda de pequeñas gotas blancas. Abajo se encontraba un pozuelo de aguas lácteas y verdosas que se hacían cristalinas a medida que perdían la espuma. Ya no había casas cerca de allí ni ningún otro rastro humano. Daba la impresión de un lugar virgen. Vamos a tirarnos, dijo Baltasar, pero debes tener cuidado al subir, hay musgo en las piedras y es muy fácil resbalar. El muchacho preguntó si Angus no iba a tirarse. No, respondió, a él no le gusta mucho el agua. Angus se quedó en la orilla del pozuelo mojándose solo las piernas mientras miraba a su padre conducir al invitado entre las rocas gigantescas que daban al salto. Baltasar consiguió un clavado ejemplar y desde abajo invitó al joven Baltasar a que lo imitara. El muchacho no lo imitó a la perfección, pero estuvo cerca.

Angus parecía más interesado en repasar el pequeño botín de flores. Su piel era de una blancura enfermiza, tenía los ojos separados y la expresión robusta y débil a la vez. La mandíbula y los pómulos recordaban los de un neandertal, pero los ojos eran otra cosa, parecían los ojos de una mujer abandonada. El muchacho nadó hasta él y le preguntó la hora. No sé qué hora es. Pero llevas un reloj, contestó perplejo. Es un reloj digital, dijo Angus, no sé leer los números. ¿Por qué lo llevas entonces? Porque a mediodía necesito tomar una pastilla, y Julia me puso una alarma que suena a mediodía. Si esperas un rato quizás oigas cuando suena, dijo como si hiciera la invitación a un evento formidable. ¿Le dices Julia a tu madre? Cuando niño me enredaba, respondió, me costaba entender que la gente le dijera Julia y no mamá. Así que yo empecé a decirle también Julia. A ella no le molesta. Tampoco sé nadar, pero no te rías de mí. El rostro de Angus permanecía serio y el muchacho se dio cuenta de que no podría reírse de su cara o se lo iba tomar mal. Salió del pozuelo y se sentó en la orilla. Temblaba de frío. Se fijó en el reloj digital, ya eran las diez de la mañana. Creo que es suficiente por hoy, dijo y le hizo una seña a Baltasar.

Durante el resto del día confirmó sus sospechas. Angus sufría un leve retraso mental. A pesar de sus quince años no sabía leer ni escribir. Identificaba las etiquetas del refrigerador con su nombre como quien identifica un dibujo, sin descifrar la sucesión o el sonido de las letras. No las había escrito él, sino Julia, que le tenía preparada una caja con etiquetas para que las colocara donde creyera pertinente. Baltasar no aceptaba la condición de su hijo y ponía excusas absurdas como que era un estudiante perezoso o que le gustaba andar solo. La madre sí sabía, pero no podía convencerlo. Angus andaba la mayor parte del tiempo con una libreta de forro marrón en la que fingía anotar cosas. El padre la tomaba como muestra indiscutible de que sabía escribir. ¿Y por qué no nos enseña nada?, preguntaba la madre. Pues porque él es muy tímido, contestaba. El muchacho dedujo que el renombre y el empuje del padre habían hecho posible el milagro de que avanzara un curso tras otro en la escuela, como un estudiante normal.

El joven Baltasar pasó su primera semana sin grandes complicaciones. Pronto hizo amigos en la escuela, a la que iba provisionalmente, y se enteró de que varias muchachas de grados anteriores sentían curiosidad por él. Incluso recibió una carta de una de ellas, que no se atrevió a abrir. Habló directamente con la muchacha, una rubia simpática con muchas pecas, y le dijo que no había abierto la carta, porque podía gustarle o no gustarle, y que además, como no era un experto en literatura, podía entenderla o no entenderla, pero que en cambio estaba seguro de que ella sí le gustaba y quería invitarla a salir. El episodio fue tan famoso en la escuela que varios idiotas trataron de repetirlo, por supuesto sin ningún éxito. A veces intentaba andar con Angus. En el fondo su compañía le resultaba desagradable, pero la experiencia le había enseñado que, a la larga, aquellos vistos como generosos imponían mayor respeto que los violentos, y además, constituía un modo de ganarse a Baltasar y a Julia, con los que secretamente ya deseaba vivir. Acercarse al extraño Angus le valió un par de bromas al principio, hasta que cogió a uno de los bromistas y lo estrelló con todas sus fuerzas contra un tanque de basura. Entonces fue más admirado que nunca. El joven Baltasar estaba aprendiendo que la generosidad no era bien vista a menos que quedara claro que no estaba acompañada por la debilidad.

El viernes por la noche el muchacho se sentó a hablar con Baltasar. Estaban en una pequeña terraza en el segundo piso. Julia abrió una botella de vino, pero ninguno de ellos lo probó. El más viejo por elección. El más joven para no descubrir una de sus primeras mentiras en aquella casa. Tomaban una especie de té o cocimiento endulzado con miel. Baltasar en vez de simplemente decir miel decía miel de abeja, como la gente de campo (su voz no era grave pero transmitía una masculinidad más profunda, quizás la de un hombre que había matado a otro hombre). Las tazas humeaban en medio de un agradable silencio. Hoy te llamó una muchacha de tu escuela, dijo, una tal Lili. El otro sonrió y dio un sorbo para hacer tiempo y pensar qué contestarle. La bebida le quemó la punta de la lengua. Pensamos ir mañana al río, dijo al fin, quiero enseñarle el lugar que tú me enseñaste a mí. Baltasar bebía aquella cosa hirviente sin quemarse la boca. Su cuerpo al parecer podía resistirlo todo. ¿Todas las historias que cuentas son verdad?, preguntó el muchacho. Por supuesto, contestó, mi padre me enseñó a decir siempre la verdad. ¿El tuyo no? El muchacho comprendió que aquella era otra prueba. Sí, mi padre me lo ha dicho, pero no me lo ha *enseñado*. ¿Cuál es la diferencia? Pues que él miente incluso delante de mí. Baltasar suspiró y dio un vistazo a la noche, a los caseríos iluminados tras una franja boscosa, que ofrecía resistencia a la urbanización. ¿Quieres caminar un poco?, le preguntó al más joven. Sí, me gusta caminar.

Siguieron por la carretera hasta el pueblo. Había pocas personas y las fachadas herrumbrosas se teñían de una luz amarillenta. Todo era pequeño y sencillo. Un pequeño mercado, una pequeña barbería que también era peluquería, una pequeña escuela primaria, pequeños portales y pequeños balcones. A veces yo también miento, le confesó Baltasar. Cuando tengo que contar algo verdadero pero increíble miento sobre algunos detalles para que la gente me crea. Si nadie cree en una cosa que es verdad, la cosa deja de ser verdad con el tiempo incluso para uno, y no quiero que eso pase. El muchacho lo escuchaba en silencio mientras miraba el suelo. Un borracho gritó el nombre de Baltasar y le dijo que era un sinvergüenza y estrelló una botella contra la pared. El muchacho se detuvo en disposición de pelear. Déjalo, lo calmó el piloto. Él no tiene razón, pero como no hay forma de demostrarlo es como si la tuviera. De vuelta a la casa el muchacho le preguntó si estaba armado. Baltasar le mostró un revólver enano que escondía en el bolsillo. Nadie sabe que lo llevo encima, dijo, ni siquiera Julia. Y es mejor así.

En la casa todavía Julia escribía en la computadora. El sonido plástico de las teclas se escuchaba en el salón donde ellos estaban. ¿Puedes enseñarme el revólver de nuevo?, preguntó el muchacho. Baltasar le sacó las balas y se lo puso en las manos. ¿Cómo se dispara? Lo cogió él entonces y repitió un par de pasos sencillos. Angus entró y se sentó con ellos, parecía molesto. ¿Quieres aprender a disparar?, preguntó el padre. Sí, contestó con su voz tosca y afeminada. Baltasar repitió los pasos una vez más e hizo que los otros dos los reprodujeran. Ahora quiero disparar de verdad, dijo Angus, con balas. No debo disparar una bala a menos que sea necesario, contestó Baltasar. ¿Te regañan cuando lo haces?, preguntó el muchacho. Quizás *a mí* no, pero es incorrecto. Lo que importa no es el castigo. Uno no debe hacer lo correcto solo por miedo al castigo. Julia entró y anunció que ya se iba a acostar. Angus le cogió el brazo y le contó que no lo dejaban disparar. Uno no puede conseguir siempre lo que quiere, le respondió. Después ella llamó aparte a Baltasar y el muchacho escuchó cuando le decía que no debía enseñarle a Angus cómo cargar, que podía ser peligroso, que podía robar una bala sin que lo vieran. Después de algunas palabras insignificantes Angus, Julia y Baltasar subieron al segundo piso y lo dejaron solo. Cuando estuvo seguro de que nadie lo estaba viendo fue a la cocina y se tomó el fondo de la botella de vino. Quería vivir en aquella casa, pero el único modo de hacerlo era que sus mismos dueños se lo propusieran.

La mañana del sábado no había una nube en el cielo y soplaba un aire marino que no era usual en aquella zona. Vio a Lili subir por el río guiándose por el teléfono móvil como un pirata que observa la cruz del tesoro en su mapa. Le había pasado un mensaje con las indicaciones. Le parecía divertido verse así. Además, era el tipo de cosas que sin duda gustaban a las muchachas como ella. Lili se acercó sonriendo. Llevaba un short de mezclilla que le quedaba un poco ancho y una blusa de tirantes. En sus hombros se veían las pecas antes cubiertas por el uniforme de la escuela. Se quedaron en ropa interior y se miraron como preguntándose quién se iba a tirar primero al agua del pozuelo. La cascada reproducía el sonido de una radio sin señal. El muchacho se detuvo un instante en el cuerpo de Lili, tenía piernas largas y hermosas y senos bien redondos. Se lanzaron al agua a la vez, pero no causaron alboroto. El sonido incesante de la cascada silenciaba los demás sonidos. Está muy fría aquí, dijo ella mientras él estudiaba la posible forma y colorido de sus pezones. ¿Sabes qué dicen en los documentales que debes hacer si caes en agua helada para no resfriarte luego y morir? No sé, respondió ella. Lo primero que debes hacer es quitarte la ropa húmeda. Ella lo miró extrañada, no entendía el chiste. Él se quitó la ropa interior y la lanzó a una piedra grande que estaba en la orilla. Entonces ella entendió y medio avergonzada y medio risueña también se quitó la ropa interior y la lanzó a la piedra.

Nadaron sin acercarse demasiado. ¿Tu casa es la grande que está pintada de amarillo?, preguntó Lili. El joven Baltasar afirmó con la cabeza. ¿Y esa casa no tiene una piscina? Sí, la tiene. ¿Por qué te bañas en el río entonces? Las piscinas son para niños y para ancianos, contestó. ¿Y no me vas a invitar un día? La casa no es mía en realidad, dijo. Igual podrías hablar con el dueño, insistió, ya que ahora vives ahí. No vivo ahí, solo me estoy quedando por un tiempo. Mis padres son diplomáticos y están fuera del país. Deberías vivir ahí entonces, dijo ella cambiando el tono de voz como si bromeara, para que me pudieras invitar a la piscina cuando quisieras. A menos que tengas piscina en la casa de tus padres, claro. No tienes, ¿o sí? Se escuchó un ruido entre unos arbustos.

Angus apareció desnudo. Los miró con curiosidad y sin saludarlos se lanzó al río y nadó un poco. Lili empezó a gritar y el muchacho intentó calmarla, le dijo que Angus era inofensivo y que hacía las cosas sin saber que las hacía. Va a violarme, respondió ella. No seas mala con él, dijo el muchacho, dale una oportunidad. No puedo. Si no puedes supongo que no vamos a funcionar y que deberíamos dejar de vernos. Dile que se vaya, gritó ella como si no hubiera estado prestando atención a lo que él decía, y el muchacho nadó hasta Angus y lo saludó. Vete de aquí, le dijo a Lili, no quiero estar cerca de personas como tú. La muchacha quedó estupefacta ante la radical reacción del joven Baltasar, y pidió que le alcanzaran al menos la ropa para no salir desnuda del agua. El muchacho dijo que no y le hizo un guiño a Angus. Lili salió avergonzada del agua mientras los otros dos se reían. Sus nalgas pálidas se movían mientras corría. La risa de Angus era torpe y grave, el joven Baltasar nunca la había escuchado. El joven Baltasar en el fondo estaba molesto por la defraudante posibilidad de que Lili se hubiera acercado a él solo por un estatus que ni siquiera resultaba verídico, pero había aprovechado la oportunidad para simular un gesto de honor y de camaradería con el retrasado. Con un poco de suerte el retrasado iba a contárselo a su madre.

Una semana después Angus llegó a la casa lleno de golpes. Desde su cuarto el muchacho escuchó la discusión familiar. Julia prefería hablar con los profesores y con los padres del culpable, Baltasar prefería enseñarlo a defenderse, porque con su tamaño y su fuerza resultaba inaceptable que no lo respetaran. A partir de entonces todas las tardes Baltasar se encerraba en un cuarto con Angus, y afuera solo se escuchaban los golpes secos. Ambos salían sudorosos y físicamente dañados. El hijo no dudaba en defenderse ante los ataques del padre.

En la escuela, por otra parte, Angus era incapaz de dañar a nadie. El joven Baltasar andaba por los alrededores cuando vio una multitud reunida en un círculo. Un muchacho llamado Rafael se dedicaba a usar a Angus para demostrar sus habilidades en el combate. La gente se reía con cada golpe y con cada nuevo sollozo del gigante. El joven Baltasar salió de la multitud y le dijo a Rafael que por cada golpe que le había dado a su *hermano* él iba a recibir tres de sus puños. El bravucón se dio cuenta de que la multitud ya no estaba de su parte y que su reputación iba a depender de la valentía que demostrara en ese momento. Le dio un golpe en la nariz a Angus que le llenó la mano de sangre. Muy bien, dijo, me debes tres más. El silencio era total y aterrador.

El joven Baltasar se aproximó con pasos fríos y calculados. Falló el primer golpe y acertó el segundo. Rafael se sacudió y trató de demostrar que no le había hecho daño. Volvió a golpearlo y Rafael cayó al piso. En realidad ni siquiera era bueno peleando, abusaba de Angus porque no podía abusar de nadie más. En el piso se abrazaron y Rafael terminó recibiendo una dura voltereta que lo dejó inmovilizado por el dolor. El muchacho se sentó sobre él y le destrozó la cara con los puños, con cuidado de no sacarle un ojo ni matarlo por un golpe en cierto lugar del cráneo. La multitud se compadeció del bravucón, sin que por esto el otro perdiera respeto. Le gente se compadece más por un villano caído en desgracia que por aquel que siempre ha sido desgraciado.

Por la noche Angus se encerró en su cuarto y dijo que no tenía hambre. Los padres no sospecharon nada y la comida transcurrió en silencio. El joven Baltasar se preguntó en qué momento había pasado de admirar al piloto a envidiarlo, y en qué momento había pasado de envidiar a su hijo retrasado a odiarlo, y en qué momento había pasado de admirar a su esposa a sentir algo más de lo que no estaba seguro. Se preguntó si acaso él era una mala persona, pero luego pensó que ningún ser humano podía hacerse semejante pregunta sin correr el riesgo de, no encontrando el valor suficiente para hacer el bien, volverse un cínico, una persona que no solo hace el mal, sino que lo hace a consciencia e incluso al costo de cierto remordimiento acomodado.

Los libros solían aburrirlo mucho, sentía que quienes los escribían eran unos papanatas que no sabían nada de cómo funcionaba el mundo. Luego de intentar leer un libro grueso sobre la guerra que le había recomendado Baltasar se estaba quedando dormido en la piscina. Las luces sumergidas le daban una sensación extraña cuando cerraba los ojos, pero no resultaban del todo desagradables. Una figura femenina se metió en el agua en un elegante salto y nadó hasta él. El cuerpo era un silencioso espectro de carne recortado del azul pálido de fondo. Emergió y se puso el pelo chorreante detrás de las orejas y le sonrió. Tomaste vino de mi botella, dijo Julia. Pensé que no te gustaba el alcohol. El muchacho encogió sus hombros flacos y adolescentes. Mentí porque no quería decepcionar a Baltasar, respondió. No le voy a decir nada, no te preocupes. Lo del vino fue una estupidez que se me ocurrió para empezar a hablar contigo cuando te vi solo en la piscina. ¿Quieres hablar conmigo? Sí quiero. El muchacho se sumergió y dio una pequeña vuelta y regresó.

Julia se sumergió e hizo una especie de baile en el que sacaba los pies fuera del agua mientras caminaba con las manos. Pensé que querías hablar, le dijo él cuando la vio volver a la superficie. ¿Qué tal lo he hecho? Lo has hecho muy bien. ¿Quieres aprender a hacerlo tú? No, mejor no. ¿Ni siquiera para impresionar a esa tal Lili? Ya no hay una tal Lili. ¿Y eso? Era muy joven para mí. Julia dejó de reírse. No entendía el significado oculto de aquella frase que él acababa de decir sin pensar, y de la que ya se estaba arrepintiendo. Pero previó que había en efecto algún significado oculto. ¿Qué quieres decir con muy joven? No he querido decir nada, hablé por hablar. ¿Como cuando dijiste que no tomabas alcohol? Entonces mentí, ahora solo hablé por hablar. ¿No habrás dicho ahora la verdad por error? No entiendo qué quieres decir, respondió el muchacho mientras apartaba la vista de ella. Julia se movió y se puso frente a él. El muchacho pensó que su rostro recordaba el rostro del hijo sin lo monstruoso ni lo repugnante. A veces hay que decir pequeñas mentiras para que te crean una gran verdad, dijo él con la voz grave. Si nadie cree en una verdad hasta uno mismo suele dejar de creer en ella. Julia sonrió. Eso te lo dijo Baltasar, ¿no? El muchacho afirmó con la cabeza. ¿Y cuál es la verdad y cuál es la mentira en todo lo que me has dicho? Tomo alcohol, esa es una verdad. Muy bien, dijo ella, esa ya la sé. Dime otra, una un poco más complicada. Hubo un silencio de unos segundos. Quiero quedarme a vivir con ustedes. Me caen muy bien y mis padres a partir de ahora tendrán que viajar con demasiada frecuencia y yo no sé cómo vivir solo.

Casi sin que se notara Julia fue echando su cuerpo hacia atrás. Digería la confesión. Tú también nos caes bien. Veremos si es posible. Primero veremos si de verdad es *necesario*. El muchacho salió del agua y luego ella también salió y fueron a la casa a buscar un par de toallas blancas.

Se sentaron en la sala y el muchacho le contó el episodio del borracho, y le preguntó a Julia qué creía acerca del gobierno y de los militares y de lo que era verdad. Julia sacó un cigarro de la caja y lo prendió. Un anillo naranja en la oscuridad. Cualquier verdad puede clasificarse en una verdad de suceso o de historia, dijo. La muerte de una persona puede ser una verdad de suceso, mientras que todo lo demás alrededor de esa muerte sería en tal caso una verdad de historia. Es importante entender esto si uno quiere escribir. ¿Y las verdades de suceso, como tú las llamas, son más verdaderas que las de historia?, preguntó el muchacho. No, respondió Julia, no lo son. Las historias las hacemos nosotros en base a los sucesos concretos, pero solo percibimos los sucesos concretos cuando forman parte de una historia previa en nuestras cabezas. Los sucesos crean la historia y la historia crea los sucesos. Una recta está hecha de puntos. La pregunta es si lo falso es la existencia de la recta o la de cualquier punto como algo más que una abstracción geométrica. Los sucesos concretos parecen más elementales, más reales y verificables que las historias, pero no tienen por qué serlo, tal como los puntos no tienen que ser más reales que las rectas. Con todo esto quiero decir que hay determinadas cosas que para determinados seres humanos resultan impensables, no pueden pensarse, el cerebro no puede llegar a ellas incluso con las pistas delante.

El tercer cigarro humeaba retorcido y moribundo en el cenicero. Julia tenía el pelo preciosamente mojado, y de vez en cuando una gota de agua le caía por el rostro. Si te puedes o no quedar, dijo ella, en caso de que de verdad lo necesites, depende de cómo se le tome Angus. El muchacho afirmó con la cabeza y Julia lo besó en la mejilla. Buenas noches, añadió y entró en el cuarto oscuro y se quitó la trusa y su silueta negra se acostó desnuda en la cama junto a Baltasar, que se movió por unos segundos bajo las sábanas antes de volverse a dormir. El muchacho volvió a salir y una lechuza blanca le pasó por encima, gigante y misteriosa, y desapareció entre los árboles invisibles.

El muchacho se sentó y pensó que no había manipulación más efectiva que la exposición descarada de sus intereses (aceptar la manipulación constituía la mejor forma de encubrirla). La noche despedía un olor profundo y las copas de los árboles se mecían indiferentes con la brisa, y recordó a sus padres, a los que con suerte iba a dejar de ver pronto, y el ya lejano interior de su cuarto, que nunca le gustó.

Se escucharon algunos ruidos secos, Angus husmeaba en el refrigerador con el entusiasmo de un vagabundo o de un mapache al encontrar una casa abierta. Sacaba cada una de las cosas, leche, queso, huevos, mermelada, chorizo, y las acomodaba sobre la mesa con un orden estricto. Separaba luego aquellas etiquetadas con su nombre y parecía medirlas, como comprobando que nadie las hubiera tocado. Mi padre a veces se equivoca, dijo, eso no me gusta, yo no toco su comida. Angus preparó pan con queso y jamón y le preguntó al muchacho si quería. En realidad sí, respondió. Angus suspiró decepcionado por la respuesta y tomó de los ingredientes no etiquetados. Ya no queda jamón, dijo, solo por esta vez te permitiré comer del mío. El muchacho probó el pan y trató de disimular una mueca. Deberíamos calentarlo antes en la plancha, dijo. Yo no puedo usarla, me da miedo. El joven Baltasar se estrujó los ojos y conectó el aparato a la corriente eléctrica. Guardaron todo otra vez en el frío mientras se calentaban los panes. Le tienes miedo a demasiadas cosas, dijo el muchacho mientras bostezaba, insinuando su deseo de dormir. Angus se quedó callado por varios segundos, la luz del refrigerador iluminaba los golpes de una mitad de su cara y luego le preguntó si quería dormir con él. El muchacho lo pensó con cuidado y contestó que sí.

El cuarto de Angus, apenas iluminado por las luces verdosas del jardín, era pequeño y carecía de retratos, adornos o cualquier elemento que pudiera encontrarse en el cuarto de una persona común de su edad, salvo por un colchón matrimonial tirado directamente sobre el piso, sin sábana y sin almohada. El cuarto no solo carecía de electricidad, sino que no mostraba interruptores ni cables en el techo para colocar bombillas. Las paredes, el piso y el techo parecían las caras interiores de una caja cerrada y vacía, con un par de agujeros que cumplían la función de una puerta y de una ventana sin marco y sin cristal. El muchacho le preguntó a Angus qué pasaba cuando llovía y Angus le respondió que el agua nunca entraba de cualquier modo, aunque a veces le daba miedo imaginar que iba a entrar. Es verdad que le tengo miedo a muchas cosas, terminó diciendo Angus. Me dan miedo las niñas. El muchacho rió sonoramente e hizo una negación con la cabeza. ¿Por qué estabas desnudo con Lili en el río? Bueno, trata de imaginarlo. ¿Te gusta Lili? Me gustaba un poco, ya no me gusta. Poco después ambos quedaron dormidos.

Se despertaron tarde y Angus evitó ver a su madre para que no notara los golpes. En verdad ya no parecían tan graves, pero el muchacho insistía en no ser visto. Pasó entre quince y veinte minutos haciendo anotaciones en su misterioso cuaderno, cuidando que el joven Baltasar no viera una sola línea. ¿Qué cosas pones ahí? No puedo responder tu pregunta, contestó Angus, lo siento. El muchacho se encogió de hombros y le propuso ir al salto de agua de nuevo. Voy a enseñarte a nadar, le dijo y Angus afirmó con la cabeza sin mostrar demasiado entusiasmo.

Eran las once de la mañana y se encontraban sentados en la parte seca de una roca muerta en la orilla del río. Parece un animal gigante que decidió morir aquí, dijo el muchacho, pero Angus no pareció interesarse en la frase. Julia seguro te entendería, se limitó a contestar. El muchacho sonrió al escuchar el nombre de Julia. ¿Ese que viene no es Rafael?, preguntó nervioso a Angus. La figura de Rafael se fue haciendo más grande a medida que subía por los márgenes del río. Sus pies descalzos se movían entre el cementerio de piedras muertas. El joven Baltasar tuvo que pensar rápido, quizás buscaba una revancha, pero en tal caso lo más probable resultaba que viniera armado con una navaja, cuanto menos. Cuando estuvo frente a ellos los miró a los ojos y se quedó callado. ¿Cómo supiste que estábamos aquí? He escuchado que les gusta este lugar. ¿Vienes armado? Rafael sacó una navaja sin mango y la tiró ceremoniosamente. En el agua nítida y brillante el acero ondeaba como una larga bandera de plata. Vengo a disculparme, dijo. ¿Por qué te disculparías?, preguntó Angus. Por todo, respondió con una voz firme y calmada a la vez. ¿Vienes a disculparte con él o conmigo?, preguntó desconfiadamente el joven Baltasar. Vengo a disculparme con él, no tengo razón para pedirte disculpas a ti, pero sí te voy a dar las gracias. Ayer después de lo que pasó me puse a pensar en muchas cosas. No te disculpo, lo interrumpió Angus. Rafael lo miró con tristeza y luego miró al joven Baltasar, y en sus ojos había una extraña desesperación. Y a mí no me interesa que me des las gracias. Rafael se tiró a los pies de ambos llorando, pero el gesto no hizo más que acrecentar el desprecio que sentían por él. Levantó su navaja y se la metió en el bolsillo y bajó por donde mismo había subido, y mientras se alejaba miraba hacia atrás con lágrimas en los ojos. Angus sonrió, había sentido por primera vez el placer de la crueldad.

No se habían quitado la ropa y seguían callados en una agradable suspensión de lo que acababa de ocurrir. El muchacho se levantó y le hizo una seña a Angus para que lo imitara. Ahora vas a perder el miedo al agua, dijo. ¿Por qué haces esto?, preguntó Angus. Pues porque somos hermanos y ningún hermano mío puede tenerle miedo al agua. ¿Qué pasa si no le pierdo nunca el miedo? Entonces voy a alejarme de ti, dijo el muchacho con una sonrisa sutil que el otro no entendió, a juzgar por su inmediata expresión de miedo. Angus lo abrazó y de repente trató de besarlo en los labios. De manera instintiva el muchacho le lanzó un golpe que derribó su enorme cuerpo.

Angus quedó quieto primeramente. Su cabeza apuntó al suelo como si razonara y se levantó y comprobó que no hubiera sangre en sus labios. No parecía furioso, sino más bien decidido. Decidido a qué no lo comprendió el muchacho hasta que ya era demasiado tarde. Angus lo empujó con ambos brazos y antes de que pudiera levantarse ya estaba encima de él y le ponía las dos manos en el pescuezo y se lo apretaba con una violencia fría y animal. El otro sabía muy bien lo que estaba haciendo, y de todas formas seguía haciéndolo (por tanto, a menos que sucediera un milagro, resultaba muy probable que en efecto *lo hiciera*). La vista se le empezaba a oscurecer. El tacto lejano de su mano derecha le insinuó la forma alisada de una piedra de río. La agarró y con cualquier fuerza que pudiera quedarle lo golpeó en la cabeza. El muchacho no pudo levantarse pero desde el suelo acertó un segundo golpe en la frente del aturdido Angus, un segundo golpe todavía más fuerte que el anterior. Luego cayó bocarriba y trató de respirar. La garganta seca le ardía y tenía la impresión de que sus ojos querían salirse de las órbitas. El mundo daba vueltas a su alrededor.

No supo cuánto tiempo estuvo tirado. Al recomponerse ya el cuerpo del otro no se movía y en la frente le estaba creciendo un hematoma azul oscuro. No encontró signos de pulso. El muchacho se quedó quieto para aceptar la realidad y solo se movió ante el susto producido por la alarma del muerto, un pitido intermitente y psicopático que indicaba que ya eran las doce en punto y que debía tomar sus pastillas.

Apagó la alarma. El agua se seguía estrellando bulliciosa contra las piedras y los pájaros seguían haciendo sus danzas en el aire. Los ojos abiertos de Angus ahora pertenecían al reino de las piedras y el fango. Seguían allí, sin que la naturaleza pudiera sospechar que detrás de ellos había existido un ser pensante. En ese momento el muchacho descubrió que los sucesos más cruciales de una vida no estaban marcados por la providencia, sino por un azar mundano, sin relación con las mitificaciones del bien o del mal. Había matado y el mundo no parecía distinto en lo absoluto. No sentía una mancha en su alma, sino la impostergable angustia de no querer ir a prisión.

No podía probar que aquello había sido en defensa propia, pero la policía tampoco tenía modo de encontrar el móvil para un asesinato. Hay situaciones tan extrañas e improbables que jamás serían pensadas como la explicación a determinado resultado. La policía nunca iba a considerar siquiera la posibilidad de que Angus se hubiera sentido atraído por él, y que hubiera querido matarlo tras el rechazo. El perfil psicológico del muchacho de seguro lo mostraría como una persona generosa, que de hecho había entablado buenas relaciones con el hijo del piloto. Aunque todas las pruebas apuntaran a él, una buena defensa en el juicio haría de su culpabilidad una situación impensable. Se sintió seducido por la noción del crimen sin móvil, inexplicable y por tanto falso ante la sociedad. Entonces tuvo una gran idea, fabricaría la otra explicación.

El peso del cadáver fue mayor del previsto y enfrentó varios problemas a la hora de subirlo por las piedras del salto de agua. No resultaba inverosímil en lo absoluto que Angus hubiera caído por accidente y se hubiera golpeado de manera mortal la cabeza. Tuvo que asegurarse de que la piel no se hiriera con las rocas para no dejar ninguna evidencia de haber arrastrado el cuerpo. La tarea no le tomó menos de diez minutos, y él sabía que Baltasar podía aparecerse en cualquier momento. Lo soltó en una mala posición y el cadáver cayó sobre sus propias piernas, que se fracturaron con notable desplazamiento óseo. No había modo de que aquel accidente le hubiera costado la vida a Angus, por muy doloroso que hubiera sido. Ahora el cadáver tenía un hematoma en la cabeza, causado muy probablemente por un golpe de origen humano, y tenía las piernas rotas por un evidente intento de disfrazar el asesinato. Lo segundo le traería la condena de un crimen premeditado. La única opción sería subir de nuevo el cadáver y conseguir que impactara contra las rocas en el mismo lugar de la frente que ya ostentaba el moretón, y que de algún modo pareciera que con aquella única caída también se hubiera roto las piernas.

Volvió a hacer el tortuoso recorrido. Las piernas rotas del muerto se doblaban como enormes fideos. Ya en la cima del salto de agua el muchacho buscaba el mejor lugar para su teatro cuando Baltasar lo vio y sacando su revólver le dijo que se detuviera. El cadáver resbaló y cayó ruidosamente en el agua virgen del pozuelo.

Baltasar le gritó que pusiera las manos detrás de la cabeza. La voz le temblaba y los ojos no podían dejar de ver cómo el agua mecía el cuerpo inmóvil de su hijo. No había sangre. Te vi mientras lo subías, dijo. Si te mueves te reviento la cabeza. El muchacho se dio cuenta de que estaba perdido. Cuanto más podría aspirar a que el padre no lo matara allí mismo, a un juicio justo y a la condena de diez o veinte años. Su vida entera se había destruido por los actos casi automáticos, ajenos, que había ejecutado durante apenas unos minutos. Pero no era *del todo* tarde. Baltasar se acercó y le preguntó qué había hecho. Lo maté, respondió con crudeza, ve y búscalo. Baltasar se asomó al barranco, el viejo estaba visiblemente desorientado. El muchacho le arrebató el revólver, comprobó en un segundo que estuviera cargado y listo y le disparó en la cabeza. El cuerpo cayó al agua y el círculo blanco de espuma lo tapó y pronto la espuma se volvió un arrecife de corales ensangrentados. El cuerpo volvió a emerger. Baltasar se limpió una gota de sudor que le corría por la frente y se echó el arma en el bolsillo. Una nube rápida lo escondía de la vista del sol y de Dios.

Se había borrado la factibilidad de reproducir las condiciones de un accidente, pero no la de achacar la culpa a otro. Un suceso aislado se puede verificar, no así una historia. Se habían encontrado con Rafael hacía poco, sus pies habían pisado las orillas del río, muy probablemente alguien lo había visto en dirección al salto de agua. Que hubiera sido él el asesino parecía impensable. En cambio que hubiera sido Rafael parecía altamente verosímil. Podemos pensar cosas imposibles, pero nos cuesta mucho pensar en cosas poco probables. Las cosas imposibles se encuentran en todas partes como mero reverso de lo posible, el cartón que sobra cuando se recortan las figuras de la realidad cotidiana. Lo improbable solo puede imaginarse cuando ya lo tenemos enfrente, o a partir de cosas improbables de las que ya sabemos de antemano. Baltasar decidió que él no había matado al padre ni al hijo. Sacó el arma, apuntó con cuidado y disparó una bala en la sien de Angus y las balas restantes en la del padre. El crimen, la historia cuyos sucesos ahora reconstruía y falsificaba, era una historia voraginosa, sin lugar a la moderación o la planificación (el insensato Rafael, de haber sido el asesino, habría disparado sin duda cada bala).

Baltasar diría que había estado con Angus y que había visto a Rafael a lo lejos y que luego había llegado el padre y los había dejado solos, porque estaban necesitados de hablar entre ellos y porque él mismo tenía un poco de hambre. Esto último lo confesaría con dolor, como si hubiera sido una carga muy pesada en su pecho, que un mísero fin egoísta lo hubiera empujado de regreso a la casa y no el deseo de arreglar aquella familia. Julia confirmaría que él siempre regresaba antes de las doce porque sentía hambre, y que a menudo Angus se quedaba solo en el pozuelo. Lo mejor era no incriminar de una manera demasiado obvia a Rafael, o podrían sospechar algo. Ni siquiera fabricar una historia convincente del asesinato. Sería fabricada por las cabezas de los detectives. Es mucho más fácil aceptar una historia propia que una propuesta por otra persona. Se sacó el revólver del bolsillo y lo limpió y lo arrojó al agua. Rafael no trataría de esconderlo ni se lo llevaría. Antes de irse Baltasar observó por última vez la escena de ambos cuerpos en el agua. Fragmentos de los sesos flotaban cerca de la orilla, arrastrados por la corriente lejos de las nubosidades de espuma.

ᘓ

Como otras noches, Julia se había quedado en el cuarto que antes compartía con su esposo a pensar en solitario, anestesiada por los antidepresivos. El silencio absoluto hacía que cada sollozo y cada intento de voz se escucharan con claridad. Baltasar abrió la puerta y de nuevo intentó abrazarla. Ella no se dejó y le pidió que se alejara. Tus padres vendrán mañana, dijo, lo siento, pero necesito estar sola, cuando sea el momento hablaré con ellos. Baltasar le preguntó por la investigación policial. Julia lo miró y él no supo descifrar si había odio, rencor o impotencia en su mirada húmeda. Hay nuevas noticias, respondió, la primera hipótesis ha sido descartada. Hoy por la tarde liberaron a Rafael, el muchacho los estaba conduciendo a un callejón sin salida. Su padre, un borracho, había amenazado varias veces a Baltasar por motivos políticos, y el mismo Rafael ya había peleado con Angus, pero el resto de los hechos refuta la más lejana posibilidad de una implicación en las dos muertes. La nueva hipótesis parece tener mucho más sentido. ¿Y cuál es la nueva hipótesis? Julia tomó agua de un vaso que había en la mesa de noche antes de responder.

El cuaderno de Angus, dijo, está siendo analizado por una pequeña comisión de lingüistas y criptógrafos. Al parecer los símbolos que usaba Angus no eran símbolos al azar, y tampoco constituían un código para ocultar una escritura previa. En el cuaderno hay una nueva forma de escritura. Él nunca aprendió nuestro sistema, así que al parecer inventó el suyo propio, mediante combinaciones silábicas. Julia se echó a llorar y las siguientes palabras las dijo con dificultad. Era inteligente y no lo supimos entender. Angus simplemente no se adaptaba a nuestras herramientas. Baltasar era represivo y yo era condescendiente, ninguno de los dos supo lidiar con su extraño modo de ver el mundo. ¿Y se sabe qué cosa escribía en los diarios?, preguntó Baltasar. Cosas que le pasaban en el día, respondió Julia, hay anotaciones de la mañana en la que murió. La nueva hipótesis se basa en esas anotaciones. Lo mejor es no hablar de esto, mucho menos contigo.

Baltasar se acercó a Julia y le tomó teatralmente las manos. Puedes decirme lo que sea, quizás haya algo que yo pueda explicar. Julia le contestó sin elevar la vista de la sábana. Hace un par de años la relación entre Angus y su padre llegó a su punto más tenso. Angus hizo un amigo en un taller de manualidades en el que lo inscribimos, el primer amigo que tuvo antes de que llegaras tú. Un día el muchacho dejó de venir a esta casa y sus padres, que eran amigos nuestros, dejaron de hablarnos. Baltasar fue a verlos, a intentar entender lo que había pasado. Finalmente le confesaron que Angus había intentado besar a su hijo y que no podían permitir que aquella amistad continuara. Baltasar fue muy duro con Angus, lo golpeó varias veces para que dijera la verdad, y nunca tuvimos una respuesta. Creo que ya puedes imaginar el rumbo de esta conversación. Teníamos la respuesta delante de nosotros, y no pudimos verla.

Baltasar reconstruyó lo sucedido en unos pocos segundos. Angus no había tratado de matarlo por brutalidad, al contrario. Razonó que tal y como su otro amigo lo había hecho, él iba a denunciarlo, y para no enfrentar las terribles consecuencias, para no enfrentar a su padre, Angus prefirió aceptar la condena por un asesinato inexplicable. Julia soltó sus manos de las manos de Baltasar y lo miró a los ojos con una expresión de desgarrada severidad. El culpable estaba en nuestra propia casa, dijo, y no podíamos verlo. ¿Ya has adivinado la nueva hipótesis? Baltasar sentía que un sudor frío le corría por los brazos y la frente, estaba a punto de desmayarse. No, contestó, no la he adivinado. Julia le cogió el rostro con las dos manos, le temblaban los labios y la barbilla. Intentaba no volver a llorar. Angus mató a su padre, dijo, y luego se mató él mismo. La evidencia de ese hecho *impensable* parece irrefutable. Baltasar fue demasiado duro con él en las últimas semanas, y Angus no podía aguantarlo más. Sabía cómo usar el arma. Julia lloró en los hombros de Baltasar y luego se reincorporó y le dio un beso en la boca, superficial e inútil. Tienes que irte, dijo, necesito que me dejes sola. Baltasar volvió a besarla y salió del cuarto sin mirar hacia atrás, con el paso lento de quien quiere hacer una cosa y no puede hacerla.

No pudo dormir por la noche. La mañana siguiente empacó sus pertenencias y atendió en el portal al coronel Rodrigo, un hombre de más de sesenta años, gordo, condescendiente, calvo. Luego del sermón motivacional para el que Baltasar ya estaba preparado, a golpe de práctica, lanzó un extenso elogio al piloto fallecido, desde la charlatanería del patriotismo. ¿Dónde van a enterrar al muchacho?, preguntó el coronel. Aquí cerca, respondió Baltasar, a unos metros de donde usted está sentado. Rodrigo se rascó la panza disimuladamente y le preguntó qué creía de Angus. Baltasar le dijo que estaba muy afectado, demasiado afectado, como para responder aquello.

Tus padres están al llegar. A tu padre lo conocí hace diez años, y a ti también, aunque no debes acordarte. Por suerte, pensó Baltasar y sonrió. Te preguntaba de manera personal por Angus, prosiguió el otro, porque al parecer han encontrado una historia coherente para lo que sucedió, no sé si has escuchado algo. He escuchado algo, se limitó a decir Baltasar. No tienes que decirme nada, yo no soy policía, mi trabajo no es andar haciendo interrogatorios. Es solo que me gustaría saber tu opinión. Tuve el privilegio de leer los cuadernos de Angus, una vez descifrados por los lingüistas, y resulta que escribió mucho sobre ti, cosas muy buenas. En cambio no puedo repetir las barbaridades que escribió sobre el padre, que lleva tu mismo nombre. Al parecer Angus cargaba encima una nota de suicidio. Nos costó descifrar lo que decía en primer lugar porque estaba escrita en su extraño lenguaje silábico, y en segundo lugar porque el papel se había mojado al caer el cuerpo en el agua. Lo llevaba en los pantalones cortos que usaba para bañarse en el río. Baltasar no comprendía y pidió que le repitiera la información. Me acabo de enterar, terminó aclarando Rodrigo, me lo contaron por teléfono hoy por la mañana.

Rodrigo suspiró y echó su voluminoso cuerpo hacia atrás en el sillón. Es curioso, dijo, en cuanto se confirmó que Rafael no estaba involucrado llegaron a sospechar hasta de ti, pero nunca encontraron un motivo por el que pudieras matar al muchacho y menos al padre, al que adorabas. Además, tu testimonio inicial estuvo equivocado, al parecer la confusión te llevó a inculparte. Ese día no almorzaste a las dos de la tarde, sino a las doce, justo a la hora en la que ocurrió el crimen. A menos que pudieras estar en dos lugares al mismo tiempo, o a menos que Julia conspirara contigo, eso te descarta instantáneamente como sospechoso. ¿Julia dijo que yo había almorzado a las doce en punto? No solo eso, contestó Rodrigo, nos confirmó que habías estado todo el día en la casa y que Angus había ido solo con su padre al río. Baltasar empezó a sentir mareos.

Si quieres que te sea franco te recomiendo que tomes las terapias que tus padres te han recomendado, un hecho tan terrible suele dejar trastornos en las personas. Al parecer tu mente se sentía culpable y se inventó que habías ido con ellos al río, has modificado tus propios recuerdos. No te asustes, no solo es perfectamente posible, sino común. Todo el tiempo reescribimos sutilmente los recuerdos. Tú los reescribiste de manera brusca, eso es todo. No puedo estar inventándomelo, dijo Baltasar con notable desesperación, yo sabía que Rafael había estado por allí, no podía saberlo de haberme quedado en la casa. Rodrigo negó con la cabeza y sonrió. Rafael estuvo otro día, no ese. Tu mente confunde las fechas. Es verdad que se disculpó con ustedes, él lo confesó, esa parte no te la inventas, pero no se disculpó el mismo día de la tragedia. ¿Cómo saben que Julia no conspiró conmigo? De haber conspirado juntos habrían acordado decir la misma cosa a la policía, y de haber pretendido Julia ayudarte por su cuenta no se habría arriesgado a inventar una historia tan separada de lo que tú podías contar. Rodrigo frunció el ceño y moldeó una voz conciliadora. Intentas inculparte, Baltasar, pero no fue tu culpa. Escúchame bien. A veces cuando algo malo pasa nos inventamos historias, pero debes separar los hechos de la imaginación. Es físicamente *imposible* que hubieras cometido los asesinatos. Rodrigo se levantó tras decir esto y le dio un abrazo fuerte a Baltasar, justo antes de que al muchacho se le salieran las lágrimas.

Durante el viaje de regreso los dos padres se miraban afligidos e impotentes, Julia se había negado a hablar con ellos y su hijo repetía en voz baja para sí mismo que había cometido los crímenes. Estaban al tanto del trastorno de Baltasar. Preferían no contradecirlo. Los campos de cultivo se desbordaban en el pequeño valle y la luz inclinada de la tarde convertía las sombras de los espantapájaros en tiras negras y afiladas. Los hombres de paja, de los que había cientos en aquel paisaje, yacían a varios metros unos de otros, como si cada uno requiriera un espacio para soportar su castigo. Contaban que la ropa de la mayoría de ellos pertenecía a personas muertas. Baltasar recostó la cabeza en la ventanilla del automóvil, alejándose de su madre, y observó el vuelo de un par de auras. El azul de las nubes era el azul de las porcelanas y el de las losas antiguas. El viento, al hacer temblar las diminutas pajas, hacía más reales y a la vez más irreales a aquellos hombres falsos. Yo lo hice, afirmó Baltasar una vez más. La madre se acercó a la ventanilla de su hijo, pero no logró ver lo que él estaba viendo con tanta fijación.

Sueños de salamandra

El alquiler quedaba en un pueblo periférico que había sido secuestrado administrativamente por la ciudad. Las calles habían sido renombradas para que se ajustaran al sistema de números, pero no encontró ninguna señalización y los locales solo recordaban los viejos nombres. El sol de las once de la mañana provocaba sombras negras y violentas. Casimir preguntó la dirección del alquiler a unos niños que fumaban. No lo sabemos, dijeron y le ofrecieron un cigarro como si él fuera uno de ellos.

La mayoría de las personas que veía eran viejos que arreglaban cosas en sus jardines, partes de automóviles o de lavadoras. Casimir entró a una guarapera y oyó cómo un vagabundo le preguntaba al vendedor qué año era. Un muchacho de alrededor de veinte años que fumaba tirado en la escalera de lo que parecía una oficina notarial le indicó dónde vivía un tal Lino. El muchacho, que llevaba un pulóver marinero y que hablaba una especie de jerga, le aclaró que el hombre era muy raro y que nadie quería alquilarse ahí, y le propuso que se alquilara mejor en otro sitio que él conocía. Casimir le dio las gracias, pero declinó la oferta.

Era una casa de un solo piso pintada de blanco, y llena de jarrones de cerámica con tierra en los que no había nada sembrado. Tocó la puerta, pero nadie le respondió. La vecina, que tendía la ropa en unos cordeles, le dijo que Lino había salido un momento. Casimir era alto y de pómulos afilados y cortantes. La vecina se acercó y le preguntó en voz baja si él iba a alquilarse ahí. La mujer le susurró que tuviera cuidado, que Lino no estaba bien de la cabeza. La muerte de la hermana lo dejó muy mal, dijo. Casimir no hizo ninguna pregunta y la vecina quedó decepcionada. Era la primera vez que no le preguntaban qué le había pasado a la hermana de Lino.

El hombre llegó unos minutos después y lo invitó a entrar. Tenía la fragilidad de un muchacho, era de movimientos rápidos y nerviosos, y de voz aguda. Los muebles de la sala eran los típicos muebles que había adquirido toda la clase media de la época en la que había sido construida la casa. Los forros habían sido visiblemente cambiados varias veces. Había escasos cuadros en las paredes, y no había ninguna foto.

En un rincón había un librero. Los lomos de los libros tenían el color y la textura rancia de las ediciones locales de mala calidad, abundantes hacía unos años. Las ventanas eran grandes y tenían persianas de vidrio por las que entraba una luz verdosa y vegetal, proveniente del jardín y del patio. El jardín y el patio se unían en un pasillo exterior, en el que otras familias solían aprisionar perros. Casimir miró por las persianas, nadie podaba la yerba ni regaba las plantas, la naturaleza se encontraba en un estado salvaje. Había leído que ciertos animales, cuyos ancestros hubieran sido domesticados durante generaciones por el hombre, al ser dejados en libertad no sabían cómo vivir por su cuenta. Se preguntó si las plantas de jardín descendientes de plantas de jardín tampoco sabrían desarrollarse solas, si se quedarían atontadas por el suelo sin saber cómo enredarse a un árbol.

Casimir acomodó las cosas en su cuarto y se dio un baño. Le pusieron toallas y sábanas limpias y un jabón nuevo. Nunca terminamos de acostumbrarnos a los baños ajenos. Conversaron a la hora de la comida. No sé cocinar bien, dijo Lino. No importa, respondió Casimir y comprobó otra vez los términos del contrato y otras trivialidades. Debes haber oído lo de mi hermana, dijo Lino. Casimir mintió y dijo que no, creyó que así iba a hacer sentir mejor al pobre tipo. Mi hermana mayor escribía poesía, dijo Lino. Enloqueció porque soñaba una y otra vez con un verso escrito en una lengua desconocida, y al despertar olvidaba qué decía el verso. Casi nunca salgo de aquí, no tengo muchos amigos, y la gente dice que hablo demasiado de mi hermana. Casimir dijo que no había problema si hablaba de su hermana. ¿Por qué viniste al pueblo?, le preguntó Lino. Vine a recuperar algo que me pertenece, prefiero no hablar de eso.

Se escucharon unos golpes en otro cuarto y Casimir preguntó qué era eso. Es mi madre, contestó Lino, tiene demencia senil, a veces se comporta de manera rara, no te preocupes. ¿Encierras a tu madre en un cuarto? No *encierro* a mi madre en el cuarto, es solo hoy, porque no está acostumbrada a los invitados. ¿Es peligrosa? No, nunca le ha hecho daño a nadie. Casimir suspiró y miró con sus ojos implacables a Lino antes de hacer la próxima pregunta. ¿Te sientes avergonzado de tu madre? El hombre contestó que no y se disculpó con la cortesía apresurada de las personas cobardes.

Abrió la puerta del cuarto y se escucharon unos ruidos que llevaron a Casimir a pensar que le estaba poniendo otra ropa más decente. La mujer se sentó a la mesa, en realidad no era tan vieja. La demencia senil le había llegado de manera temprana, quizás a causa de la locura de la hija. La madre era pequeña, delgada y huesuda, y tenía una expresión grotesca de seriedad. Se tocaba el pelo corto y gris todo el tiempo, como si se mirara en un espejo inexistente. Siguieron comiendo. ¿Tu madre ya comió? Sí, ella prefiere comer temprano.

Casimir dormía bocarriba, sin sábana y sin almohada, como un faraón. Se acostaba en esa posición, cerraba los ojos y unos minutos después se quedaba dormido.

Al día siguiente dio varias vueltas por el pueblo y consiguió algo más de comida. En el mercado una niña de diecisiete años o dieciocho le preguntó si tenía dinero. No estaba mal vestida, no parecía que pidiera limosna. Casimir le dio el vuelto y vio cómo la muchacha le preguntaba lo mismo a otro hombre, que le contestó que no traía nada, y luego a otro hombre, y a otro. Nunca le hizo la pregunta a una mujer, pero tampoco parecía estar ofreciendo un favor sexual. Un vendedor le dijo que la muchacha era exactamente lo que parecía que era.

Por la tarde se sentó junto a Lino y a la madre en el portal. Era agradable ver el jardín, entre los colores desteñidos comenzaban a abrirse unas flores silvestres cuyo nombre desconocían. No ha llovido en semanas, dijo Lino, y esas flores salen siempre cuando no llueve, justo lo contrario que las otras. Una gata blanca se le enroscó en las piernas a la madre de Lino, y ella la acarició. Luciana no se ocupa de ti, dijo. Mi hija no se hace cargo de su gata, le explicó la mujer a Casimir, invitándolo a ser parte de su indignación.

Más tarde Lino le explicó a Casimir que su madre pensaba que su hija estaba viva, en casa de los tíos, y que esa era la gata blanca de su hija. La original murió de vieja, dijo, pero yo la he venido remplazando por otras gatas iguales. La siguiente se fue y no volvió, y justo cuando le busqué un remplazo, regresó, y había dos gatas blancas en la casa. Regalamos una, y no sé con certeza si la que tenemos fue la segunda o la tercera que vino durante la ausencia de la segunda. Casimir sonrió. Era la primera vez que sonreía desde que había llegado a la casa.

Casimir preparó una carne con verduras por la noche. ¿Por fin tus primos te devolvieron el dinero que te debían?, le preguntó la madre al hijo. No, respondió, hace años dijeron que no lo iban a devolver. Si hace falta, dijo la anciana, recuerda que yo tengo una cuenta de ahorros. Mamá, esa cuenta está agotada, gracias, pero ya no te queda dinero.

Lino se disculpó con Casimir por hablar de dinero mientras comían. La cortesía es la única bondad que nos queda, dijo Casimir.

Pasaron los días entre rutinas hiladas por el tedio. Casimir con frecuencia cogía volúmenes del librero y los hojeaba con despreocupado mecanicismo, como si fuera un trabajo mal pagado. No parecía retener el interés en ningún libro durante mucho tiempo.

Una tarde Lino encontró a Casimir tirado en el suelo de la sala entre varios libros abiertos. Todos pertenecían a Luciana, dijo. Lo supuse, contestó Casimir.

Imagino que los subrayados en algunas páginas sean de ella, añadió. Me han gustado las notas que garabateó sobre un ensayo de un autor contemporáneo, que trataba de exaltar la librería como nuevo símbolo ante el símbolo supuestamente caduco de la biblioteca. La librería es el hábitat moderno del libro, aceptémoslo de una vez, y cualquiera que use la biblioteca en sus textos momifica un cansino lugar común, decía el autor, la gente común solo visita las bibliotecas en las películas y en las novelas románticas. Tu hermana respondió al autor (claro, el hombre nunca iba a enterarse de esa respuesta) que al parecer no era capaz de distinguir la diferencia entre una librería y una biblioteca. Una librería no es tan simple como una biblioteca que vende sus libros. La librería trata de deshacerse de los libros, mientras que la biblioteca trata de acumularlos. La librería tiene un catálogo efímero y reducido de papanatas con cascabel, puso tu hermana, mientras que la biblioteca trata de ser absoluta y atemporal, para la biblioteca ya todos los libros han sido escritos, o al menos la mayoría. Esas son las diferencias evidentes, pero tu hermana señala otras. La biblioteca solo tiene uno o dos ejemplares de cada libro, sin importar la calidad o la popularidad del libro, esa es su justicia. La biblioteca es imparcial, atemporal y no tiene un verdadero dueño. Las bibliotecas privadas sobreviven siempre a sus dueños. Las bibliotecas son anteriores a las librerías, puso tu hermana, y probablemente sobrevivan a las librerías y a los ensayos que exalten a las librerías.

Resultaba bastante evidente que Lino se había conmovido por el modesto, aunque esperanzador interés que había demostrado Casimir por su hermana. No demoró en comenzar a contarle cuán triste había sido el entierro.

La funeraria del pueblo es pequeña, dijo. En el patio interior crecen yerbajos y a veces se meten perros de la calle. Frente a la funeraria venden flores, en toda la zona se siente ese sutil aroma que no es de las flores sino de los tallos cortados de las flores puestas en agua para que revivan un poco. Metáfora involuntaria del bálsamo de los muertos. Y se escucha el sonido del tránsito y de los pájaros que anidan en unos flamboyanes cuyas raíces han roto la acera. Velaban también a un anciano ese día, habían abierto el ataúd y los niños se asomaban y miraban con morbosa curiosidad al anciano muerto. Al funeral de Luciana no vinieron más de veinte personas. A medida que su locura avanzó, producto de ese sueño persistente, sus viejos amigos se apartaron de ella. Durante los últimos meses ya nadie iba a visitarla, estaba sola en la casa con mi madre y conmigo. Un muchacho, pariente lejano del anciano que velaban al lado, se me acercó y me preguntó el nombre de Luciana. La había visto pasar varias veces en bicicleta por unos senderos boscosos. El muchacho y la novia del muchacho también iban en bicicleta por esos senderos y habían tenido la tentación de preguntarle el nombre, por parecerle simpática, pero siempre iba demasiado rápido, no sabían cómo alguien podía ir tan rápido por esos senderos.

Y le dije el nombre al muchacho y dio las gracias, y me dijo que lo sentía mucho, y se fue, y nunca lo volví a ver. Fue el único ápice de sinceridad que hubo en aquel funeral. Debí preguntarle el nombre del anciano, no pensé en eso hasta varios días después. Los senderos boscosos conducen a la represa en la que mi hermana se suicidó. Nunca sabremos si pensó en suicidarse muchas veces, antes de por fin hacerlo.

La madre de Lino los había estado observando a los dos mientras hablaban, recostada al marco de la puerta. Tenía en los ojos la inexpresividad del olvido. ¿Ya recuperaste eso que te pertenecía que viniste a buscar a este pueblo?, le preguntó el hijo a Casimir para aligerar el ambiente. No, con suerte pronto lo tendré.

☙

Esa madrugada Casimir se levantó para tomar agua y se encontró a Lino en la sala frente a la luz del televisor. La luz era de un azul sintético, y el muchacho estaba embobecido por la imagen. Estoy viendo una grabación casera, dijo, la única grabación larga que existe donde aparece Luciana. ¿Quieres verla? Casimir se encogió de hombros y se sentó en el piso. La cámara había grabado una especie de fiesta en el interior de una casa que no era la casa de Lino, había muchas personas, de entre veinte y treinta años, y había botellas de cerveza vacías dispersas por todos lados, y se oía una música estridente al fondo. El camarógrafo trataba de grabar a una muchacha molesta con su novio porque se había emborrachado y había vomitado sobre una alfombra cara en la que peleaban dos hipogrifos. Luego alguien se ponía a hablarle estupideces a la cámara, y luego el camarógrafo grababa al dueño de la fiesta, que se había ido para el cuarto con su novia, era obvio que estaban cansados. Y luego salía al exterior de la casa, un pequeño patio de cemento con una piscina inflable bastante grande.

La muchacha que está en la piscina es Luciana, aclaró Lino. La cámara se acercaba y mostraba su cara. Luciana tenía pequeñas manchas de vitiligo en la cara y en los hombros, pero su piel era tan blanca que apenas se notaban. Tenía menos de veinte años en ese momento. Un idiota se acercaba con una tijera como si fuera a pinchar la piscina, y Luciana riéndose le decía que no se atreviera, y el muchacho se tiraba a la piscina y ella salía.

La grabación duraba veinte minutos. Filmaban a varias personas bailar en la sala, alguien jugaba con el interruptor para hacerlo parecer el juego de luces de una discoteca. De repente empezaba a llover y a tronar y todo el mundo entraba mojado a la casa. Luciana se quedaba afuera recogiendo una ropa que habían dejado tendida en los cordeles. No te preocupes por eso, le decía el dueño de la fiesta, y ella entraba con todos los trapos a la casa, sonriendo, y las personas la aplaudían. Alguien tocaba la puerta, unos despistados que habían salido a comprar cigarros. La gente se sentó en un círculo, el piso estaba mojado, pero no importaba. Fumaban y la cámara se acercaba a Luciana, que estaba en una esquina, como poseída por un cansancio feliz. ¿Estás pensando en un poema?, le preguntó el camarógrafo. No todo el tiempo que me callo la boca estoy pensando en un poema, dijo Luciana. Su voz era indescifrable, y se distorsionaba tristemente por la mala calidad de la grabación. ¿Me vas a escribir un poema alguna vez? No funciona así, dijo Luciana, uno no *le* escribe poemas a la gente. ¿Quieres un cigarro? No, lo estoy dejando. ¿Quieres fumar yerba más tarde? Tampoco, gracias, estoy bien así. ¿Cómo puedes estar bien en una fiesta así tirada sin hacer nada?, preguntó el camarógrafo.

Lino detuvo el video porque le entraron ganas de llorar. Casimir le puso la mano en el hombro por cortesía, pero el hombre dijo que estaba bien, que ya había pasado por eso cientos de veces, que había visto el video cientos de veces. Todas las personas que están en ese video existen hoy menos ella, dijo, han seguido con sus vidas, la mayoría se han mudado de este pueblo, nadie en esa fiesta iba a entender nada, ni nosotros tampoco. Casimir le buscó agua y le ofreció sentarse a hablar. Era obvio que Lino ya no tenía a nadie con quien hablar.

Los psicólogos trataron de darle toda clase de explicaciones a su locura, dijo Lino, lo único en la que coincidían era en que las parálisis del sueño constituían un síntoma de la enfermedad, y no la enfermedad en sí. Seguramente has tenido alguna, estás despierto, pero no puedes moverte, no puedes abrir los ojos ni controlar tu cuerpo. Ese estado de terror, que dura apenas unos segundos normalmente, lo ha experimentado buena parte de la población mundial. No tiene peligro, se dice que es un desperfecto del cerebro humano, que le cuesta a veces reconectar la consciencia con el resto del sistema nervioso, tras el sueño. Las parálisis del sueño suelen ser producto del estrés o del insomnio. Los psicólogos y psiquiatras empezaron a analizar la situación doméstica, cualquier posible trauma, el estrés de la universidad, pero desestimaron que la locura pudiera provenir de un sueño. En el registro médico no queda constancia de ningún paciente que haya enloquecido por un sueño. Pero eso fue justo lo que le pasó a mi hermana. Luciana era una muchacha normal, con ciertas tristezas, pero una muchacha normal, y de repente tuvo ese sueño, un sueño que no era ni siquiera una pesadilla, es lo más extraño, y comenzó su obsesión, y comenzaron las parálisis.

Seguramente te preguntas qué soñó, qué fue aquello tan perturbador que pudo enloquecerla, pero si te cuento el sueño te quedarás tan confundido como yo. Mi hermana soñó que entraba a una especie de biblioteca antigua. Había un hombre en la biblioteca escribiendo. El hombre vestía de negro y estaba sentado al final de una mesa larga. Mi hermana esperó que el hombre se levantara para ver qué escribía. Era un poema extraordinario en otra lengua. En el sueño mi hermana podía entender aquella lengua desconocida. Al terminar de leerlo quedó tan fascinada que decidió robar los escritos, pero el hombre vestido de negro reapareció y le arrebató los papeles, y cuando lo hizo mi hermana se quedó con un trozo de papel en una mano, que contenía un solo verso. Y despertó, y ese fue el inicio de su locura. Un verso escrito en un trozo de papel. Se obsesionó por reconstruirlo, pero su memoria le falló, nunca pudo recordar qué decía.

Casimir escuchaba con atención. No había dicho una sola palabra, la espalda reposaba firme en la silla, los brazos estaban rectos y dejaban caer las manos sobre las rodillas, simétricas, como si él fuera un mueble humano. Lino siguió su historia. Mi hermana pasó años tratando de recordar aquel verso. No le interesaba escribir otra cosa, solo perseguía aquella combinación de palabras que se asemejara a una traducción del sentido y del ritmo del verso. Luego, agotada la posibilidad de que su genio fuera capaz de replicar el verso del sueño, apostó por la posibilidad de que el azar se lo entregara. Su talento no estaba a la altura de crear el verso de la nada, eso no iba a suceder jamás. Pero si veía el verso ya hecho ante sus ojos iba a ser capaz de reconocerlo. Picó un diccionario en miles de palabras y probó tantas combinaciones como le permitía su tiempo. También fracasó ese método, y unos meses después se mató. No podía dormir. Le ocurrían parálisis del sueño varias veces a la semana. Cada cierto tiempo soñaba que se veía a sí misma dormida, y que se sentaba sobre ella misma dormida, y que por tanto era ella misma la que provocaba las parálisis del sueño. Lo más extraño de todo era que soñaba que su versión despierta trataba de meterse en su versión dormida, y mientras trataba una salamandra le traspasaba el cráneo y se metía en su cerebro, y ella estaba aterrorizada, porque estaba segura de que se iba a despertar antes de que a la salamandra le diera tiempo de volver a salir, y estaba segura de que siempre se le quedaba una parte de la cola de la salamandra en la cabeza cuando despertaba, y la cola se seguía moviendo, y luego se descomponía con el paso de las semanas en su cabeza. La cola de la salamandra era algo parecido al pedazo de papel con el que se quedó. Era como un símbolo de ese pedazo de papel misterioso del sueño, un símbolo del verso que no le había sido permitido recordar, pero que intuía.

Había dos asuntos que la obsesionaban. Por un lado, aquel poema extraordinario que había perdido para siempre, aquel poema escrito por un hombre vestido de negro en una biblioteca antigua, sentado al final de una mesa larga. Por otro, la sensación de culpa, de profanación, por haber conservado un pedazo del poema. Lo más extraño era que durante las parálisis del sueño ella podía volver a leer ese pedazo, podía recordar y entender la sucesión de signos en otra lengua desconocida, pero al despertar olvidaba el significado. Mi madre y yo llegamos a creer, contrario a la opinión de los médicos, que sus parálisis del sueño habían sido provocadas por ella misma de manera involuntaria, anhelaba tanto volver a leer ese verso que se provocaba las parálisis del sueño mientras dormía. No deseaba hacer otra cosa. Despierta no hacía otra cosa que buscar maneras de reconstruir el verso, pero el verso era como un coral monstruoso, que solo florecía bajo el agua, y que si intentaban llevarlo a la superficie se escondía tímido en la piedra calcárea de la realidad. Llegamos a plantearnos un dilema de índole casi filosófica, el dilema de si el verso, y el poema al que pertenecía el verso, existían verdaderamente, o si solo su cabeza le hacía creer que existía. Si había una sucesión concreta de signos que le produjera una revelación o si en la lógica aberrada del sueño ella sentía los efectos de una sucesión maravillosa de signos, sin que existiera esa sucesión, sin que el verso fuera más que un símbolo hueco para un asombro ya existente. En un sueño a veces nos inventamos personas y lugares, y sentimos complejas historias detrás de esas personas y lugares, pero esas historias no existen, los sueños son capaces de falsificar la información, podemos correr sin estar huyendo de nadie y cosas por el estilo.

En las últimas semanas, ya frustrado cualquier intento de reconstruir el verso de aquel poema, escrito por un hombre vestido de negro en una biblioteca antigua, un último horror destruyó sus fuerzas. Encontró un significado para la salamandra que entraba en su cabeza y dejaba siempre la punta de la cola, que se descomponía por semanas estando ya despierta. La salamandra era aquel hombre vestido de negro al que ella le había robado el verso, y el hombre se dedicaba a torturarla. Luciana en las últimas semanas encontró una explicación a sus parálisis del sueño, más específicamente, a las parálisis del sueño en las que se veía a sí misma dormida desde afuera, perdida en el espacio, como una consciencia sin cuerpo. Descubrió que esas memorias no le pertenecían. Cuando se despertaba recordaba haber sentado su cuerpo invisible sobre sí misma, y por tanto creía ser la causante de las parálisis. Pero la verdad era que ese recuerdo era el recuerdo del hombre vestido de negro, que iba a visitarla para castigarla por su robo. Cuando el hombre vestido de negro se sentaba sobre ella y se metía en su cabeza, era la salamandra, y a veces ella se despertaba antes de que él pudiera salir, y por eso la salamandra dejaba un pedazo de cola, es decir, él dejaba una parte suya dentro de ella, dejaba una memoria, la memoria de estar escabulléndose en el cuarto y de sentarse sobre ella.

La noche antes de ella matarse fuimos al norte del pueblo con nuestra madre, habíamos estado dentro de la casa por meses y casi habíamos perdido cualquier contacto con el mundo exterior. Luciana había olvidado por un momento el sueño y la salamandra y el hombre vestido de negro que la perseguía, y había vuelto a ser la muchacha que era. Hacía frío, algo raro en este clima, y nos pusimos nuestros abrigos, poseídos por una alegría misteriosa y embriagante, y caminamos en la noche clara sin cansarnos. Fuimos por toda la autopista bajo la bóveda turquesa llena de astros, y nos pasaban por al lado carros a altas velocidades que se convertían en líneas rojas y blancas, dragones lumínicos. Vi de cerca edificios que quizás nunca había visto de cerca, edificios misteriosos que veía de lejos siempre y me preguntaba cómo podían ser, eran imágenes víctimas de esa lejanía abstracta de ciertos sitios cotidianos, que se hacen inaccesibles como los fondos sin perspectiva de una pintura medieval. Luciana adoraba esa lejanía y me atrevo a decir que todo lo que trató de escribir en su vida constituía un intento por repetirla, por repetir la distancia sagrada de la forma ajena a este mundo. La belleza para ella era un verdadero misterio, creía que las formas de nuestro mundo solo podían acercarse a esa belleza silvestre escondida fuera de la conciencia humana y fuera de la naturaleza, fuera de la realidad, y que la función de la poesía y del arte era tratar de reproducir la forma misteriosa a la que se trataba de parecer la forma de la naturaleza. Una pintura no debía imitar el sol, sino el círculo, que era la forma a la que el sol trataba de asemejarse. Del mismo modo que la geometría era el alma de la pintura, existían arquetipos secretos en el lenguaje, geometrías del pensamiento. Luciana poseía una sensibilidad maravillosa, tan maravillosa que creía en una perfección literaria que no se encontraba en este mundo. Lo siento por seguir estos balbuceos estúpidos, pero por favor, tienes que entender que no tendré hijos y que algún día nadie va a recordarla, nadie va a saber de aquella noche luminosa. Y yo tengo que decírselo a alguien en esta madrugada.

El norte del pueblo, que colinda con la ciudad, estaba inundado de comercios y de sitios abiertos por la noche. Incluso los negocios que no abrían por la noche, como las ópticas o las librerías, prendían sus luces color ámbar, y uno caminaba entre sus vitrinas absorto por el extrañamiento de habitar en el mundo, de ser parte de la realidad, de ese milagro. Habíamos permanecido confinados en la penumbra de la casa, y teníamos la sensación de ver por primera vez las formas del mundo en aquellos callejones llenos de vida. Al parecer el frescor y la claridad de la noche habían llevado a otras familias a salir, al igual que nosotros. Los bares y los restaurantes estaban llenos, y los cafés y los chocolates calientes humeaban sobre las mesas. Podíamos entrar a cualquier sitio, quedarnos en cualquier plazoleta. Luciana nos sonrió y nos dijo que se sentía satisfecha, que ya había visto lo suficiente, no entendíamos de qué hablaba. Y nos explicó que había leído en alguna parte que la mayor tragedia de los suicidas era que se mataban en el momento incorrecto de sus vidas, cuando ya no había un sentido en hacerlo, que toda persona que se había suicidado había dejado pasar una serie de momentos perfectos para morir, pero que los suicidas potenciales siempre se sentían cegados por esa perfección para morir y la confundían en una razón para seguir existiendo, y que luego la vida les demostraba que aquello no había sido una esperanza, sino un intento de despedida que les concedía el mundo. Y Luciana nos dijo que sentía que esa noche habría sido una gran despedida, y nosotros lo interpretamos como un lirismo siniestro y nada más. Unas horas después su cuerpo apareció flotando en la orilla de la represa, lo encontraron unos campistas a punto de celebrar una orgía. La descripción del cadáver fue una mujer de alrededor de veintiocho años, muy blanca, con manchas de vitiligo en ciertas zonas de la cara y el cuerpo, enseguida supimos que era ella.

Casimir miró la pantalla encendida del televisor. Todavía estaba la imagen congelada de Luciana. Su hermano menor guardaba cierto parecido físico, los labios gruesos, el blancor de la piel, las orejas pequeñas. Los ojos de Lino, no obstante, eran los ojos de un hombre enfermo. Había pequeñas contracciones y tics en su rostro, además, que sugerían la enfermedad.

Después de lo que pasó mi madre y yo no volvimos nunca a la normalidad, mi madre desarrolló una demencia senil temprana, y yo a veces sufro de trastornos del sueño. A veces yo también he tenido parálisis, la diferencia es que nunca me he visto a mí mismo durmiendo desde afuera. Tengo que confesarte además que a veces me surgen miedos muy primitivos, irracionales. Pienso en el hombre vestido de negro, de repente creo con certeza que vendrá a buscarme a mí también. Sé que parece una locura, pero cada día que pasa pienso más en eso. Lino dejó de hablar y evaluó la reacción del otro antes de proseguir, Casimir permanecía inmutable, en esa inmovilidad característica que podía llegar a infundir miedo.

Algunos dijeron que Luciana había enloquecido y se había suicidado porque se había dado cuenta de que no era una buena escritora, y que el verso era una metáfora bastante obvia de la perfección literaria que ella podía vislumbrar en sueños, es decir, cuando leía, pero no podía reconstruir luego estando despierta, es decir, al instante de escribir. Espero que estés de acuerdo conmigo en que eso fue psicoanálisis barato, sin ninguna correspondencia con la realidad. Creo que mi hermana fue capaz de ver en sueños algo que no debía ver, y conservó un pedazo de ese algo, y luego fue castigada por su atrevimiento. Y tengo miedo, tengo mucho miedo, de enloquecer como ella, creo que el hombre vestido de negro puede venir por mí, y me dirás que ya esto es una locura, y querrás irte a dormir y no escuchar más sobre el pasado, pero tengo algo que puede corroborar mi miedo, un detalle que he omitido en la historia. Sí, no te iba a contar este detalle al principio, porque resulta demasiado inquietante. En realidad no es un detalle que tenga que contar, bastará *mostrarlo*.

Lino hizo un gesto a Casimir para que lo siguiera, se levantó de la mesa con el entusiasmo de un loco y fue hacia su cuarto. En el librero había un tomo de una enciclopedia separado del resto, lo agarró y prendió la luz y abrió el tomo en la página 777. Había un papel doblado. Lino puso el tomo en las manos de Casimir y desdobló el papel. Había unas letras extrañas escritas en una tinta de un dorado enfermo. El papel pesa porque la tinta ha sido mezclada con oro, dijo Lino. ¿Tú también puedes verlo? Si tú también puedes ver este pedazo de papel, que mi hermana guardó por años, y si tú tampoco entiendes esta sucesión de signos, entonces no estoy loco. Corro peligro, el hombre de negro vendrá a buscarme, y necesito esconderme, mudarme de esta casa, dime por favor que tú también puedes ver este pedazo de papel, que mi hermana guardó por años, el papel que encontró en su mano después de despertar de aquel sueño, y dime que tú tampoco entiendes esta sucesión de signos fuera del sueño, dime que no estoy loco, prefiero correr un peligro real a estar loco, a que mi hermana haya estado loca al final de su vida.

Casimir suspiró. Había una tristeza enorme en su largo y mortífero rostro. Negó lentamente con la cabeza, a una velocidad casi imperceptible. No estás loco, dijo. Yo también puedo ver ese pedazo de papel. La cuestión es que a diferencia de ti puedo entender qué dice fuera del sueño. Entonces Casimir metió su mano en el bolsillo derecho del pantalón negro de dormir y sacó una libreta de notas con una apariencia rara, y la abrió y había una página incompleta, y tomó el pedazo de papel y le mostró a Lino que el pedazo encajaba en la página incompleta. Yo escribí ese verso hace muchos años en una biblioteca, y tu hermana me lo arrebató.

Lino se alejó aterrorizado y comenzó a dar gritos como un animal. La lámpara cayó al piso y las sombras detrás de los objetos se alzaron hasta el techo, como los cuernos puntiagudos de una corona maligna. Casimir le bloqueó el acceso a la puerta, y Lino se encaramó sobre los muebles dando gritos espantosos. Lino comprobó que sus gritos de repente ya no podían escucharse y que caía desplomado en la cama, y sintió sobre su pecho el peso muerto de Casimir, y en el limbo entre el sueño y la realidad Casimir era una salamandra que se metía en su cabeza.

No trates de despertar, dijo Casimir, o una parte mía puede quedarse dentro de ti y enloquecerte. La sensación era la de caer infinitamente bocarriba, veía el techo manchado por las sombras de los objetos cercanos a la lámpara en el suelo, veía las formas de su cuarto alejarse aunque no se alejaran, y lo peor era saber que en realidad tenía los ojos cerrados y que estaba indefenso.

Se esforzaba por darse cuenta de que era un sueño, para así despertar, pero no funcionaba, sus brazos y piernas no respondían, aunque podía sentir un ligero cosquilleo que indicaba la presencia de brazos y piernas. Cálmate, dijo la voz de salamandra de Casimir. Si despiertas una parte mía quedará dentro de ti. Lino trató de calmarse, descubrió que podía hablar con el intruso de así quererlo. Se concentró en su propia respiración, que continuaba de manera involuntaria, y escuchó la voz lenta y pacífica de Casimir.

Quiero decirte ante todo que nunca traté de castigar a tu hermana. Conocía el peligro de que retuviera el texto en sueños, así que acudí numerosas noches y traté de sacárselo de la cabeza. Nunca pude, solo empeoré las cosas.

Vine hasta esta casa por dos razones. La primera era recuperar el pedazo del poema, por eso rebuscaba en los libros de la sala. No estaba ahí, así que esperé con paciencia a que tú me lo mostraras. La segunda razón era ofrecer la única ayuda que puedo ofrecerte a ti y a tu madre, después de todo lo que han pasado. Casimir hizo una pausa entre una oración y la otra. Te ofrezco el olvido.

¿Olvidar a mi hermana?, preguntó Lino sin mover los labios. Sí, contestó Casimir con paciencia, borrarles a ti y a tu madre la memoria de Luciana. Lino comenzó a llorar desde su inmovilidad. No, prefiero que no lo hagas, dijo, prefiero recordarla.

Piénsalo bien, no tendrás de nuevo una oportunidad como esta, dijo Casimir. Su recuerdo solo puede producirte ya dolor y angustia. Y de todas formas cada año que pasa la olvidas un poco más, sin que te des cuenta. Al final la habrás olvidado de todos modos. Lino lloraba ante estas palabras, al fondo de su garganta un latido agudo le provocaba espasmos en todo el cuello y en la cabeza. Quedó en silencio.

Si aceptas, mañana despertarán como si fuera un día ordinario. Te sentirás vacío al principio, pero luego encontrarás cosas con las que llenar tu tiempo. Tendrás una segunda oportunidad. Deberías sentirte afortunado, es algo que casi nadie consigue en la vida. Lino siguió en silencio por un rato hasta atreverse a responder. Hazlo, dijo con timidez y con culpa.

¿Tú la recuerdas?, preguntó. Sí, contestó Casimir con una sonrisa invisible, se puede decir que nos conocimos, aunque de una forma muy extraña. Entonces no la olvides, suplicó el hermano. Recuérdala para siempre. Y te pido algo más. Cuando hagas lo que vas a hacer, busca debajo de esta cama una caja de cartón, ahí están los poemas manuscritos de Luciana, son la única copia que existe en el mundo. Por favor, necesito que los leas y los recuerdes, será la única forma de que permanezcan en la memoria del mundo. ¿Prometes que leerás y recordarás los poemas? Lo prometo, dijo Casimir con un ligero tono de impaciencia. Los leeré y los recordaré. ¿Prometes leer y recordar *cada uno* de ellos? Lo prometo.

Lino se relajó y sintió que su consciencia se desplomaba. Casimir comenzó a deshacer los ligamentos del recuerdo de Luciana. La rivalidad entre hermanos, el temor a ser inferior a ella, la envidia adolescente, la aceptación posterior, los años felices de la universidad, llenos de cafés e idas grupales a la playa, los jóvenes despellejados por el sol de la playa, como si también tuvieran vitiligo, la incomprensión ante la locura repentina, la secreta vanidad de creer que al menos él no había enloquecido y que por tanto no estaba en desventaja, el suicidio, la culpa que lo abarcaba todo, el dolor incesante, la frustración, luego el miedo a la locura. Al terminar el trabajo Lino dormía apacible en su cama.

Ya casi amanecía cuando se internó en la cabeza de la anciana y borró cualquier recuerdo de la hija. La niña abrazada a los barrotes de la cuna, que no quería ser cargada por ningún extraño, el parque de diversiones ya desaparecido en cuyos columpios mecía a la niña, los pasos torpes de la niña, los tropezones y las carreras de la niña a medida que crecía, delgada y marimacha, la impotencia de ver a su hija crecer y alejarse, la impotencia de no entenderla y pese a eso amarla. El resto de los recuerdos estaban carcomidos por la lepra de la demencia senil, las imágenes, desligadas y absurdas, a veces creaban conexiones desafortunadas, en su intento de darle sentido a un mundo sin sentido.

Se atisbaba una división entre el cielo y la tierra, una franja amarilla sobre las ruinas verdeazules y mohosas de la noche. El viento entraba por la ventana y levantaba las pesadas cortinas y hacía temblar algunos objetos del cuarto. Casimir estuvo quieto por un momento, escuchaba cómo el viento batía la muchedumbre de hojas y se colaba por ciertas ranuras para sacar aullidos huracanados. Fue hasta el cuarto de Lino y sacó la caja de cartón, y sacó los papeles de Luciana de la caja. No los leyó. Fue con ellos hasta el patio, y los tiró en la tierra, y el viento los desordenó para siempre. Les echó gasolina encima y los papeles se pegaron sumisos a la tierra.

El viento le apagó el primer fósforo, y el segundo. Cogió un papel, fue a la cocina y le prendió fuego al papel en el fogón. Y luego llevó el papel, encendido en un extremo, hasta el patio y lo tiró junto a los otros, y el fuego se enroscó hambriento sobre los papeles y empezó a devorarlos. Los trozos de papel ardían en el aire levantados por el viento indiferente y húmedo del amanecer.

Recogió sus cosas y se cambió de ropa. La madre de Lino se pasó por la cocina para prepararse algo de comer. Lino se levantó poco después, fregó los platos y picó una fruta para compartirla entre los tres. Se sentaron los tres a la mesa y se sirvieron leche. El sol dibujaba la forma de la ventana en la mesa, esa sombra a medio borrar que proyectan las persianas de cristal (la sombra de un objeto transparente es una realidad casi inadmisible). Casimir explicó que necesitaba irse, pero que no importaba, que iba a pagar la estancia completa, la que habían planificado desde un inicio.

La gata blanca se le trató de enroscar en las piernas a la anciana, como de costumbre. Esta vez su gesto misteriosamente no era retribuido. ¿Por fin tus primos te devolvieron el dinero que te debían?, preguntó a su hijo. No, mamá, no creo que vayan a devolverlo. Seguro lo devuelven, dijo la anciana, pero si necesitas el dinero recuerda que yo tengo una cuenta de ahorros. Gracias, mamá, no creo que haga falta.

Lino salió al patio y vio la hoguera todavía humeante. ¿Qué pasó aquí?, preguntó. Quise quemar unos documentos para que no me pesaran en el viaje. Tenía que asegurarme de que quedaban destruidos, para no comprometer la privacidad de ciertos clientes. Las hojas secas hacían remolinos en el suelo. Algunos pedazos de papel sobrevivientes se elevaban por unos segundos, blancos e inmaculados. Lino se agachó y miró un fragmento, se notaban unas palabras sin sentido.

Zorros

Celia colgó el teléfono público de la gasolinera. Era de noche y la luz roja de un avión atravesaba el azul rural del cielo. En aquella circunstancia, supuso, la voz aburrida de Omar solo le daba seguridad. El trayecto en bicicleta no traía inconvenientes. Le gustaba el silbido de las ruedas bajo sus pies. Los cultivos se confundían con la noche y entre una que otra nube se notaban estrellas ermitañas, débiles y separadas entre sí.

La casa le parecía aceptable, pese a ser de madera. En otra época, le habían explicado, era el lugar de descanso de una familia rica. Desde el interior de la casa el paisaje era casi inexistente, un manto negro como el que se usa en los teatros. Pero en el horizonte se insinuaban ciudades purpúreas, que bien podían existir o no existir.

Silvina, la anciana, reposaba en un asiento de mimbre. Me he quedado sin comida, dijo, porque no puedo ir al pueblo a buscarla. Ya varias veces he entregado dinero y me lo han robado. La gente sabe que no me puedo mover de aquí, y lo que es peor, sabe que soy incapaz de denunciar a nadie. Siempre pienso que si un hombre roba una cosa es porque la necesita.

A medida que Celia terminaba el garbanzo iba apareciendo el dibujo en el fondo del plato de porcelana. Un zorro naranja, casi rojo. ¿Nació aquí? No, no. Me mudé hace más de veinte años. La casa era perfecta para lo que quería, y tiene un terreno aledaño muy grande, con árboles frutales. Un guajiro que vive cerca me da dinero por las naranjas. Con ese dinero pago a alguien que me acompañe y compro cosas en el mercado del pueblo. Es decir, las comprarás tú.

Celia fue al cuarto y se acostó. Quedó dormida por un espacio de entre veinte y treinta minutos. A ello contribuyeron tanto el cansancio como la frialdad y la dureza de la sábana limpia, pero luego bastó un ruido para despertarla y dejarla en vela toda la noche. Rara vez se duerme bien en un lugar nuevo, pensó, sobre todo si ya existe la costumbre de hacerlo siempre en un mismo cuarto, en una misma cama, con una misma persona. La temperatura y la humedad fantasmal del aire eran presencias desconocidas, así como la quietud exterior, el manto negro. Celia dormía bajo un mosquitero, no lo hacía desde sus años en el internado, cuando todavía era estudiante. Aquella casa de tela transparente adquiría un genuino sentido protector. Los niños construyen refugios para combatir peligros imaginarios, pensó. En las últimas horas de la noche surgieron extrañas pesadillas imposibles de recordar al día siguiente, como la tormenta nocturna que nadie ve, y que no deja sino unos pocos charcos dispersos a la luz de la mañana.

El húmedo horizonte pasaba del azul al amarillo verdoso, y luego al naranja hasta llegar a una delgada línea rojiza, pegadas a la cual se perdían constelaciones transparentes y aniñadas. Había ese áspero ruido ambiental que solo se escucha en los amaneceres rurales. Los objetos cercanos, la máquina de coser, la estatuilla de bronce, la lámpara, recuperaron sus colores ordinarios, y quedó la extrañeza que queda a menudo tras las malas noches, una especie de molestia física, malsabor o sequedad en la boca, rechazo biológico al entorno causante de las pesadillas.

Se abrigó un poco y salió de la casa. Las sombras veloces de pájaros y murciélagos se confundían en la dormilona neblina, y el campo de naranjos había quedado reducido a sus follajes redondos, frutos que flotaban sobre un mar de humo. Una mancha blanca reposaba en la yerba. Celia comprendió que se trataba de Silvina. Corrió a ayudarla, pero la anciana primero alargó sus brazos para entregarle un niño pequeño, de apenas unos meses de edad, que lloraba y moqueaba incesantemente. Él está bien, dijo. Celia le pidió que no se moviera y fue a poner al niño a salvo dentro de la casa, en su propia cama, a la que colocó sillas a ambos lados. La criatura siguió llorando sola a la espera de que alguien escuchara sus gritos.

Silvina solo necesitaba un apoyo para levantarse. La yerba había acolchonado la caída, y apenas se notaban unas heridas minúsculas en los codos y en la palma de la mano izquierda. Con la otra mano había sostenido al niño. ¿De dónde salió?, preguntó Celia. La anciana le indicó con un gesto de la cabeza que fuera con ella a la casa. Allí se sentaron y hablaron del asunto. Es mío, dijo, lo tuve hace poco, por eso puse el anuncio, porque necesitaba a alguien que me ayudara. Quería esperar a hoy para decírtelo, fui a dar una vuelta para entretenerme, me confié demasiado, tropecé y caí. ¿Me estás diciendo que el niño es *tuyo*? Así es. Un pequeño milagro, además, si tenemos en cuenta que nunca he estado con ningún hombre. Lo tuve sola y no me causó ningún dolor, pero atenderlo es un asunto distinto, lleva demasiados cuidados.

El niño seguía en el cuarto, estaba un poco más quieto. El llanto, pensó Celia, que permite al niño dar a conocer a los adultos un posible problema, se convierte con el paso de los años en lloriqueos más refinados, más sutiles, en la adolescencia y en la madurez. La tristeza es el reemplazo del llanto de los niños pequeños, un llamado de atención tardío e inútil, desapegado de su función originaria. No le he puesto nombre, dijo Silvina. El niño miraba atento a ambas, como si quisiera entender algo. Los ojos todavía estaban hinchados, y la boca permanecía abierta, en duda permanente. Celia se fijó en la piel blanca y suave y en las arrugas de la carne recién formada, los dedos regordetes, sin músculos, que jugaban con los dedos largos de Silvina, arrugados por la razón contraria, la delgadez. La piel de sus manos cada vez parecía más un ropaje, al que se le adicionaban pliegues a medida que su dueño perdía peso.

ↄ

Por la tarde, mientras iba en bicicleta en dirección al pueblo, Celia seguía preguntándose si aquello era posible, y de no serlo, de dónde había salido el niño. Había escuchado sobre embarazos a los cuarenta o cincuenta, nunca a los sesenta o setenta. Incluso conservándose fértil el cuerpo no puede afrontar el parto, y eso por no hablar de la ausencia de un padre, un lujo reservado a equinodermos y anélidos. Podía ser que alguien más le hubiera entregado el niño. Nunca faltan parejas que se arrepienten a última hora, pensó, cuando el aborto ya no es posible. Era esta, sin duda, una teoría bastante verosímil.

El pueblo, a diferencia de la ciudad, no había sentido tanto la crisis. Podían verse al menos ciertos productos en las tiendas, además de los alimentos que se traían frescos de la tierra. En los pueblos circula menos dinero, y por tanto la mercancía se demora más en las vitrinas, pensó Celia, pero tarde o temprano también desaparecerá, es cuestión de meses. La gente se vestía de maneras muy disímiles. Los campesinos más viejos todavía usaban sombreros de yarey, sin embargo los jóvenes andaban con pantalones de mezclilla y se dejaban el pelo largo, como en la ciudad. El muchacho que le vendió la carne se movía al ritmo de una canción que sonaba en el radio. ¿Tienes novio? Sí, respondió ella, y se encogió de hombros como si se disculpara, mostrando las palmas inocentes de las manos.

Celia llamó a Omar desde la gasolinera. Mientras ella escuchaba la voz de Omar el hombre de siempre fumaba y la observaba con detenimiento. Ya no se sentía sorprendida por la negligencia de los trabajadores, más bien le preocupaba algo en sus ojos, un brillo de bestia resentida. Omar hablaba de cualquier hecho intrascendente, ella fingía que le importaba. Estaba esperando el instante justo para decirle lo del niño, pero el instante justo nunca sucedió. Colgaron después de una conversación de treinta minutos. Era mucho más temprano que la vez anterior y el horizonte estaba del rosado nácar que ostenta la piel bajo una postilla. Un verde tostado por la tarde se consumía en los campos desiertos, en los pequeños cerros y alturas, en la yerba pujante que colonizaba los baches de la carretera. Omar le había dicho que la amaba, que no podía seguir con ella lejos, que por favor volviera.

Celia se bañó con un cubo de agua y un jarro metálico. El llanto del niño la impacientaba. Inevitablemente observó su vientre y su sexo, valiéndose de un espejo de mano, mientras trataba de imaginar lo que era el parto. Quizás nunca había superado del todo el impacto que sufrió de niña al enterarse de los detalles de la reproducción humana, ese hecho insólito, insospechable.

Por prudencia no dejó que Silvina se bañara sola. No era la primera vez que bañaba a un anciano. Su abuela había estado hospitalizada después de una caída terrible y durante unas cuantas noches Celia se ocupó de ella. Fue extraño la primera vez. Aunque hizo lo imposible por ocultar cierta e inevitable repugnancia la abuela probablemente la notó en algún punto. Silvina se mostraba particularmente avergonzada. Ya me han bañado antes, dijo, pero nunca dejo de sentir alguna humillación. Por eso nunca me uní a ningún hombre, no quería sentirme humillada ni siquiera cuando tenía tu edad. Eso no tiene sentido, dijo Celia. Para ti quizás no, respondió, porque eres bonita.

Se sentaron a comer. Al terminar Celia dijo, como si pensara en voz alta, que ese plato era exactamente igual al de la noche anterior, los mismos dibujos en los bordes y la misma rotura, como si lo hubiera mordido un ratón, pero que no tenía el dibujo del zorro. Silvina sonrió. Él a veces hace esas cosas, dijo. Nunca se está quieto. Él hizo el milagro del niño. Celia examinó el plato. La anciana había visitado indudablemente los jardines de la locura.

Celia soñó con una persecución abstracta que no se desarrollaba en el espacio o en el tiempo. Más parecía una lógica algebraica, expresiones que cambiaban sin llegar nunca a una solución. Inutilidad total, pero rigurosa. En la solución yacía la posibilidad de salvarse, aunque no estaba segura de qué significaba *salvarse*. De algún modo el color imposible entre el rojo y el naranja siempre conseguía huir de ella, en el sueño el color no era una cualidad del mundo visual sino un ser vivo, el zorro, que nunca manifestaba su verdadera forma.

Le habían dicho que el aislamiento propendía a la locura, como si la mente humana, desentendida de la costumbre y el orden social, se fuera por caminos inexplorados y terminara pudriéndose. Había visto la imagen del zorro, de eso no había duda. Una alucinación de dos no puede considerarse una alucinación, pensó, a menos que se trate de una histeria colectiva, como las muchas veces que ante la alerta de epidemia las personas sanas desarrollan síntomas de la enfermedad, producto de sus mentes. Pero Celia no había visto antes esa imagen, y la anciana no le había hablado del zorro hasta ese momento. Entonces se le ocurrió una posibilidad todavía más atroz, que se hubiera inventado la memoria de haber visto el dibujo. Cuando lo pensaba bien, no podía recordar la imagen en sí, solo podía decir con certeza que se trataba de ese animal y no de otro.

Celia todas las mañanas examinaba los platos por si aparecía de nuevo en uno de ellos. No lo intentes, decía Silvina, entre más lo busques menos va a aparecer. Si no me crees, aquí tenemos la prueba de que es real, el niño. Es imposible que sea tuyo, dijo Celia una vez, alguien lo habrá dejado en tu puerta. Entonces la anciana se echó a llorar y Celia prefirió no volver a mencionar el asunto, a fin de cuentas daba igual, con tal de que Silvina fuera feliz y ella pudiera cobrar los pagos.

En una de las visitas al pueblo no pudo aguantarlo más y preguntó al carnicero si se había perdido algún niño por la zona. Sí, hace unas cuantas semanas, respondió. La policía lo está buscando. ¿Sabes algo? No, no, respondió Celia. El carnicero le preguntó si su novio era celoso y la invitó a tomarse unos tragos. No, gracias.

Si la policía encontraba al niño en la casa sin lugar a dudas iba a verse metida en un problema bastante complicado. Antes hubiera podido defenderse diciendo que no sabía nada del niño perdido, que la anciana la había engañado, pero una vez que el carnicero entraba en juego ya no había ninguna excusa, él podía testificar que ella sabía de la pérdida y que sin embargo había ocultado la información.

Entró a la casa y encontró a la anciana jugando con el niño. De sus brazos huesudos colgaba la escasa carne, el pelo blanco y decrépito le caía sobre los hombros. Necesita leche materna, dijo Celia, no es aconsejable que un niño de esa edad solamente tome leche de vaca. Estará bien, dijo Silvina. Él va a hacer que crezca fuerte. ¿El zorro? Sí, me lo encontré hoy, pero huyó rápido. Creo que quería entrar al corral, ya lo ha hecho antes. Una vez acabó con todas las gallinas.

Celia estaba desesperada. Fue rápido en bicicleta hasta la gasolinera y aunque al regreso ya había llamado a Omar, entonces se había acobardado, pero ahora sí iba a decírselo, necesitaba alguien con quien hablar, y no confiaba en otra persona. Marcó, nadie contestaba. Era extraño, porque él le había dicho que no iba a salir. El hombre de la gasolinera se empinaba una botella de ron. Celia volvió a marcar, Omar no contestaba. Tal vez se estaba bañando, eran entre las seis y las siete de la tarde. Esperó quince largos minutos, en los que trató de no mirar al hombre a los ojos. Marcó de nuevo, y el teléfono dio incontables timbres, pero nadie lo levantó. La verdad Omar no estaba en la casa, había salido desde el momento en el que había terminado la llamada anterior, la llamada diaria que normalmente era la única.

Esta noche no te quieren, dijo el hombre. La voz delataba que ya estaba bien borracho. Celia hizo como que no lo había escuchado. No seas maleducada, dijo el hombre, solamente estoy jugando contigo. Celia siguió en silencio y se dirigió hacia la bicicleta. Tú no eres sorda, ven acá. La tarde estaba nublada, parecía que ya era de noche. Dije que vinieras acá. La había intentado coger por el brazo y ahora se le había parado delante de la bicicleta. Celia se echó a correr y el hombre fue tras ella y se internaron en la maleza. El sudor frío le corría por la cara. Vio una sombra y luego escuchó un grito. Cortó camino y regresó a la gasolinera. No había nadie. Levantó la bicicleta y se fue de allí tan rápido como pudo.

En la noche, después de acostar al niño, pidió a Silvina que se sentara con ella. Cuénteme la verdad, dijo, cuéntame de dónde salió. Lo tuve, salió de mí. En el pueblo dicen que desapareció un niño. No sé nada de eso, respondió, ese niño no es este, puedes estar segura. Él me dejó tenerlo. No sé cómo, su lógica es misteriosa. Su justicia, lo que me ordena que haga, no obedece a las leyes de nuestro pensamiento. Un dios, continuó la anciana, no podemos esperar que obedezca a parámetros como el tiempo y el espacio, exclusivos de la mente humana, ni mucho menos a la biología, un invento de hace doscientos años.

Celia hizo el experimento de ir más temprano que de costumbre para llamar antes a Omar. Se sorprendió al ver las patrullas de policía en la gasolinera y siguió de largo hasta el pueblo. Una sospecha cada vez más terrible se apoderaba de ella. Apareció así, le dijeron, todavía no se sabe la causa de la muerte. La misma tarde que ella había escapado, la misma tarde que escuchó aquel grito. No podía ser coincidencia. Algo mató a su persecutor. Tal vez ese algo intentaba ganarse su favor para que no dijera nada del niño a la policía, o por el contrario, tal vez trataba de comprometerla, de inculparla por la muerte de aquel hombre.

Luego intentó entrar en razón. Si el dios resultaba real entonces el niño de la anciana era un verdadero milagro, no se trataba del mismo que buscaba la policía, por tanto ese dios no tenía motivos para tratar de ganarse su favor o para tratar de incriminarla. No tenía sentido, además, matar a aquel hombre para incriminarla, más fácil hubiera sido matarla a ella. El asunto le pareció de repente una tontería. Mucho más probable resultaba que un borracho corriendo entre la maleza hubiera tropezado y de algún modo se hubiera golpeado mortalmente.

Estuvo parada a quince metros de la puerta de la comisaría por largo rato. En realidad había ido a confesarlo todo, lo del niño, lo del hombre de la gasolinera, a fin de cuentas ella no tenía culpa. Podía salvarse. Si se descubría el vínculo con ambas cosas, sin embargo, su silencio iba a resultar demasiado sospechoso. Necesitaba ayuda, un consejo.

Junto a un consultorio médico había un teléfono público. Marcó y prácticamente estaba segura de que no iba a contestar nadie. Después de tres timbres salió la voz soñolienta de una mujer. Celia preguntó quién hablaba y la mujer colgó al instante. Marcó de nuevo, nadie contestó. Omar estaba furioso con aquella mujer porque había hecho lo único que le había pedido que evitara a toda costa, contestar el teléfono. No sabes lo que acabas de hacer, dijo, vete de aquí y no vuelvas.

Por una parte Celia se sentía profundamente indignada, por la otra el asunto no le preocupaba tanto. No estaba triste por terminar con Omar, más bien estaba molesta por la humillación. Sin pensarlo como hubiera debido le hizo una seña al muchacho de la carnicería. Dos horas después estaba en su apartamento, una construcción improvisada en los altos de una casa visiblemente más antigua. El muchacho era menor que ella. Le ofreció ron de una botella sin etiqueta y Celia tomó. No, no puedo, dijo. Vamos, no estés nerviosa. No estoy nerviosa, respondió, es solo que me acabo de dar cuenta de que no quiero hacerlo. El muchacho intentó acariciarle el sexo, pero ella le apartó la mano. Celia se vistió y se fue sin decir más nada.

Al regreso se sorprendió al comprobar que Silvina no estaba en la casa. Encontró la puerta de atrás abierta. Por fin vio la nota en un papel pequeño y rosado, decía que no iba a regresar hasta la noche, porque estaba resolviendo algo de las naranjas, que se ocupara del niño. Celia pensó que era una barbaridad dejar abandonada a una criatura de unos pocos meses. La nota dejaba muy claro que Silvina estaba acompañada y que no había por qué preocuparse por ella.

Celia se dedicó a adelantar la comida. Le agradó por fin quedar sola, y había decidido no volver a pensar en lo de Omar o lo del carnicero hasta el día siguiente. Se sentía sucia. Se le ocurrió que quizás la mujer que había contestado el teléfono no era una amante, sino otra persona, se le ocurrió que su intento de venganza en realidad podía ser absurdo.

A las cinco de la tarde ya no tenía más nada que hacer. Había dejado la carne absorbiendo el jugo de limón y los cuartos estaban barridos y ordenados. Alimentó al niño y salió a caminar por los alrededores de la casa. Después de los naranjos había un trillo que llevaba a un barranco, un repentino bajón en el terreno en el que la piedra oscura y desvestida mostraba sus cicatrices y sus várices de metal. El trillo seguía por el barranco hasta llegar a un bosque de pinos. Los zorros no vivían en aquel clima, cuanto más se encontraría un único ejemplar en un jardín zoológico a decenas de kilómetros. Perro silvestre, enemigo del lobo y del coyote, el zorro constituía un animal fantástico apenas conocido por el cine y la literatura, que lo habían elegido como símbolo de la astucia. Y sin embargo ella lo había visto ahora, escapando por el trillo del barranco e internándose en el bosque. No sin antes echar el zorro un último vistazo, en el que Celia no supo interpretar si había miedo, desconfianza o maldad.

Vio un carro de policía que se acercaba a la granja. Por un instante no supo qué hacer. Solamente se le ocurrió cerrar el cuarto donde dormía el niño y poner el radio, para que atenuara cualquier potencial perreta. Si le preguntaban si había visto al niño perdido lo mejor era decir que no estaba enterada de que hubiera uno. Las probabilidades de que el carnicero, quizás resentido, se enterara de todo y la acusara resultaban mínimas. Por otra parte, mejor era prevenir y no dar la oportunidad a la policía de que se enteraran de la existencia de un niño en la casa, a menos que lo preguntaran. Abrió la puerta e invitó al policía a pasar.

Era un mulato pequeño, de dientes ligeramente torcidos, con una mirada punzante e inquisidora. Se sentó con las piernas cruzadas y una mano tras el espaldar de la silla, como un padre de familia que ve un partido de béisbol. ¿En qué puedo ayudarlo?, preguntó Celia. Disculpe, dijo el policía, la miraba así porque me pareció verla hoy cuando estaban transportando el cadáver en la gasolinera, creo que se fue rápido de allí, siguió su camino sin curiosear, eso es extraño en este pueblo. Todo el mundo quiere saberlo todo. Tal vez las costumbres en la ciudad sean otras, o tal vez la mujer que yo vi se parecía y punto. Eso no es importante, de cualquier modo. Necesitaba saber si usted se había detenido en la gasolinera ayer.

Celia trató de sonreír. Pasé por la gasolinera en bicicleta, pero nunca me detuve, dijo y al momento sintió un alivio, porque aquella de seguro era una entrevista de rutina y nadie sospechaba nada del niño. Pero alguien llamó desde el teléfono público ayer, a la misma hora que, calculamos, ocurrió el incidente, y llamó al número de su antigua residencia. ¿No ha llamado usted a su casa todos los días desde que vino al pueblo? ¿No lo hizo ayer? No se preocupe, entiendo que prefiriera mentirme, es natural que un testigo evite hacer el papel legal de testigo, pero por su propio beneficio le pido que no lo vuelva a evitar, y que me diga ahora la verdad. Celia suspiró y miró con impaciencia la puerta tras la que se encontraba el niño. En cualquier momento podía despertarse y empezar a llorar, así que más le valía salir rápido del hombre.

Tiene razón, le mentí porque no quería buscarme problemas. La verdad es que llamé como de costumbre, no contestaron el teléfono y al rato me fui. El hombre de la gasolinera estaba a unos metros de mí y parecía borracho, especificó junto a otras trivialidades. Celia quiso ocultar el resto del relato porque podía parecer que ella había actuado en defensa propia, y porque iba a tener que dar demasiadas explicaciones, y el niño podía llorar en cualquier momento. El policía ya se iba cuando se escuchó, enmascarado por los compases de una canción que reproducían en el radio, el llanto del niño. Apague el radio, por favor, dijo, creo que escuché algo. Celia quedó petrificada. Es un niño que tiene Silvina, tuvo que explicar, no sé de dónde salió. Jugaría la carta de que no estaba enterada de la desaparición. ¿Dónde lo tiene? Siento ruidos que no pueden ser del niño.

Abrieron la puerta y vieron al zorro en el borde de la cama, subido a una de las sillas que servían de baranda. El policía lo espantó y el zorro se metió en la sala. Revisaron al niño. No le había hecho daño. En la sala la sombra naranja o roja del zorro se dejó ver por momentos, pasaba de un escondite a otro con una facilidad asombrosa. Al parecer quedaba uno, dijo el policía. Hace años hubo una plaga, nadie sabe de dónde vinieron, si escaparon de un zoológico o si alguien los trajo como sabotaje. Los campesinos primero les tenían cariño, pero después se dieron cuenta de que acababan con los corrales. Además, destruían el ecosistema. Pensábamos que los habíamos exterminado. Los zorros quedaron como una especie de mito local, algunos guajiros decían que eran dioses y que podían hacer milagros o transformarse en personas, que había que fijarse siempre porque uno los descubría por la cola. Celia, a la vez que trataba de digerir la información, se preguntaba por qué el hombre no se había alarmado ante la presencia de un bebé misterioso.

Buscaron bajo los muebles y bajo las camas y en los alrededores de la casa, pero el zorro no aparecía. Seguro se fue por una ventana, dijo el policía, yo me tengo que ir, debo hacer un par de averiguaciones más sobre la muerte del hombre. Celia permanecía callada. Una última cosa, dijo el policía con una sonrisa. Menos mal que ya apareció el niño, de lo contrario ambas hubieran pasado un mal rato, porque todo apunta a que ese bebé que tienen es robado. Ya hablaré con Silvina otro día. ¿Se habían robado a un bebé? Eso pensábamos al principio, hasta que desenterramos el cuerpo en el patio de la casa. La madre lo asfixió por celos, según parece. El padre del niño la había estado engañando y ella se volvió loca y quiso vengarse, y después de darse cuenta de lo que había hecho, enterró a su hijo y denunció que había desaparecido, para evitar ir a la cárcel. Lo descubrimos todo porque la madre ya había mostrado síntomas de desequilibrio mental desde antes de la desaparición.

Ya sola, Celia revisó de nuevo la casa. De nuevo surgía la interrogante de la procedencia del niño, ya no se trataba del que se había perdido en el pueblo. Un cenicero de madera había cambiado de lugar y eso la extrañó. Al levantarlo notó que su peso era imposible, y de golpe comprendió que como mismo el zorro se escondía en una estampa podía esconderse tal vez en el peso de un objeto, y tal vez en un sonido. El animal dio un salto y corrió por el piso y se fue por la ventana con la habilidad de un viejo sobreviviente. Quiere algo con el niño, sin dudas, pensó Celia. Un par de horas después un automóvil dejó a Silvina en el portal. ¿Pasó algo mientras no estuve? ¿Todo está bien? Sí, todo está bien.

၄၅

Las rutinas de la anciana eran fáciles de seguir. Celia a veces se acordaba de Omar y le deseaba suerte desde lo más profundo de su alma, una sensación que en otra etapa de su vida le resultaba inverosímil y antinatural. La casa era de él, ella se limitaría a recoger sus cosas, pero lo haría en un par de meses, cuanto menos. No tenía ganas de ir a la ciudad. Silvina le preguntaba con tanto énfasis por Omar que ella tuvo que contarle todo a la tercera vez, y contarle que probablemente volvería a vivir con sus padres. Entonces la anciana le preguntó más cosas, como queriendo satisfacer viejas curiosidades de esa zona de la vida humana de la que ella había elegido apartarse.

El otoño estaba llegando y las temperaturas bajaban cada noche. Silvina se forraba con abrigos para hombre cuya procedencia Celia nunca pudo averiguar, y vestía al niño con sus propias ropas rosadas y llenas de bordados, cuya tela, que ya tenía décadas, se había endurecido y hecho más pálida. En algún momento tendrás que buscarle ropa, dijo Silvina, deberás ir al pueblo y preguntar. ¿Por qué no acabas de ponerle un nombre?, preguntó Celia. Él no me deja, ya me dirá luego si puedo ponerle uno, respondió.

Había aire de lluvia, y la piel se les erizaba como si gotas microscópicas de agua viajaran con el viento y humedecieran la casa. Celia cerró todas las ventanas menos una. No había electricidad y el día estaba oscuro, así que la única ventana abierta se veía como un cuadro colgado en la pared, la yerba seca y amarilla y las nubes moviéndose tras los postes de luz como una lana monstruosa. Él sabrá qué nombre darle, si es que por fin vamos a darle nombre, dijo Silvina mirando hacia el suelo con la vista perdida, como si su cabeza estuviera en otro mundo. Celia mojó un poco de pan en la leche y se lo llevó a la boca. Lo encontré un día mirando al niño, dijo mientras el pan mojado se le deshacía en la boca. Eso no es bueno, respondió la anciana con una cara de franca preocupación. ¿Por qué dices eso? No te lo puedo decir, lo siento.

Celia puso el plato metálico sobre la mesa y se tomó de una vez lo que quedaba de leche. Se paró frente a Silvina y la miró fijamente a los ojos. Me han contado que hubo una plaga hace años, dijo como esperando que ella continuara la historia. Silvina dejó de mecerse en su sillón y se estrujó los ojos con sus manos largas y arrugadas. Sí, la hubo, cuando yo tenía tu edad. Nadie sabe de dónde salieron los primeros, la cuestión fue que empezaron a multiplicarse y la gente los vio como una amenaza, y los cazaron uno a uno. Ofrecían recompensas por las pieles. Muchas casas todavía tienen pieles de zorro guardadas, me da escalofrío pensarlo, no sabían que estaban masacrando a un pueblo de dioses. Varios periódicos de la capital vinieron para tomar imágenes de la especie invasora, hay fotografías a color de cientos de pieles reunidas en una sola pila, en la fiesta de celebración, cuando creyeron haberlos exterminado. Pero quedó uno. No puede reproducirse porque no tiene pareja, así que ha intentado dejar descendencia concediendo milagros. ¿Hay más niños como este? Sí, los hay, y los hubo. ¿Qué quieres decir con los *hubo*? La anciana cerró los ojos como si intentara quedarse dormida.

Las ventanas sonaban con el viento. Celia fue para el cuarto donde estaba el niño. El niño atrapaba sus propios pies como si fueran peces y se quedaba mirándolos con detenimiento, quizás deseando descubrir algo nuevo en ellos. Celia sabía que algo pasaba, pero no estaba segura de qué. Abrió la ventana y se asomó. No caía una gota de agua, a pesar de que las nubes negras llevaban horas pasando sobre ellos. A lo lejos se veían extraños relámpagos, ramificados como árboles o corales. El viento movía las copas medio secas y producía un murmullo infinito. Aunque el cielo librara batallas de truenos, por alguna razón los pastos amarillentos seguían iluminados como si el sol estuviera radiante. Una lluvia sin lluvia, una tormenta platónica. Un rayo cayó cerca y el niño comenzó a llorar. Celia cerró la ventana y lo cargó en brazos.

Por la noche todavía no había llegado la electricidad. La casa estaba iluminada con dos o tres velas, sabiamente distribuidas, mientras el cielo seguía rugiendo sin decidirse a llover. La luz blanca de los relámpagos se colaba por el filo de las ventanas y mostraba por breve tiempo las enrarecidas siluetas de los objetos. En su cama, sin poder dormir, Celia tenía la impresión de que la realidad quería asustarla. Se levantó y dio un par de vueltas. Fue en ese momento que vio a Silvina recostada a una ventana abierta, el zorro le decía algo en el oído, o ella simulaba que lo hacía, y lloriqueaba, y el zorro volvía a decirle algo y ella volvía a lloriquear. ¿Qué haces?, preguntó. No hago nada, dijo la anciana. Le estoy hablando a *él*, aclaró Celia, y el zorro huyó. Celia cogió una linterna y ya estaba a punto de salir cuando Silvina la detuvo. Nunca salgas de noche cuando hay un dios molesto contigo, dijo. No tengo tiempo para discutir, respondió Celia, después hablamos. Silvina la volvió a agarrar por el brazo. Vas a morir si sales, mira lo que le pasó a tu amigo de la gasolinera. ¿Cómo sabes eso? Él me lo cuenta todo, lo hizo para protegerte, pero ahora quieres interferir, y más te vale no hacerlo.

La madrugada fue fría y oscura. Ya no les quedaban velas, al día siguiente tenía que comprar en el pueblo, para guardarlas como reserva. Celia probó todas las posiciones posibles sin conseguir dormirse. Cuanto más su conciencia se debilitaba y su cerebro producía imágenes perversas, ella comiendo en la mesa y la anciana comiendo también, ambas con mitades distintas de un feto de zorro. A ella le había tocado la parte superior. Abrió la cabeza usando el cuchillo y el tenedor, el hueso era más bien una estructura gelatinosa, y la piel era delgada y traslúcida, se veía el sistema circulatorio, várices rojas que brotaban de un corazón deforme y pequeño. El feto lloraba mientras ella se lo comía. Celia despertó. No debían ser más de las siete de la mañana, pero en verdad alguien lloraba, el bebé humano, y de repente dejaba de llorar, y Celia se levantó y fue corriendo hacia el otro cuarto y se encontró a Silvina llena de lágrimas asfixiando al bebé con una almohada.

Le dio un empujón fuerte y le quitó la almohada de encima al niño. Estás loca, dijo Celia y cargó al niño, que tosía y lloraba, y tenía la cara roja. No quería hacerlo, habló Silvina entrecortadamente desde el piso, pero no tenía opción, era una orden. ¿Tu dios te ordenó *matar* a su hijo? Era un hijo imperfecto, no merecía la vida. ¿Y trataste de matar a un niño por fe? Sí, eso he hecho. Si traigo al mundo un dios, no puedo correr el riesgo de que sea un dios malvado. Nunca fueron dioses, dijo Celia con desprecio, ustedes los llamaron dioses, pero eran solo animales, y el que queda también es solo un animal, y morirá tarde o temprano, sin descendencia. Voy a llamar a la policía. No lo harás, respondió Silvina, si lo haces yo diré que intentaste robarme y será tu palabra contra la mía. Correré el riesgo, dijo Celia y puso al bebé otra vez en la cama.

Pronto notó que su plan tenía serios inconvenientes. Para avisar a la policía debía llegar al menos al teléfono público de la gasolinera, pero no podía dejar al niño con la anciana. Montar al bebé en la bicicleta era impensable y llevarlo consigo también, de modo que debía esperar a que pasara algún automóvil que la dejara en la gasolinera, o de ser posible en el pueblo. El problema estaba en que por aquella carretera apenas pasarían uno o dos carros al día. Además, Silvina podía haberse roto algún hueso. Con el niño a salvo, Celia fue hasta donde estaba la anciana. No podía levantarse, ni siquiera con ayuda. Probablemente le había roto una costilla. Celia temió que la frágil costilla hubiera perforado algún órgano interno, en tal caso la vida de la anciana peligraba. ¿Y el guajiro de las naranjas?, preguntó Celia. No está aquí, está en la ciudad vendiendo naranjas, naturalmente, y no viene hasta dentro de dos días. Déjame morir tranquila, dijo Silvina con una voz indiferente.

Estuvo hasta las tres de la tarde sentada junto a la carretera, con el bebé en una cesta, bajo una sombrilla. Pasó un carro en dirección contraria. Celia le gritó y el carro se detuvo, le explicó que tenía que llamar a la policía, y que había una anciana con una costilla fracturada. ¿Y qué pasó?, preguntó el chofer. Es difícil de explicar ahora, por favor ayúdeme, le pagaré lo que sea. No se trata de dinero, tengo un encargo que también es de vida o muerte y ya estoy tarde por detenerme a hablar contigo. Debo regresar por la tardenoche, si quieres sal entre las siete y las ocho, y espérame aquí mismo, por si no has conseguido transporte. ¿Hay teléfono en el lugar al que va? El chofer, un gordo meticulosamente afeitado, lo justo para parecer un cerdo, la miró y se rascó el cuello, haciendo la consabida mueca con la boca, lo más parecido a una operación intelectual que conseguiría en el día. Quizás, anótame en este papel lo que tengo que decir. Celia escribió lo que había pasado de la forma más resumida y creíble que pudo y se la entregó al hombre. Escríbame también el número de la policía, añadió. ¿Usted no ve televisión, verdad? No, dijo el hombre con una melancólica y repentina vergüenza, justo antes de arrancar y largarse.

No quería tomar ningún descanso, porque con su suerte no dudaba que un carro pasara justo cuando estuviera en la casa. A las cinco se dio por vencida. Regresó con toda su fe puesta en el chofer, en la posibilidad de que se acordara y de que quisiera llamar, aunque ni siquiera era seguro que hubiera teléfono en el lugar al que iba. Calentó algo para comer. Silvina, que había conseguido sentarse, se rehusó a recibir un bocado y no pronunció una sílaba. Celia no supo distinguir si la anciana ya no sentía dolor o si alguna especie de orgullo la impulsaba a ocultarlo. La policía debe estar en camino, con una ambulancia. Todo va a estar bien, no me culpes por nada de lo que he hecho. La anciana seguía sin responder, tenía los ojos aguados, pero daba la impresión de que no le importaba nada de lo que estuviera sucediendo en su espacio inmediato. La mujer que asesinó a su bebé, le dijo Celia, ¿no fue por celos, verdad? ¿Su hijo era otro dios imperfecto? Déjame morir, respondió por fin la anciana con una voz hueca y ausente, lo que has hecho no será perdonado nunca.

Tocaron a la puerta. El policía era el mismo de la otra vez. Celia le explicó que se había despertado a causa de los gritos del niño, y que había empujado a la anciana para salvarle la vida. El policía fue a ver a la anciana y le pidió un minuto en privado con ella. Está loca, dijo después, mientras revisaba que el niño estuviera bien. Debí hacerme cargo de esto mucho antes. Ahora no puedo moverla, continuó, tengo miedo de hacerle daño. Usted espere la ambulancia, yo me llevaré al niño, necesitamos saber de dónde viene. A Celia le extrañó la prisa del policía, pero estaba tan ansiosa que no se había fijado, hasta el momento en el que se iba, que no había escuchado el carro. Que de hecho, no había visto el carro y que no había carro alguno. El policía estaba en el umbral de la puerta con el niño en brazos, y se le notaba una alegría insensata. Cuando se dio la vuelta Celia vio que de su pantalón salía la cola de un zorro y lo comprendió todo y le gritó que se detuviera.

El policía falso, ya sabiéndose descubierto, se transformó en un zorro antropomorfo y elevó el niño a la altura de sus dientes y rápidamente le desgarró el cuello de una sola sacudida, y luego se encogió y echó a correr. Sobre la tierra colorada quedaron la ropa vacía y el cadáver.

Perpleja y sin todavía comprenderlo, Celia se agachó y lo recogió. La diminuta ropa para niña estaba bañada en sangre, y el cuello, del que vagamente se sostenía una cabeza descocotada, se veía interrumpido por la herida púrpura. Todavía el brazo izquierdo guardaba movimiento, un gesto mecánico e inhumano. Celia había perdido la voz, y no pudo llorar cuando por fin aceptó lo que había pasado y cuando aceptó su propia culpa. Recordó el feto de zorro. Se tiró en la tierra sobre el cuerpo del niño, ya sin poder pensar en nada más, y trató de gritar, y otra vez resultó inútil, como en los sueños en los que uno no consigue moverse. Tenía la garganta seca y apenas podía respirar. La tarde era como cualquier otra, las nubes habían ocultado el sol y ahora los pájaros armaban sus barullos, mientras el mundo se oscurecía con una lentitud no solemne, sino idiota.

Una música movida se escuchó más y más cerca. El carro de policía se detuvo frente a la casa. El primero en bajarse fue el chofer gordo, luego los dos policías, altos, flacos y desgarbados, con el uniforme ajustado a las exigencias de la última moda. Abrir las dos puertas delanteras y cerrarlas de forma sincronizada debía haberles tomado meses de práctica, así que no perdieron la oportunidad de mostrarlo a alguien. Celia lloraba en la tierra y el chofer pidió que apagaran la música. Los policías, sin preguntar nada, vieron la ropa de policía y el niño muerto y se hicieron una seña y sacaron las armas y le apuntaron a Celia. Yo reviso la casa, dijo uno e hizo movimientos que parecían sacados de una mala película de acción. Regresó y le dijo al otro que había que cargar a la vieja entre los dos. El otro miró confundido hacia todas partes y le dio su arma al chofer. Apúntale y vigila que no se escape, dijo. Cuando los dos policías entraron, el chofer bajó el arma y se acercó. Perdóname, se me olvidó llamar. No me di cuenta hasta que no me monté de nuevo en el carro. Lo que sea que pasara es mi culpa, y lo será para siempre. Perdóname.

Los dos policías cargaron despreocupadamente a Silvina como a un saco de cemento, y justo antes de que la entraran en el carro la anciana de mirada ausente señaló a Celia. Todo esto lo hizo *ella*, dijo.

Con la voz entrecortada, apenas pudiendo aspirar a la corrección gramatical, Celia narró el primer intento de asesinato y el posterior engaño del zorro. Yo he oído eso, dijo uno de los policías, que hasta el momento había estado jugando con unas piedrecitas, dicen que se convierten en personas y que a veces por error les aparece la cola. El otro policía afirmó con la cabeza. En mi casa hay una piel de zorro, añadió, yo no toco esa cosa aunque me den dinero, lo juro por mi madre. El chofer, que no había abierto la boca durante el breve interrogatorio, preguntó por qué creía ella que el zorro ordenaba a sus fieles que mataran a los bebés imperfectos, si él mismo tenía la capacidad de hacerlo. Celia soltó un suspiro y lo miró y miró el campo tenebroso. Porque dar una orden como esa es la mejor forma de probar la fe de sus fieles, contestó. A un dios no le interesa el poder, porque ya lo tiene, busca lo nuevo y lo incomprensible, la fe.

La nube que bloqueaba el sol se fue desintegrando y del gris salió la esfera amarilla y enferma, y unos rayos incidieron directamente en el lejano borde del barranco que daba al pinar, ahora parecido al altar de una iglesia prehistórica, y la silueta enigmática del zorro se dejó ver, como si estuviera esperando algo. Creo que deberías perseguirlo, dijo uno de los policías y puso su arma en las manos temblorosas de Celia, y le dio un par de instrucciones básicas acerca de cómo usarla, y el otro policía afirmó con la cabeza, y aclaró que recogerían el arma al día siguiente y que nadie lo notaría. Solamente quedaba el chofer, que miraba al zorro con sospecha. No vayas, dijo por fin, si te agarra la noche con el zorro y sin una buena luz no sales con vida. Yo no soy muy inteligente, pero a veces presiento cosas, y todo esto no me gusta. Un policía sacó una linterna del carro y se la dio. Ve, nosotros tenemos que llevar a la vieja rápido a un hospital. Celia comenzó a caminar buscando un ángulo cómodo desde el cual pudiera acertar algún disparo. Estaba tan confundida que ni siquiera vio la cola de uno de los policías, el que le había dado el arma y la linterna. El chofer se montó preocupado y siguió viendo la escena desde la ventana de atrás del carro. El zorro echaba a correr y Celia lo seguía. El chofer llevaba en sus enormes y peludos brazos el cadáver que un desconocido hubiera tomado por un bebé de juguete. ¿Seguros de que se podía alterar la escena del crimen? Sí, claro, era necesario, no íbamos a dejarlo allí. El chofer vio la silueta de Celia perderse en el barranco, en una búsqueda de cuyo final no iba a enterarse nunca.

Se raspó las manos al bajar. La piedra estaba afilada, como si acabara de cortarse, y varias veces estuvo a punto de caer, tras pequeños e inevitables resbalones. Si hubiera tenido la mente fría en ese momento Celia hubiera notado que el zorro esperó paciente que bajara y lo viera antes de echarse a correr de nuevo, y que por tanto el dios la conducía a una inevitable trampa. Las copas de los pinos, extrañamente, empezaban a una distancia de al menos cuatro o cinco metros del suelo, y por tanto el bosque quedaba como un salón con infinitas columnas, los troncos, y con un techo siniestro, el crepúsculo. El suelo no tenía agujas de pino, lo cual resultaba inexplicable. La verdad no había nada vivo o recientemente vivo hasta una altura de cuatro o cinco metros, la tierra se había avejentado y ya no era capaz de engendrar flora ni fauna. En el gris de belleza atroz del bosque resaltaba el color del zorro, una mancha incongruente, que al parecer no se sometía a las mismas leyes que el resto de las cosas, puesto que no variaba ni cambiaba de matiz siquiera a causa del entorno o la iluminación. El zorro a mediodía tenía el mismo color que a medianoche, el color imposible del sueño. Tras verlo perderse en el bosque, Celia encendió la linterna y apuró el paso, debía encontrarlo antes de que se fuera la última luz.

Miraba hacia todas partes y veía exactamente lo mismo. Quizás caminaba en círculos, estaba perdida. Recordó que desde la casa el barranco apuntaba al lugar donde se ponía el sol y que si quería regresar solo debía caminar en dirección contraria a la luz. Luego de quince o veinte minutos calculó que debían faltar quince o veinte minutos más para que fuera de noche, y que si su intención era regresar debía intentarlo ahora, o de lo contrario no le daría tiempo. Detenida ante el silencio profundo del bosque, en el que no había pájaros, y en el que apenas se escuchaba el rumor del follaje, una comunicación misteriosa, como si una parte del bosque enviara demorados mensajes a la otra, Celia pensó que se encontraba en el final de una fábula antigua que no alcanzaba a comprender en su totalidad, porque no estaba hecha para seres humanos, sino para dioses. La voz de la anciana resonaba en su cabeza. Lo que has hecho no será perdonado nunca. Le vino luego la imagen de los dientes ensangrentados del zorro mientras sacudía al niño, y sujetó entonces el arma con ambas manos y repasó las instrucciones. Un grito humano se escuchó a lo lejos. Si había llegado hasta allí, más le valía continuar. Si mataba al zorro a tiempo, a fin de cuentas, no debía preocuparse por la inminencia de la noche.

La oscuridad se reforzaba por el hecho de estar cubierta por los follajes de pinos colosales, que le parecieron anteriores a la llegada de los seres humanos. El círculo blanco que proyectaba la linterna parecía un fantasma, reconstruido por la mente a partir de sus múltiples roturas en las hileras de troncos y en los follajes negros. Pedazos mordidos de cielo aparecían cada tantos metros. Nubes negras y pantanosas reptaban en una bóveda cuyos tintes iban del azul oscuro al verde. En los pedazos más próximos al sol había pocas nubes, y cuando había se trataba de viajeras larguiruchas y sanguinolentas, como lejanas vísceras de humo, y el sol apenas daba luz, como si fallara y estuviera a punto de extinguirse en un mundo gélido y desolado. La muerte estaba en el suelo desértico, en los árboles y en las nubes, y no fue hasta llegar a una altura desde la que se veía el montañoso horizonte que se percató de un collar de colores que rodeaba al sol, un arcoíris aberrado justo antes de una noche de tormenta. Otro grito humano se escuchó, ahora más cerca. Celia pensó que acontecían cosas que no eran comunes y que el zorro tal vez había planificado matarla.

Por fin llegó. De una laguna de agua inmóvil y amarillenta, sobre la que crecían plantas acuáticas, bebía el zorro, más parecido a un felino que a un perro, con sus gestos gráciles y su cola de punta blanca. Levantó orgulloso la cabeza y a Celia le pareció descubrir que sonreía. La sonrisa enigmática de un dios. Todo estaba oscuro menos él, cuyo color no perdía intensidad. Probó apuntarle con la linterna y justo entonces, como un castigo providencialmente premeditado, la linterna se apagó. Rápido quitó el seguro del arma y trató de disparar, pero solo escuchó el chasquido del cargador vacío. Le habían dado a propósito una linterna a la que apenas le quedaba carga y un arma que no disparaba. Ya no podía regresar y faltaban segundos para que el sol, rodeado de aquel collar sobrenatural, se escondiera del todo. En el cielo apenas se distinguían los bordes iluminados de algunas nubes y el agua era un plato negro. Pensó en Omar y en la culpa del chofer, y en el niño muerto, y cerró los ojos para aceptar su destino. Pero todavía con los ojos cerrados seguía viendo al zorro, no bastaban los párpados para escapar de él. A lo lejos se reunían siluetas que parecían humanas, y que luego tomaron su forma verdadera, y un ejército de zorros se unió a aquel que bebía en la laguna, y dejaron caer ruidosamente en el agua un par de cadáveres, los otros humanos infieles del sacrificio. Las incontables orejas semejaban cuernos. Celia comprendió horrorizada el renacimiento definitivo de la secta cuando la luz se apagó en el horizonte y cuando ya no había nada que la protegiera como humana.

Sol de medianoche

Mario nunca había conocido en persona al hermano de
Rebeca. Había escuchado de él, pero nada más. Era una especie
de mito dentro de la familia. Le habían dicho que nunca comía
o bebía agua en público, que podía comunicarse con animales.
La única vez en su vida que lo vimos sangrar fue cuando lo
mordió una araña en la mano izquierda, le aseguró Rebeca. Lo
más razonable resultaba imaginar que se trataba de un muchacho peculiar, y que lo demás eran exageraciones naturales de las
personas, necesitadas de algún milagro en sus vidas.

Mario llevaba muy poco tiempo con Rebeca. Se habían
casado a los cuatro meses de empezar a salir. Una *locura*, en
palabras de sus amigos. Sin embargo, Nicolás le recomendó
a su hermana que se casara, presentía que Mario era un buen
tipo. Las palabras del niño fueron una sorpresa para los padres,
antes recelosos por la diferencia de edad entre su hija, acabada
de salir de la universidad, y el profesor de psicología que iba a
cumplir cincuenta años.

Dos semanas después de la boda, cuando Rebeca le dijo que
necesitaba un enorme favor suyo, y que se trataba de su hermano, Mario se mostró en la mejor disposición. Vamos para la
sala, dijo. Ambos se sentaron a cierta distancia el uno del otro,
como si todavía no estuvieran casados. Cuestión de costumbre.
Un mapamundi gigantesco los observaba desde el fondo. Cada
continente estaba dividido en parcelas de tierra que a su vez
estaban divididas en parcelas de tierra más pequeñas, con diminutos nombres y anotaciones, como un cuerpo diseccionado en

un libro de anatomía. La sala estaba repleta de diplomas. Sus buenos modales escondían un narcisismo profesional, no había duda. Pero a la vez dentro de aquel narcisismo Rebeca había descubierto una bondad innata. La luz que solo las personas con alguna sombra en su alma son capaces de ver en los otros, y que los buenos o ingenuos dan por hecho en el mundo.

Dime primero qué sucede. Hoy hablé con mamá, respondió Rebeca. Siempre me asusto cuando llama porque nunca lo hace para saludar. Mi cerebro asocia su voz con las malas noticias. Esta vez la noticia ni siquiera parecía una noticia. Me dijo que mi hermano de nueve años había abandonado la casa para irse a vivir en las ruinas de un observatorio en medio del campo. No le entendí bien cómo era posible que no hubieran llamado a la policía, o cuándo se dieron cuenta de que había huido. Lo que sé es que vive allá de lo que le ofrece la naturaleza, duerme entre montones de paja y toma agua del río. Tal vez ni siquiera coma en realidad, ni tome agua. Tal vez solo esté allí, meditando, prediciendo el futuro de la humanidad.

Cálmate, Rebeca. Debe haber algún error. ¿Tus padres han tratado de hablar con él? Sí, pero no quiere hablar con nadie. Dice que necesita estar solo por un tiempo y que si le tenemos algún cariño lo mejor es que no tratemos de intervenir. Nicolás es muy persuasivo. Mis padres tuvieron que irse como mismo llegaron. Tal vez mi hermano se moleste también conmigo si lo trato de convencer. Yo lo quiero mucho, Mario. No quiero que nada malo le pase. Siempre he sentido una responsabilidad hacia él, ¿sabes? Nuestros padres son muy raros. Tal vez ninguna persona esté capacitada para criar a otra. Yo vivo sola desde los dieciocho años. Ya sabes las consecuencias que eso trajo. Nicolás vivía con ellos, pero tengo la sospecha de que no le fue mejor. Siempre estaba tratando de escapar. Hace un año intentó quedarse a vivir con nuestros tíos en el campo.

Quizás allí empezara todo. No lo sé. Quizás nadie lo entienda ahora y nadie lo haya entendido nunca. No es que nadie lo quiera, debo decir. Querer y entender son cosas muy distintas, casi incompatibles. Mis padres me decían que se encerraba por semanas en su habitación, y se rehusaba a hablar con ellos, y ellos por supuesto estaban muy preocupados. No lo dudo. Casi puedo imaginar la escena. Nicolás abriendo la puerta solo para recibir el plato de comida o para devolverlo, vacío o lleno. Muchas veces lleno, estoy segura. Imagino a mi madre, mirando el plato de sopa que Nicolás había rechazado, y decidiendo qué hacer con él, si terminarlo ella, porque era un crimen botar comida.

A ver, Rebeca, quieres que hable con él, ¿no es verdad? Sí, dijo ella, no debió ser tan difícil adivinarlo. Tú debes entender mejor qué le está pasando. Estoy segura de que sabrás qué decir. Si no consigues que regrese, tal vez al menos nos ayudes a entenderlo. Si lo haces, Mario, no tendré modo de pagarte... No seas tan dramática, Rebeca. Eso no tiene grandes complicaciones. Mañana mismo voy en tren hasta donde sea que esté Nicolás. He tratado comportamientos así antes. Es normal que los niños huyan de sus casas a cierta edad. Sobre todo si se sienten desatendidos. Lo más probable es que dentro de unos días ya esté en su cama.

෴

Para cualquier otro hombre, aprisionado en las rutinas de la ciudad, un viaje en tren al campo hubiera sido una salida afortunada. Mario, sin embargo, cerró las ventanillas, se puso un par de audífonos y a los veinte o treinta minutos se quedó dormido. Una buena manera de evitar la conversación con el hombre de al lado.

Despertó justo al terminar el viaje. Dio sesenta y tres pasos hasta salir de la estación, y cuando lo hizo, estaba tan desinteresado de la realidad que debió confundir el césped con una alfombra, puesto que limpió educadamente sus zapatos contra él. El campo era para Mario una barbarie, un residuo del planeta antes de la llegada del hombre.

El lugar en el que se había quedado Nicolás estaba próximo a un pueblo más o menos remoto, y más o menos en ruinas. En su época de mayor esplendor alcanzaría los cien habitantes, antiguos campesinos, sobre todo, que darían albergue y comida a los trabajadores extranjeros de un pequeño observatorio astronómico, situado en la cima de la colina. El observatorio era ahora un inmenso nido de pájaros por la noche y de murciélagos durante el día. O al menos eso fue lo que Mario sospechó.

Cuando preguntó, la gente del pueblo le dijo que sí, que en efecto se había mudado un niño rubio y alto que podía predecir un estornudo o una tormenta, que la casa estaba a doscientos o trescientos metros, junto al observatorio. Y Mario fue para allá pensando en lo sencillo que era sorprender a personas sin demasiada educación. Cualquier extraño lo suficientemente distinto a sus costumbres podía convertirse en profeta, incluso un niño inteligente que acababa de huir de su casa.

Caminar los doscientos o trescientos metros con el calor del mediodía fue desastroso. Mario pensó que los campesinos tenían otra concepción de la distancia, y que más bien el observatorio estaba a quinientos o a seiscientos metros del pueblo. En un mundo perfecto no existiría la distancia física, los objetos se comunicarían sin necesidad de contacto. No habría pasillos en las casas, ni autopistas en las ciudades. El espacio contendría exclusivamente aquello que merecía existir por sí solo. Por fin Mario abandonó sus desvaríos al ver la cabaña a lo lejos, que no era más que una especie de favela construida entre las columnas abandonadas de una academia, que jamás se terminó.

Las enredaderas subían por la cabaña y se colaban en el interior del observatorio, lo que hizo pensar a Mario que probablemente no tuviera menos de dos años de construida, y que hubiera sido hogar pasajero de innumerables personas. Nicolás apenas llevaba dos días. No era imposible que sus verdaderos habitantes pudieran regresar en cualquier momento. Mario se fijó en unos pequeños bultos negros que colgaban del techo. Eran murciélagos, que al dormir quedaban destituidos de su forma. Es decir, de sus alas. No parecían animales sino más bien frutos malignos.

Caminó por un trillo hasta la puerta de la cabaña. El trillo estaba lleno de hojas e insectos, e incluso tuvo que detenerse un segundo para no pisar una lagartija. Animales, pensó, ni siquiera saben protegerse de nosotros. Entonces subió la cabeza y vio a Nicolás desnudo sobre la tierra, meditando. Había crecido mucho. No parecía tener nueve años. Su cuerpo parecía más el de un adolescente de quince o dieciséis. Mario calculó que ya debía tener su estatura, e incluso un poco más. La piel no estaba tostada por el sol, y se veía completamente seca, cuando lo normal a mediodía era sudar en abundancia.

Nicolás abrió los ojos y se cubrió rápidamente con un paño. Mario había apartado la vista, y gracias a ello había descubierto en la tierra varios montículos de semillas. Semillas de todas las formas y colores. La presencia del niño le produjo algún miedo, o una inexplicable sensación sobrenatural, como la que se siente con la luz de un relámpago. Por eso los campesinos lo admiran, pensó. Uno teme a lo que no entiende, y en la admiración hay un fondo de temor.

Entre titubeos ambos intercambiaron sus nombres. No quise interrumpirte, dijo Mario. Puedo volver más tarde. No, dijo el niño, está bien. He tenido pesadillas, si es lo que se pregunta. El niño miraba el suelo y su mirada sugería un pensar calmado y constante, como el movimiento de las nubes. ¿Pesadillas? Sí, soñé con el caos. Estaba meditando para olvidar el sueño. ¿Y por qué esos montículos? Los hice hace un rato, cuando me desperté, para estar seguro de que mi sueño no era real. ¿Qué fue lo que soñaste? No puedo decirlo, respondió Nicolás. En cuanto se dice una cosa, cuesta más trabajo olvidarla.

¿Y de qué forma esos montículos te hicieron sentir seguro de que el sueño fue solo un sueño? Las semillas son la mejor prueba de que no existe el caos, respondió. Son un objeto sin cerebro, sin movimiento, y sin embargo cada una guarda pacientemente la forma de un árbol. No hay casualidad. Entonces, respondió Mario en un tono permisivo, las semillas son la prueba de que en el mundo no hay caos. El hombre puede tomar una semilla y predecir que existen los árboles y los frutos. No, nunca dije eso. ¿Qué quisiste decir? En la naturaleza no hay caos, continuó Nicolás, el caos es el nombre que el ser humano otorga a aquello que se esconde de su entendimiento. Y creo que para el hombre siempre va a existir el caos. La naturaleza tiene demasiada información para su cerebro. Necesitaríamos un cerebro tan grande para entenderla, que *seríamos* la naturaleza misma, como un mapa perfecto, tan perfecto que termine por ocupar exactamente el espacio de aquello que representa. Entonces, Nicolás, ¿no crees en la psicología? Para serle franco, profesor, me parece una disciplina un poco ciega, ¿sabe? Su objeto de estudio es la mente humana, pero solo tiene la mente humana como herramienta. Es como querer construir una aguja con otra aguja.

Nicolás le pidió a Mario que entrara y se pusiera cómodo. Las columnas de la academia sostenían los palos que daban forma a la casa. Palos llenos de comején, por supuesto, que estarían al venirse abajo ante la más afable tormenta. Las maderas carcomidas parecían ciudades en ruinas, habitadas hacía siglos por humanos en miniatura. Mario se sentó en un sillón desbaratado, cuyo relleno, imaginó, había sido tomado para fabricar almohadas. ¿Cómo las personas pueden vivir así?, pensó.

Nicolás se escondió detrás de unas cortinas para ponerse una ropa decente.

A su derecha Mario descubrió una caja abierta con un pequeño telescopio, que en su forma compacta recordaba a un insecto, a una larga cochinilla de metal. Lo sacó de su gastada almohada y lo desplegó, en un gesto que había aprendido tiempo atrás del cine de piratas. No pudo ver mucho. Tal vez el telescopio no servía. Lo devolvió a su lugar. El piso de tierra no estaba deshabitado. Las hormigas y ciempiés como buenos amigos saludaban a Nicolás, que regresaba. ¿Hablas con los animales? Prefiero decir que me comunico con ellos. Por cierto, profesor, he sido un pésimo anfitrión. Ya es hora del almuerzo. ¿Quiere algo de comer o de beber? Mario miró a su alrededor y soltó una carcajada. ¿Qué puedes ofrecerme de comer o de beber? Pan y jugo de naranja, aunque le advierto que el pan ya está un poco viejo. Jugo de naranja entonces, dijo Mario. Hace calor.

Nicolás abrió una pequeña nevera escondida debajo de una máquina oxidada y sacó la jarra de jugo. Luego llenó un vaso con el jugo y lo puso en las manos de Mario. El cristal estaba frío y transpiraba. ¿No vas a tomar tú? No, dijo Nicolás, tomaré más tarde.

Quiero decirte, Nicolás, que entiendo muy bien lo que te ocurre. ¿En serio? Sí, entiendo tu sueño y tu teoría sobre el caos. Y entiendo que vinieras a refugiarte. Verás, Nicolás, hasta yo, cuando me siento agobiado por el trabajo o por las personas, necesito escapar a algún sitio. Tener un tiempo para mí. Las personas civilizadas lo hacen todos los días. Al final los seres humanos actuamos de acuerdo a nuestras circunstancias. Tu hermana, por ejemplo, tuvo una reacción normal ante el desinterés de tus padres. Le dio por actuar, luego por escribir, al final por una carrera universitaria. Las diferentes fases de su adolescencia y juventud no son sino resultado de una crianza equivocada. Quisiera hablar con tus padres. Podríamos hablar todos, y llegar a un acuerdo. Soy tu amigo, Nicolás, y soy amigo de ellos, y puedo asegurarte que te quieren mucho.

No estoy molesto con mis padres, si es lo que piensa. Y usted habla de las fases de mi hermana como si ella hubiera sido diferentes personas en diferentes años. Bueno, Nicolás, desde un punto de vista científico, eso es lo que sucede realmente. Que tomara decisiones diversas, incompatibles entre sí, respondió Nicolás, no quiere decir que su alma haya cambiado en todo ese tiempo. Un asesino es un asesino desde que nace. La muerte de la otra persona solo constituye un hecho secundario, que bien puede no ocurrir hasta muy tarde.

Has leído mucho, ¿verdad?, preguntó Mario. No tanto como pudiera usted pensar. El conocimiento para mí se basa en la intuición. ¿Intuición? Sí. He pensado mucho en usted, por ejemplo, y cuando lo he visto en persona no he hecho más que comprobar lo que ya había presentido. ¿Y qué habías presentido? Que usted era un hombre de razón que tal vez se sentía muy solo. La razón es una virtud solitaria, ¿no cree? Un hombre de razón y un hombre bueno. Exactamente lo que mi hermana necesitaba después de una vida caótica como la suya. Por eso no creo que en el caso de ustedes importe la diferencia de edad. Mi hermana ya ha vivido lo suficiente y por fin se ha dado cuenta de que la felicidad se funda en lo conocido y no en lo que está por conocer.

Mario sonrió y se echó para atrás en el viejo asiento. Un muelle se le clavó en la espalda, pero no se movió. Observaba a

Nicolás. Sin quitarle la vista de encima, como si sus brazos fueran las extensiones móviles de una estatua, prendió un cigarro y lo sostuvo con los labios. Y luego volvió a sonreír, y el delgado bigote negro y blanco tomó la forma de sus labios sonrientes, tras la cortina de humo. Las redes de humo luchaban entre sí hasta disolverse, como fantasmas carnívoros.

Pensé que se trataba de otro niño con falta de atención. Veo que mi diagnóstico estaba errado. ¿Y cuál es su nuevo diagnóstico? Bueno, Nicolás, lamento decirlo, pero creo que simplemente estás loco. ¿Loco? Sí, ese es un término que ya no se usa, y que en otra época explicaba cualquier comportamiento que no tuviera una mejor explicación. No le hallo una mejor explicación a tu huida, puesto que pareces un niño listo y razonable. Demasiado listo aunque no tan razonable, quizás.

Entonces en otra época también llamaban locura lo que otros científicos conocían como caos. Quizás sus métodos lo engañen, profesor. No me ha preguntado nunca por qué huí de la casa. Tal vez creyera que le iba a mentir, eso es cierto, pero lo más probable es que confiara demasiado en sus habilidades, y que le atrajera demasiado el caso como para ser tan grosero en sus procedimientos. Déjeme decirle, profesor, que no hay nada de grosero en una pregunta como esa.

Mario echó al suelo su cigarro y se acomodó en el asiento. Muy bien, niño Nicolás, dijo, explíqueme por qué ha venido a los márgenes de un pueblo en ruinas y ha desestimado cualquier comunicación con sus familiares. Lo de la comunicación se debe a que necesito calma, respondió el niño, necesito calma para lo que vine a hacer aquí. Cuanto antes lo haga, antes regresaré. ¿Y qué viniste a hacer aquí, que no pudieras hacer en tu casa o en una ciudad? Esa es una buena pregunta, profesor. Verá, el observatorio en ruinas está completamente fuera de servicio, pero me reveló la ubicación de un suceso extraordinario que se mantiene en secreto por ciertos círculos de personas. Mi intención no es revelarlo al mundo. Solo quiero comprobarlo con mis ojos. ¿Y cuál es ese suceso que pueden ver tus ojos a simple vista? Una vez cada dos años, respondió el niño con entusiasmo, es posible ver salir un sol a medianoche entre aquellos cerros, y luego verlo esconderse a los pocos minutos.

Quizás mi diagnóstico no esté tan mal, dijo Mario queriendo pasar por broma un pensamiento muy serio. Tal vez el niño sí estuviera loco al final. Debí darme cuenta al ver los montículos de semillas, pensó.

Trataré de explicarme. Cuando era muy pequeño se me dijo que cada día estaba separado en dos partes. El día en sí, y la noche. Cada uno tenía una esfera celeste que lo identificaba. El sol era para el día y la luna para la noche. Dos entes opuestos que daban luz o sombra al mundo. Pero con el paso del tiempo me di cuenta de que no se oponían tan perfectamente. La noche suele durar menos que el día, y lo que es peor, la luna puede aparecer de día, pálida, sin discutir con la autoridad del sol. Resulta que el vínculo del sol con el día y de la luna con la noche es un error, una ilusión óptica. Es común ver a la luna por la mañana o por la tarde, pero solo puede verse el sol de noche una vez cada dos años, a medianoche, para ser específico, desde cierto ángulo, desde ciertos sitios de la Tierra.

Nicolás, con todo respeto, eso que dices es un completo disparate. Niega todo el conocimiento que ha adquirido la humanidad durante los últimos seiscientos años. No solo es improbable, es imposible. Tenemos distintos modos de concebir el conocimiento, dijo Nicolás. Para usted es una acumulación de experiencias. Yo no lo creo así. Creo que todo el conocimiento se halla en cada ser humano desde el momento en el que viene al mundo, y no me refiero a alguna clase de sabiduría espiritual. Hablo de cosas concretas. Mis padres se quedaron horrorizados al comprobar que a veces yo hablaba en otros idiomas, mientras dormía. Idiomas que no tenía modo de haber aprendido. Me hicieron pruebas con los médicos, y me las hubieran seguido haciendo, de no ser porque me aburría mucho y pedí que no continuaran. Confíe en mí. Solo tiene que esperar a que se haga de noche para comprobarlo con sus ojos. Hagamos una apuesta, profesor. Acompáñeme hoy a ver el sol de medianoche. Si no existe, iré mañana mismo con mis padres. Dame un minuto para pensarlo, dijo Mario, ¿dónde puedo ir al baño? Nicolás señaló un lugar o más bien una dirección, una línea infinita de lugares.

Orinó entre unas latas viejas de conserva, oxidadas como si el aire les hubiera caído a mordidas. El chorro se hizo débil inesperadamente y le salpicó los zapatos. Maldijo en su interior el hecho de que se estuviera poniendo viejo. Y le vino el recuerdo de la primera vez que le apareció una cana, ese instante sagrado y mortal que estuvo esperando durante tanto tiempo, y que lo decepcionó cabalmente. La cana le había salido debajo del brazo. Imperfecto lugar. Si le hubieran preguntado una palabra que resumiera el mundo hubiera dicho que el mundo era prosaico. Sí, no más que eso. Prosaico. Tal vez el niño Nicolás no tuviera que preocuparse por las necesidades fisiológicas, pero él, Mario, profesor de psicología al borde de la vejez, ya orinaba sus zapatos.

Mario regresó y dijo que sí, que aceptaba la apuesta. Al final era imposible que apareciera un sol a medianoche y Nicolás parecía el tipo de persona que cumplía con su palabra. El problema estaba casi resuelto. La conversación duró muchas horas y el resto de las cosas que en ella se dijeron jamás fueron sabidas. Tal vez Nicolás contó su sueño del caos. Mario se movió de su asiento varias veces, fumó y hasta aceptó otro vaso de jugo de naranja. Nicolás también se movió de un lado a otro durante las horas que duró la conversación, pero nunca se sentó. Bostezó y aquel fue el único gesto humano que se le vio hacer. Mientras, las sombras de los muebles y de las diminutas piedras en el piso se alargaban y la desvencijada ventana, única fuente de luz, mostraba un triangular fragmento de cielo, que de azul pasó a lila, a rosa, a rojo, luego a púrpura, luego a noche.

Ya oscureció hace horas, dijo Mario. Podemos ir saliendo. Me parece una buena idea, respondió Nicolás. El niño lo llevó afuera y le mostró la más clara y fresca de las noches. Aparentaba ser de día, salvo por los tintes azulosos y plateados que cubrían el campo. Un sinnúmero de constelaciones se desplegaba en el cielo, como si se superpusieran diferentes bóvedas y convivieran a la vista del hombre continentes y océanos inaccesibles. El terror se fundió con maravilla y Mario pensó que no podía hacer otra cosa que obedecer a aquella joven presa de la locura, a aquel muchacho de ojos cristalinos. Tendría que seguirle la corriente para ganar su apuesta, y eso implicaba comportarse como si lo entendiera. Mostrar asombro ante las cosas que él mostraba asombro. Esa es la clave con los locos, pensó. Se vio la luz espectral de un relámpago y luego se escuchó el trueno. Aquello no tenía explicación, puesto que el cielo estaba despejado. No le dieron importancia y comenzaron a caminar. Solo Nicolás conocía el camino, que para Mario era incomprensible en la oscuridad del campo. Para él solo estaban dando vueltas sin ningún sentido.

Vieron una llama que relucía amenazante en los márgenes del otro lado del pueblo. Un grupo de niños cantaba y bailaba alrededor de ella, invocando al Abuelo Blanco. ¿Quién es el Abuelo Blanco?, preguntó Mario con un interés muy vago. Hace siglos le decían así, respondió Nicolás. ¿A quién? Al sol de medianoche, por supuesto. ¿Por qué? Ya lo verás. ¿Los niños del pueblo han visto el sol de medianoche? No, ni siquiera saben que existe. Cantan una canción infantil que es en realidad un ritual muy viejo de invocación. Al final el ritual declinó en juego. Y hoy nadie se pregunta a quién le cantan los niños cuando le cantan al Abuelo Blanco.

Eso me recuerda algo que aprendí de estudiante, dijo Mario. Resulta que se ha comprobado que los últimos neandertales, especie hermana e inferior en desarrollo al hombre moderno, habitaron exactamente las zonas donde surgió el mito del trol nórdico. La humanidad supo de la existencia de los neandertales en el siglo XIX, supuestamente, y ahora se dio cuenta de que ya sabía de ellos mucho antes, mediante las historias de troles, usadas para dar miedo a los niños.

Entonces de verdad se adentraron en la maleza. Ya ni siquiera se podía decir que siguieran un camino, sino una especie de trillo entre raíces que se bifurcaban como reptiles subterráneos, que aparecían y desaparecían, y entre follajes de hojas puntiagudas o redondas y entre insectos cuyas existencias, según Nicolás, consistían únicamente en sus sonidos. En todo caso, dijo Mario, algunos se constituyen únicamente por sus picaduras. ¿Por qué solo me pican a mí? Porque te sienten como un extraño, respondió Nicolás. Relájate y ellos se irán. ¿Lo viste?, preguntó Nicolás. ¿Ver qué cosa…? El murciélago caminando detrás de nosotros. No, no lo he visto. ¿Caminando dices…? Sí, parecía un ratón de no ser por las alas, que llevaba encogidas. Sospecho que no va a levantar vuelo hasta que suba el sol de medianoche. No lo sé, dijo Mario, yo no he visto nada.

El trillo se hacía más estrecho y Mario constantemente tenía que esquivar las ramas y las raíces. Y llegado a un punto no había trillo y entonces Nicolás le mostró a Mario un agujero entre las piedras por el que más o menos cabía una persona. Yo no voy a entrar ahí. Debes entrar, dijo el niño. Al menos debes tener alguna luz, ¿no? No, no nos hará falta. No voy a

entrar. Profesor, debe confiar en mí, dijo y le tomó la mano. No
tenía temperatura, era una cosa rarísima. No se trataba de que
estuviera fría ni caliente ni tibia, como mismo un objeto transparente no es blanco ni negro ni azul para nuestros ojos. Está
bien, voy a entrar. Pero espero que recuerdes nuestra apuesta.

¿Escuchas esos ruidos? No escucho nada, Nicolás. Lo cual es
maravilloso, por cierto, porque no veo nada tampoco. Son los
murciélagos caminando por el suelo de la caverna, dijo el niño.
Nos están siguiendo. Debemos andar por el camino correcto.
Bien, Nicolás, si esos imaginarios murciélagos tuyos nos alcanzaran, ¿nos devorarían? En condiciones normales supongo que
sí, respondió, pero esta noche tal vez pueda comunicarme con
ellos. ¿Comunicarte con ellos...? Ah, cierto, puedes comunicarte con los animales. No hablar, eso es imposible, sino
comunicarte.

Vieron el final de la caverna, una mancha azul que debía
ser el cielo, como un ojo vacío y sin forma que los espiaba,
el principio de un mundo cuyas leyes escapaban a cualquier
especulación. Algunas manchas negras pasaban sobre la salida,
y no eran otra cosa que murciélagos, revueltos como enormes
mariposas orejudas, demonios disfrazados de animales en el
orden natural de la noche. Y Mario bajaba la cabeza intentando
no herirse con los colmillos de piedra y tragaba en seco y sentía en su piel el estremecimiento de la muerte, y se aferraba al
recuerdo del día, que ya era difícil, porque en una noche como
aquella imaginar la luz del día no era fácil y temblaba y agarraba
la mano de Nicolás, que iba al frente. La mano de Nicolás era
lo único seguro en el universo.

Salieron y se les reveló el campo nocturno. Una vista asombrosa de los cerros bañados por el azul de la noche, como si al
mundo se le hubiera cubierto con un manto encantado. Sus ojos
se habían acostumbrado a la oscuridad durante el trayecto de la

caverna y ahora veían detalles a lo lejos, las siluetas de árboles degenerados, especímenes monstruosos que parecían nacer de otros árboles, y que eran mecidos por el viento, tal vez con la intención natural de volverlos inofensivos. En la punta de un cerro se veía un árbol alto y sin hojas, retorcido como en agonía, posible víctima de un rayo, estatua al espanto y al dolor y a la belleza maligna. En medio de los cerros estaba una llanura que se perdía hasta el infinito y se confundía con las pocas nubes y con el universo. Ya estamos aquí, dijo Mario, y no hay ningún sol de medianoche. Eso es porque todavía no es medianoche, respondió Nicolás. Vamos a esperar un poco.

Entonces se escuchó un ruido en aumento, parecido al de un ejército de ratas, y por el agujero comenzaron a salir los murciélagos, que alzaron vuelo y se elevaron hasta alturas inconmensurables, como si buscaran su alimento en la noche y la bóveda celeste fuera un lago poco profundo lleno de diminutas larvas luminosas. Dijiste que no iban a volar hasta que apareciera el sol de medianoche, comentó Mario, parece que te equivocaste. Lo están invocando, profesor, el sol estará al asomarse en el horizonte. Puedo sentirlo.

En algún sitio entre la tierra y las nubes, una línea blanca como esbozada por tiza definió el horizonte. La línea se difuminó en arcos y el cielo nocturno clareó ligeramente como si tiraran una piedra al fondo de un pozo y el agua oscura se llenara de brillos. Una esfera blanca que no era la luna ascendió entre las estrellas, y sus rayos sigilosos atravesaban las hojas de los árboles y besaban el suelo. El sol de medianoche no molestaba a los ojos, y era posible contemplar sus llamas pálidas y muertas retorciéndose como plata a punto de la ebullición, como un esférico volcán de nácar. ¿Ahora entiendes por qué le decían el Abuelo Blanco?, dijo Nicolás. Los rizos en su superficie recuerdan las barbas blancas de un viejo. Mario pensó de inmediato en las ilustraciones antiguas que representaban al sol con el rostro de un viejo.

Las bandadas de murciélagos comenzaron a hacer anillos alrededor del sol de medianoche. Las incontables alas daban la impresión de ser incisivos diminutos y giratorios de criaturas que flotaban en el cielo, constituidas solo por una boca, abierta por los dos lados. Mario pensó que se había vuelto loco también, que de algún modo el niño Nicolás le había transmitido su locura. La imagen que iluminaba sus ojos no se correspondía siquiera con sus sueños más terribles o extraordinarios. ¿De qué forma *aquello* podía ser la realidad? ¿A dónde se iban todos sus teoremas, toda su ciencia? La danza de los murciélagos solo conseguía acrecentar la sensación de irrealidad. ¿Qué símbolos extraños formaban en el aire? ¿Quiénes más sabían del sol de medianoche, aquella flor maligna?

Entonces Nicolás comenzó a hacerse más alto y no era que estuviera creciendo, sino que abría suavemente los brazos y se elevaba sobre el suelo, como si una cosa implicara la otra, y aquellos quince o veinte centímetros fueran más pródigos que la distancia del sol a la tierra. Y a Mario le costó un par de segundos entender que el niño volaba, que así de simple la tierra no podía atarlo esa noche. Puedes hacerlo tú también, dijo Nicolás, y Mario fue feliz, y pensó que tal vez no era imposible, que tal vez y solo tal vez él también pudiera volar. Separa los brazos. Muy bien. Ahora contrae tu abdomen.

Lentamente Mario sintió que pesaba menos y que su abdomen liberaba ondas extrañas que solo el suelo era capaz de entender. Ya antes lo había soñado, y había soñado que lo había soñado, y por tanto le fue muy simple abrir los brazos un poco más y despegar con un último empujón de pies como un barco lanzado al vacío. Mil estrellas quedaron sobre sus ojos, y sintió la ambición infinita de abarcarlas todas, de estar en todas partes. Miró a su lado y allí estaba Nicolás, suspendido un poco más alto, a quince o veinte metros. El aire lo despeinaba y hacía figuras con las cintas que le sobraban a su ropa, una imagen esta que lo llenó de paz y confianza. Y voló hacia él y ambos sonrieron. El campo se perdía más allá de lo que sus ojos podían medir, y al ver arriba el techo de estrellas quedaron atrapados por una gravedad absurda. La sensación de un sueño retomado, que los hubiera esperado por muchas noches antes de por fin continuar.

Era inevitable para ellos insertarse en alguno de los anillos de murciélagos, y cerrar los ojos y dejarse poseer por una fuerza primitiva. Los murciélagos más pequeños se hubieran confundido con moscas, de no ser porque no producían ningún sonido al volar. Los mayores alcanzarían varios metros de envergadura, monstruos alados que por otra parte resultaban inofensivos. Se movían en círculos como insectos descomunales cegados por la luz blanca del sol de medianoche, y les bastaba una sacudida de oreja para espantar a los más pequeños.

El sol de medianoche comenzó a bajar, y era conforme a lo esperado. Su visibilidad debía restringirse a unos pocos minutos. Debemos perseguirlo, dijo Nicolás. Aquí ya está poniéndose, pero en otros husos horarios aún no es medianoche. Y Mario hizo un gesto afirmativo con la cabeza y lo siguió rápidamente y el aire de la noche le puso los pelos de punta.

Volaron sobre llanuras vírgenes, y sobre silenciosos campos de maíz y de azúcar, sobre valles ocultos al transporte humano, sobre fábricas abandonadas como abandonados espinazos de hierro, sobre pueblos pequeños que no aparecían en los mapas y cuyas formas vistas desde arriba eran desconocidas para sus habitantes. Volaron sobre reses dormidas y sobre sistemas de lagos que brillaban con el sol de medianoche, como los fragmentos redondeados de un espejo. Quizás atravesaran el océano y se acercaran a su superficie y tocaran el agua oscura con la punta de sus dedos y llegaran a nuevas tierras y nuevos bosques y nuevos pueblos con personas que hablaran un idioma que ellos desconocían y quizás volaran muy alto y quedaran sobre un suelo de nubes y un techo de estrellas, pero daba igual, porque su persecución era inútil.

No lo alcanzaremos jamás, dijo el niño con alguna tristeza. Regresemos, necesito dormir un poco. Aunque se veía que no era dormir lo que necesitaba. Ya era tarde, tan tarde que comenzaba a ser temprano. El verdadero sol latía tras el horizonte, como un bebé en el vientre, como si fuera a salir por primera vez. Su presencia la sentían el aire y los pájaros. El campo se erizaba en una ceremonia o rubor inexplicable.

Vieron por fin la luz indecisa del verdadero amanecer, y sintieron que algo se perdía. El cielo estaba clareando poco a poco sobre los campos y las granjas, con la débil fuerza de una leche que se vierte sobre el suelo. Ya comprobaste que existe, dijo Mario, puedes regresar con tus padres hoy mismo. No, no puedo. Necesito hacer algunas mediciones. Verlo no es suficiente, dijo el niño y su voz se interrumpió misteriosamente, como si presintiera que sus palabras ya no significaran nada, y solo se escuchó el sonido salvaje del viento. Y regresaron sin decir más nada y un campesino observador hubiera distinguido sus siluetas en el cielo que clareaba y se hubiera estrujado los ojos porque hay cosas que es mejor no haber visto.

La intuición de la caída

Orel había dedicado sus tardes a la lingüística y a la filosofía del conocimiento. Se había casado con una amiga de la universidad, Tamara. Llevaban juntos veinte años. Decidieron no tener hijos. Primero intentaron con plantas, que colgaron de una ventana del apartamento, pero resultaron demasiado difíciles, ya que su cuidado consistía en atenciones esporádicas que cualquiera podía olvidar. Necesitaban algo que les recordara continuamente su existencia. Se habían terminado ocupando de dos generaciones de galgos afganos, que alegraban la casa y que les daban una excusa para salir por la mañana. A los perros, de pelo largo y lacio, les gustaba acostarse en las esquinas de los cuartos: daba la impresión de que alguien había castigado a una alfombra. El espacio permanecía limpio y cómodo. Las ideas eran como objetos en los estantes.

Alguna vez había querido escribir un libro que fuera una compilación de etimologías interesantes. La palabra color proviene del indoeuropeo y significó en un inicio tinte, y antes de eso significó ocultamiento. Quizás la cualidad más evidente del mundo visible hace referencia a lo no visible. Leyó por primera vez este secreto antes de terminar la universidad. Entonces estaba obsesionado con la relación entre color y lenguaje. Se había convencido de que estas minucias constituían señales que lo llevarían a algún sitio, aunque no tuviera la menor idea de cuál. Algo siempre se perdía al leer. Cuando disfrutaba particularmente de cierto pasaje se hacía la promesa involuntaria de retomarlo, tarde o temprano. Pero rara vez retomaba los pasajes subrayados. Tras muchos años había acumulado un número impensable de esas deudas. Marcas que habían sido hechas para nadie. Quizás leía de la manera incorrecta. No podía disfrutar una página sin entristecerse por la posibilidad de que no regresara a ella, o de que la olvidara. Para eso hacía la promesa, era un alivio momentáneo, un placer agregado de trascendencia. Luego si olvidaba la página no importaba, porque con la página Orel olvidaba también sus marcas, y el mundo seguía como si nada hubiera pasado.

Si pensaba con cuidado, Orel podía contemplar su vida como una suma inservible de asombros perdidos, lecturas pendientes y notas abandonadas.

La persecución durante su juventud de grandiosos proyectos a largo plazo había sido sustituida por la persecución de placeres modestos e inmediatos, la mayoría de los cuales toleraban la condición de la soledad y se veían favorecidos por las rutinas. Con los años muchos amigos se habían alejado, por cuestiones laborales o familiares, y él había tenido que lidiar con una clase particular de soledad durante la cual con quien más se dialoga es con el pasado. La lectura era, en cierta forma, también un diálogo con el pasado. Cada vez quedaban menos personas o lugares en su ciudad que él pudiera reconocer. Era una muerte antes de la muerte, pacífica y agradable. La mayor ventaja de la muerte es el anonimato, solía decir. Era también la mayor ventaja de la lectura.

La inesperada decisión del viaje estuvo motivada por el trabajo de uno de sus estudiantes. Calificar trabajos solía ser una auténtica tortura. Menos por el tedio de aquella vorágine de páginas innecesarias que por los constantes dilemas morales en los que caía. Buenos estudiantes que hacían malos trabajos. Malos estudiantes que parecían haber plagiado a alguien más. Buenos estudiantes que hacían buenos trabajos, pero que se habían burlado de él como profesor en algún momento. Malos estudiantes que hacían malos trabajos, pero que quizás no merecían desaprobar la asignatura.

El estudiante en cuestión había citado en su trabajo uno de los primeros artículos de lingüística que Orel había publicado en su juventud. El artículo iba sobre la extraña comunidad que había habitado un peñón en una zona apartada del país. Hacía más de tres siglos una poco conocida orden religiosa había elegido el peñón para levantar sus viviendas y su iglesia. Cegaban quirúrgicamente a los niños al nacer, puesto que los iniciadores del culto consideraban que la vista instigaba la avaricia y la lujuria. Todos eran ciegos, incluidos los sacerdotes. La extraña arquitectura de sus viviendas, sus hábitos alimentarios y su lenguaje habrían estado determinados por esta privación. La comunidad se había sostenido gracias a tres cosas: la piadosa cirugía al nacer, el absoluto aislamiento con respecto al resto del mundo y el desconocimiento colectivo de su condición de ciegos (esto era lo más importante). Tampoco los sacerdotes lo sabían. Practicaban meticulosamente la cirugía sin conocer su función, como un ritual arbitrario más. Probablemente los sacerdotes originales habían temido que sus sucesores se corrompieran, y no habían dejado cabos sueltos. Se asumía que eran como los menonitas. El pueblo originario del peñón le había despertado una curiosidad insaciable, una obsesión enfermiza que poco a poco se había ido amansando con la ayuda de las crecientes exigencias de su trabajo, así como de ciertos sobornos, como la felicidad de su vida doméstica con Tamara, el coleccionismo o la posibilidad de temas más accesibles en otros libros.

Dejar atrás la obsesión por la comunidad del peñón tal vez había sido parte de la transición a la adultez. Solo los niños se obsesionan.

En el artículo Orel especulaba sobre la posibilidad de que el lenguaje de la comunidad hubiera suprimido las palabras relacionadas con la vista, tales como los colores. Y que hubieran ido abandonando las más dependientes del mundo visual, como cuadrícula, dibujo o pigmentación. Los ciegos corrientes, insertados en una comunidad de no ciegos, se veían obligados a mantenerlas, pero los ciegos en una comunidad de ciegos, tras varios siglos, probablemente las habrían ido olvidando. Su teoría, relativamente sencilla, era la del abandono natural, una supuesta alternativa a la idea (jamás probada, pero generalizada entre los sociólogos) de que los primeros y malévolos sacerdotes se habían ocupado de eliminar artificialmente cualquier rastro de la vista en el lenguaje. Aquel trabajo iniciático contenía muchas lagunas, pero fue apreciado por su valentía, ya que el tema de la comunidad del peñón prácticamente había sido ignorado por la lingüística. No se habían hecho estudios profundos, a causa de la escasez de archivos desclasificados. El gran problema yacía en que la gradualidad no explicaba cómo los primeros pobladores, que según su teoría sí habrían conocido las palabras que designaban los colores, habían podido no hacerse preguntas en torno a esas palabras. Orel planteaba el olvido a causa de la inutilidad, pero dichas palabras podían no haber resultado inútiles, sino más bien contradictorias, y probablemente misteriosas y fascinantes, lo cual habría hecho difícil su olvido. De esta forma, la idea de la mutilación repentina y premeditada del lenguaje por los primeros sacerdotes se terminó imponiendo.

El trabajo del estudiante había mostrado ambas perspectivas y había dado privilegio a esta última. Con los años Orel se había dado cuenta de que en su juventud había estado equivocado, en efecto. Pero ver trivializada la corrección de ese error en el trabajo de uno de sus estudiantes (ni siquiera uno de sus buenos estudiantes) lo deprimió un poco. Le dio la calificación más alta, por temor a que alguien interpretara cualquier otra como una venganza personal. No entendía ni siquiera por qué estaba tan triste. No era nada nuevo y lo sabía: rara vez retomaba los pasajes subrayados. Y su vieja hipótesis había sido solo una nota al margen más, que no había conducido a nada. ¿Por qué tenía que conducir a algo más? El conocimiento restringido al asombro estético: el conocimiento como literatura.

Después del incidente del estudiante tuvo varios días raros. El trabajo siguió encima del escritorio, como una presencia con la que no podía convivir, y a la que tampoco podía expulsar. Se preguntó si Tamara lo leería por casualidad. Le molestó imaginarla haciéndolo, porque de ser el caso ella también se habría entristecido y por misericordia habría callado su tristeza, habría hecho como que no había leído nada. Tamara tenía suficiente inteligencia emocional como para entender que ser testigo involuntario de una humillación solo hacía la humillación más dolorosa. Debía esperar que él confesara lo sucedido, y mientras tanto callarse. Y si jamás lo confesaba igual debía callarse. Pero al ser capaz de prever el supuesto silencio de Tamara, Orel anulaba su efecto, y entonces su molestia radicaba en que ella le podía estar mintiendo por lástima, lo cual era todavía peor, porque al desastre de que ella fuera testigo involuntaria de su humillación (la cual constituía un hecho particular) se habría sumado el desastre de que lo hubiera considerado tan simbólico, tan desesperadamente sintomático de algún estado de cosas presente (un hecho general), que hubiera elegido el silencio.

Lo más digno era confesarlo en algún momento insignificante del día, no darle importancia, pasar a hablar de otra cosa. Pese a tener rutinas separadas dentro de la misma casa, había situaciones de refrescante comunión, parques naturales entre edificio y edificio de rutina ennoblecida, en los que se sentaban a dialogar de nimiedades: el almuerzo y la comida, la hora del café, la hora previa al sueño, o los intervalos en los que abrían la ventana para fumar. Orel comentó lo del trabajo del estudiante solo luego de repetir lo mucho que detestaba calificar (de ese modo daba a entender que el motivo por el que se lo contaba era lo incómodo de calificar el trabajo de un estudiante que desmentía el suyo). Tamara no había visto el trabajo. Tampoco se compadeció cuando se enteró del episodio. Creo que has escrito cosas mucho mejores, dijo Tamara. El tema era interesante, no sé por qué no seguiste investigando.

Releyó de una vez y por todas el artículo de su juventud. Lo tenía en una caja, junto a otros papeles viejos. El papel (de impresión casera) seguía blanco. Reconoció la tipografía que había usado. Podía reconocer de qué etapa de su vida era cualquier texto por la tipografía, el margen y el interlineado. Solía adoptar un formato estándar, que le pareciera lo más neutro posible. El último formato que había elegido (el que usaba ahora) tenía le letra diminuta y el interlineado mínimo. Su texto juvenil tenía letras grandes y obscenas, y el título había estado tontamente marcado por una tipografía distinta a la del cuerpo del texto. El artículo era mediocre y se avergonzó de que hubiera sido publicado. Él había estado consciente de que tenía fallos, pero puesto que no lo había releído, había olvidado cuántos eran, y con los años incluso le había inventado virtudes inexistentes. Rebuscó entre las cajas viejas las notas que había escrito sobre la comunidad del peñón. Eran incontables, y algunas ilegibles. La mayoría de las notas ni siquiera habían sido empleadas en el trabajo. Constituían puntos de fuga, encargos de trabajos futuros que nunca se habían concretado. Había escrito, con la intención de buscar luego más información, comentarios sobre la sinestesia en ciegos, o sobre los sueños visuales degenerativos de ciegos que habían podido ver en algún momento de sus vidas.

También se hacía preguntas como qué pasaría si a una persona sin ningún defecto en la visión se le restringía de un color en su entorno poco a poco (digamos el azul), ¿con los años perdería la capacidad de soñar con el color azul? ¿Podría recordarlo, o solo recordaría un engañoso sustituto que el cerebro habría puesto en su lugar sin que la persona se diera cuenta? Las notas más interesantes iban sobre una pregunta que el trabajo publicado pasaba por alto: se sabía que los habitantes de la comunidad habían descubierto por ellos mismos, en sus últimos años, la existencia de la vista. ¿Cómo lo habían hecho?

Sintió la necesidad de remediar la mediocridad de su antiguo trabajo. Según Tamara la razón por la que la mayoría de las personas mayores de cuarenta años se molestaba en escribir era enmendar lo que ya habían escrito. Pocas personas empiezan a escribir después de los cuarenta, decía. No es sensato. Demanda demasiados martirios y ofrece muy pocas ventajas. Los que escriben son los jovenzuelos que no tienen ni idea de los martirios, ni de la pobrísima recompensa. Y los viejos que se avergüenzan de lo que escribieron en su juventud. En pocas palabras: los jóvenes escriben porque carecen de sentido del ridículo, y los viejos porque descubren que, sin importar cuán ridículo sea lo que escriban ahora, será preferible a ser recordados por lo ridículo que escribieron antes. Orel en pocos días recuperó su obsesión. Reunió fotografías del peñón junto al que había crecido el pueblo, averiguó qué se había escrito en los últimos quince años sobre el pueblo, qué edificios se habían levantado en qué época, cuánto quedaba del pueblo original, cuánto costaba una noche en un hostal del pueblo, cuánto costaba un pasaje de tren hasta la región, y cuánto el autobús que lo llevaría hasta allí. Estaba a tiempo de hacer ese viaje. Quizás en unos años ya no lo estuviera. Cuando hizo las maletas y por fin fue hasta la estación de trenes (hacía años que no visitaba la estación, y notó que la habían remodelado), el lector de minucias, el reincidente traidor de notas, se dio cuenta de que aquel día era el más feliz que hubiera tenido en mucho tiempo.

જી

Se decía que hacía ciento cincuenta años había caído nieve, aunque probablemente solo se hubiera tratado de una escarcha producida por la humedad del suelo al congelarse durante una noche excepcionalmente fría. El pueblo quedaba en una meseta adjunta al peñón. La piedra desnuda iba dando lugar al bosque, de un verde cenizo e inorgánico. A cierta hora del día las crestas rocosas adquirían algunos matices metálicos, que contra el azul cortante del cielo recordaban el borde afilado de un hacha prehistórica. El aire era tan limpio que los objetos distantes semejaban miniaturas al alcance de la mano.

El interés de ciertos escaladores adinerados por el peñón (el único de su tipo que había en muchos kilómetros a la redonda) había propiciado la inversión turística. Los pequeños negocios del pueblo vendían el costoso equipaje de alpinismo u ofrecían hospedaje y comida a los visitantes. Uno podía reconocerlos porque solían ser muy distintos al resto de los sitios. Eran confortables y cálidos y solían estar revestidos de amplias ventanas de vidrio. Podían contemplarse al menos tres capas arquitectónicas: la más reciente, la turística, estaba hecha de madera importada y vidrio, más antiguas eran las casas obreras de ladrillo y madera local, que se hicieron tras el descubrimiento de unas minas hacía décadas cerca de allí, y por último, había casas de un solo piso, hechas por completo de madera, sin cornisas ni la más mínima decoración en sus techos, pero con puertas hermosamente trabajadas, en cuya superficie abundaban los motivos vegetales. Esas eran las casas originarias. El significado auténtico de la palabra madera es materia.

Se hospedó en un hostal, como si se tratara de un escalador más. Para no generar sospechas contrató el primer día a un guía que lo llevó a escalar. El guía le explicó cómo funcionaba la erosión: la calidez del día provocaba que la piedra se dilatara, y la frialdad de la noche que se encogiera, y este proceso repetido por milenios agrietaba las crestas y provocaba los desprendimientos. Era un hombre de cincuenta años. No había nacido allí, en realidad casi nadie en ese pueblo había nacido allí. Desde la ventana de su cuarto en el hostal se veía el precipicio de la meseta, y bien abajo había peñascos y luego leguas de páramo semidesértico (con islotes grises de bosque), atravesadas por lejanas autopistas que semejaban suturas. Aunque la cordillera no era excepcionalmente alta comparada con la de otras regiones, le resultaba difícil no sentir un respeto profundo por la belleza salvaje de aquel horizonte silencioso al que su vista tenía instantáneo acceso al despertarse. Comprendió a los eremitas: si Dios estaba en alguna parte debía ser lejos del hombre.

Poco a poco se adaptó al pueblo. Ya conocía bien las fases de la adaptación a un nuevo entorno: el conocimiento instintivo del espacio, la aceptación de rutinas y por último la creciente pérdida del asombro ante las cosas. Se encontraba en la fase del conocimiento instintivo del espacio. No le costaba encontrar una dirección. Visitó los cuatro cafés y los dos restaurantes desde los primeros días. Sus interiores eran estrechos, y trataban desesperadamente de transmitir una sensación hogareña, para compensar la sobrecogedora soledad del espacio natural. Dibujos enmarcados, figuras artesanales, animales disecados y juguetes de madera buscaban la familiaridad de lo humano.

Había una única librería, que exhibía dos de sus estantes en la acera, como uno de esos restaurantes que montan una dependencia de comida rápida. En los dos estantes de afuera había títulos dedicados a los turistas: manuales de alpinismo, memorias de aventureros, y algún que otro libro de moda en las élites de la capital, por si alguien se lo había perdido allá y ahora le entraban unos deseos impostergables de comprarlo en el fin del mundo. Dentro había libros de autores clásicos (los únicos autores comercialmente seguros para cualquier librería cuyas ventas dependan de la clase media), un par de novedades de mal gusto y una sección de libros viejos, en la que encontró un volumen de cuentos infantiles que él había perdido de niño, y que no había vuelto a ver en ningún lugar. Pocas personas entraban a la librería, la mayoría se contentaba con ojear la comida rápida, sin llegar a comprarla. Lo más probable era que el negocio quebrara pronto.

El pueblo no tenía más de cinco mil habitantes, y una población flotante de cien turistas o menos. Pronto los rostros reaparecían en los sitios, como barajas repartiéndose en cada nueva partida. Su rutina consistía en acudir al archivo del pueblo y leer los escasos testimonios que se encontraban a disposición del público, y luego dar paseos, en los que descubría un pasamanos que comunicaba dos casas rústicas, o un callejón que conservaba el suelo original de madera. Visitó el cementerio, pero ya no guardaba parecido con lo que había sido en el pasado. Tampoco la iglesia, a la que habían añadido una absurda torre, que no habría interesado mucho a sus fundadores. ¿Para qué habrían querido ellos una torre?

Sé lo que buscas, le dijo el dependiente de una tienda. Has ido todos los días al archivo. A la gente aquí le molesta que rebusquen, y debes entenderlo. Mi abuelo convivió con algunos, luego de que decidieran abrirse al mundo. Me contó que tenían mucho miedo. Y las personas de afuera les tenían miedo a ellos. Nunca se supo si las historias más grotescas fueron ciertas. El gobierno no lo quiere decir, y es lo mejor. Los últimos años de la comunidad del peñón fueron oscuros. Nadie sabe quiénes son los descendientes. Orel le dio las gracias al hombre por sus palabras, pagó la caja de cigarros y salió de la tienda.

Por las noches su esposa le contaba sobre los perros, y sobre lo que estaba escribiendo. Tamara era escritora de relatos fantásticos. Él había intentado escribir relatos hacía mucho, pero no había funcionado.

Buscar dentro del pueblo las ruinas de aquella comunidad misteriosa guardaba cierta semejanza con recorrer un gueto o un barrio de inmigrantes en una ciudad mayor, en busca de los rastros de una cultura. Formas huecas repitiéndose a sí mismas hasta degenerarse. Había muchas pistas falsas, pero ciertos detalles delataban lo que era real. Y a través de esas formas huérfanas, que seguían su camino trasplantadas del primer significado, se adivinaban los gestos cotidianos de un mundo que ya no existía. En ese caso, los gestos de un mundo por completo diferente al suyo, un mundo a oscuras.

Hasta el momento el archivo solo le había dado detalles de lo que ya sabía. Tras dos semanas sin encontrar nada valioso, se le ocurrió preguntar en la escuela primaria, un edificio de ladrillos rojos con un aula y solo dos profesoras. Después de la apertura de la comunidad el gobierno había fundado una escuela que en un principio solo era para los que habían nacido en ella, o para sus descendientes. Los niños pasaban más de doce horas al día allí (una manera de asegurarse de que se adaptaran a la civilización). Los enseñaban a comer usando todos los cubiertos, los animaban a practicar deportes y a leer libros y revistas. No le quedó claro qué pasaba con las prácticas religiosas de los padres (más allá de la cirugía al nacer, que evidentemente había sido prohibida).

Las puertas de la escuela se le cerraron después de que preguntó si era posible contactar con algunos de los niños que habían estudiado allí, descendientes de los sobrevivientes de la comunidad. Ellos han elegido el anonimato, le dijeron, y cualquiera que intente profanar ese silencio debería sentir vergüenza. Orel aclaró que era un lingüista y que estaba realizando investigaciones sobre filosofía del conocimiento, y que su objetivo no constituía sacar a la luz los secretos monstruosos de una tragedia (había rumores de canibalismo, entre otras atrocidades). Lo sentimos, pero ni siquiera nosotros tenemos acceso a esos registros. Vaya a los archivos públicos del pueblo, quizás ahí esté la respuesta que busca.

Esa noche habló con Tamara sobre el asunto, mientras miraba por la ventana las luces de las ciudades en el horizonte. Tengo miedo de que me empiecen a rechazar aquí, le dijo. Quizás haya algo que el gobierno no quiere que se sepa, respondió ella. No creo, me parece que son los pobladores quienes no quieren hablar. Eso se siente. Sus abuelos y bisabuelos convivieron con los remanentes de la comunidad. Deben haber heredado alguna especie de respeto hacia su silencio. De ser una decisión del gobierno la gente disfrutaría contar las historias prohibidas a los turistas, como pasa en otros lugares. Tocaron la puerta de su cuarto y tuvo que abandonar la conversación.

Orel fue hasta la puerta del hostal. Al abrir la puerta sintió de inmediato el frío antártico que hacía aquella noche. Un hombre calvo, de entre sesenta y setenta años pero de físico atlético, que rápidamente se identificó como un agente de las autoridades, le explicó que había alguien que deseaba hablar con él. ¿Quién?, preguntó. Tiene que ver con lo que usted está buscando, pero no podemos decirle. El agente sacó su teléfono, marcó un número, se alejó e intercambió unas palabras con la persona. Después se acercó y le alcanzó el teléfono a Orel. ¿Hola?, preguntó él.

Hubo un silencio de un par de segundos. ¿Usted es Orel?, preguntó la voz seria de una mujer mayor. Sí, ¿con quién estoy hablando? Tengo entendido que usted intentó engañar a las profesoras de la escuela primaria para acceder a información que no es pública. Puede que sus intenciones sean estrictamente académicas, pero debe detenerse. Se lo pido. ¿Con quién estoy hablando?, preguntó de nuevo Orel. Si quisiera contestar esa pregunta no me comunicaría con usted mediante el teléfono de un tercero. ¿Qué diferencia hará esta petición si no sé quién me la está haciendo? Póngame al teléfono con el hombre que tiene al lado, pidió de manera autoritaria la mujer, como si él también fuera su sirviente. El agente volvió a alejarse para hablar en privado, hizo una afirmación y colgó. Dice que quiere verlo. Si le parece bien mañana lo pasaré a buscar temprano para conducirlo hasta el sitio.

❧

Las escasas palabras que había escuchado de la mujer se repetían infinitamente en su cabeza. No pudo dormir. El frío se agravó. Las casas allí carecían de calefacción, no la habían necesitado antes, pero durante ese invierno las temperaturas se habían vuelto insoportables. Algunas de las casas de construcción más reciente del pueblo tenían chimeneas falsas, le habían dicho.

A las nueve de la mañana lo llevaron en automóvil hasta el mirador del peñón. Era una caseta de hormigón con cuatro visores que apuntaban a la meseta del pueblo, a los peñascos y luego a la helada infinitud del páramo donde ahora se desbordaba la luz solar, llenando los restos húmedos de verde y naranja que había dejado el amanecer. No había turistas, solo una mujer enorme que miraba por un visor. La mujer, que llevaba un sobretodo, se dio la vuelta para saludarlos. Tenía entre sesenta y setenta años, como el agente. Su rostro poseía unos rasgos étnicos indescifrables, inquietantes, y se encontraba enmarcado por un pelo lacio y gris, cuidadosamente cortado, que le llegaba hasta el cuello. ¿Ha mirado antes por aquí?, preguntó ella señalando el visor, y de su boca salían rápidos fantasmas de vapor. Sí, lo hice el primer día que vine.

¿Cuál es tu nombre?, le preguntó. Puedes llamarme Milenka, es el nombre con el que me comunico con la gente. La voz de Milenka podía transformarse en la de una mujer más joven, de no más de cuarenta años. Pero seguía siendo una voz recia y temible. Me gustaba más este lugar cuando no tenía los visores, dijo ella. Había un anciano amable que alquilaba binoculares a un precio muy bajo. Se hacía pasar por ciego, y la ironía de su oficio gustaba a los turistas, que además habían escuchado muchas historias sobre el origen del pueblo. Cuando era niña descubrí que no era ciego. ¿Cómo lo descubriste?, preguntó Orel. Mis padres eran ciegos, contestó, me era muy fácil darme cuenta cuando alguien no lo era.

Orel comprendió en silencio ante quién se encontraba. Tuvo mucho cuidado, no quería hacer ningún comentario torpe. ¿Qué pasó luego con el anciano que alquilaba los binoculares? Nos hicimos amigos, yo podía tomar los binoculares gratis a cambio de no decir una palabra a los turistas. Fue uno de los pocos amigos que tuve en la infancia. Murió hace años. Y pidió ser enterrado junto a sus perros. Después de su muerte instalaron estos visores grandes y gratuitos, no lo habían hecho antes para que no perdiera su trabajo. El alquiler de los binoculares, como la antigua venta de periódicos en las ciudades, era un trabajo para que un anciano revistiera de dignidad lo que en el fondo era una forma sofisticada de limosna. Él ganaba, y la gente también ganaba, porque se sentía mejor consigo misma.

El agente no se iba del lugar, aunque la situación lo demandaba. Tal vez le había sido ordenado por alguien que así fuera.

Cada vez que algún intruso viene a buscar información sobre los descendientes de la comunidad me piden que permanezca en la casa, dijo Milenka. Ayer tenía pensado ir a un pequeño concierto que repiten de vez en cuando en la iglesia, uno de los pocos eventos aquí por los que me obligo a salir de mi casa alguna vez. No pude ir por tu culpa. Por tu insistencia en el teléfono calculé que te quedarías varias semanas más, y que probablemente me perdería el próximo concierto, así que decidí romper las reglas y enfrentarte de una vez, para que te fueras del pueblo más rápido. ¿Qué es exactamente lo que quieres saber de la comunidad?, preguntó. Quiero saber cómo supieron que existía la vista. Tengo entendido que se abrieron al mundo exterior porque alguien en la comunidad descubrió que existía la vista.

Milenka miró al agente, no como si buscara una aprobación, más bien como si buscara una complicidad.

No puedo acceder a mostrarte cómo lo descubrieron. Ni siquiera puedo explicarte por qué no puedo acceder a mostrarte cómo lo descubrieron, porque al hacerlo ya te lo estaría mostrando. Pero puedes tratar de averiguar con cualquier otro descendiente, si así lo deseas. El agente sonrió, lo cual hizo sentir a Orel un poco confundido.

¿Pueden ponerme en contacto con los otros descendientes de la comunidad?, preguntó. Milenka es la última descendiente de la comunidad, dijo el hombre sonriendo. Le gusta jugar con la gente. Eso se debe a que casi nunca ve a nadie. Si viera a seres humanos más a menudo, tal vez no tuviera que acumular sus chistes en un solo infeliz. Casi siempre yo soy ese infeliz. ¡Eres mi mayordomo!, dijo Milenka con su voz implacable, y dejó escapar una sonrisa, unos dientes blancos y perfectos de alguien más joven. Orel se preguntó si serían sus dientes reales. No soy tu mayordomo, contestó el hombre. Las autoridades me han obligado a hacerme cargo de ti. Es mi trabajo.

¿Cuándo es el próximo concierto?, preguntó Orel. Dentro de seis días, contestó el hombre. Les propongo lo siguiente: me quedaré cinco días más en el pueblo haciendo las anotaciones que me permitan hacer, y para el sexto día mi presencia no les causará problemas.

Hablaron poco más. Orel firmó varios documentos en los que juraba no divulgar en público ni en privado nada de lo que él había escuchado de Milenka. Entendió que su entrevista presencial no había constituido una deferencia, sino un mero entretenimiento para una persona solitaria, que desde luego ella no tenía intenciones de repetir.

Los días siguientes fueron poco estimulantes. Sacaba cuentas constantemente para estirar el dinero, ya que no había considerado en su plan los feroces precios de los restaurantes y cafés. Pensaba que en el pueblo habría fondas para los locales, menos vistosas que los negocios enfocados en los turistas, pero más baratas. Sin embargo no existía nada parecido: la gente comía en sus casas o llevaba la comida hecha en casa para el trabajo. En los restaurantes y cafés (a cuyos platos de menor categoría llegó a acostumbrarse) tuvo la oportunidad de conversar con otros pobladores, y de inspeccionar muestras diminutas de sus vidas, que ofrecieron en las pláticas casuales. Mi hijo quiere ir a la universidad, pero creo que no es lo bastante bueno. Las turistas son siempre más atractivas que las mujeres locales. Me he divorciado dos veces, los hombres en este pueblo son imbéciles. Mi padre dice que comer carne está mal, que puedo crecer saludable solo con verduras, pero yo quiero comer carne. Esto último lo dijo un niño de once años, y Orel lo invitó a desayunar con él huevo y tocino.

Tratar a los hijos como si fueran una extensión, una propiedad de los padres, era uno de los males más ruines y comunes que conocía. Tamara y él habían acordado cuando jóvenes que si por casualidad tenían un hijo con todo derecho él podría llamarlos por sus nombres: Tamara y Orel.

La mayoría de los negocios cerraban temprano. Los días eran relativamente cortos: no había terminado de difuminarse el amanecer y ya atardecía, y ambas luces opuestas y débiles parecían cruzar sus sombras. Nada duraba, y a la vez nada sucumbía. Orel se regocijaba en su anonimato. Era un observador neutro de la soledad de los otros. Se sentía bien creer que nadie lo observaba a él. Así se sentía leer, y se había sentido antes escribir. Observar sin ser observado.

Una noche terminó de cenar en una terraza rústica que había sido adornada con una enredadera de luces, que caían de columna en columna como collares, y decidió fumar un cigarro. El camarero le explicó que allí no se podía fumar. Yo sé que este lugar es al aire abierto, dijo, pero a muchos turistas les disgusta, y el dueño ha tenido que cambiar su política. Orel sonrió para sus adentros: fumar había sido un vicio que los pobres habían imitado de los ricos, y ahora los ricos se desentendían de él y eran los pobres quienes lo continuaban. Apagó el cigarro, y las últimas brasas encendidas pervivieron por un instante más, arrastradas por el aire.

Había solo otro comensal en la terraza. No parecía un turista adinerado. Su chaqueta se encontraba rota y gastada, y bebía un vino barato. El hombre lucía una barba rizada y canosa, y sus manos parecían frágiles. El bigote era más oscuro que la barba. La palabra bigote proviene del alemán, de una exclamación militar devenida burla: ¡Por Dios! Orel le pidió al camarero una botella del mismo vino que bebía aquel otro solitario, a fin de calentarse. Desde la terraza se veían las calles oscuras y quietas. Por primera vez el frío hacía verosímil la historia de que alguna vez había nevado allí. Aquella leve nevada, según se decía, había ocurrido justo antes del comienzo del declive de la comunidad. De repente reconoció en el otro comensal un anillo característico de ciertas promociones antiguas de su universidad. Esto le dio una excusa para hablar con él. El viejo, que era psicólogo, estaba de visita porque una de sus hijas se había casado con alguien en el pueblo. En este lugar todo parece reciente y a la vez antiguo, es muy contradictorio, le dijo, hay un espíritu atroz que se manifiesta en ciertos rasgos: las calles tan excesivamente estrechas, los techos, la casi ausencia de luminarias. Los pocos postes de luz que hay los pusieron hace menos de cuarenta años. El pueblo no estaba concebido para alguien que los necesitara. Es gracioso, ¿no? Somos nosotros los que necesitamos los postes de luz, como si fuéramos nosotros los ciegos en esta arquitectura monstruosa.

¿Has ido a los conciertos en la iglesia?, le preguntó Orel. No, nunca he ido, ya casi nadie va. Mi yerno me ha contado que hace años iban descendientes de la comunidad. Se decía que en la música había mensajes cifrados, dijo el hombre encogido de hombros. ¿Cómo la gente sabía que iban descendientes, si se mantenían en el anonimato? Es mejor no hacerse demasiadas preguntas sobre ese tema, contestó el hombre. He aprendido a tener cuidado.

Orel regresó al hostal. Le había caído bien aquel hombre. Se preguntó si el hombre podía saber algo que él no.

Tamara estaba segura de que la estancia en el pueblo podía ser creativamente productiva, y trató de convencer a su esposo de que escribiera. En el fondo Tamara quería que él escribiera relatos fantásticos como los de ella. Sin la ficción la literatura era solo egolatría, y según ella lo fantástico la obligaba a la pureza de la ficción. Cuando eran estudiantes él escribía y ella no, y él la había animado a hacerlo. Ahora se suponía que debía devolverle el favor, pero había cosas irreversibles. Puedes convencer de escribir a alguien que no escribe, pensó, pero no puedes convencer de escribir a alguien que ha dejado de escribir. Eso significa que el estado último del hombre es no escribir. La escritura es solo una fase, da igual si dura setenta años. Tarde o temprano, con el tiempo suficiente, todos dejaríamos de escribir.

Él no estaba autorizado a decirle a Tamara nada de su encuentro con la última descendiente de la comunidad del peñón. En cualquier caso la naturaleza de aquel encuentro lo incomodaba, se sentía burlado. De día mientras iba por la calle vio a Milenka en la terraza donde había estado la noche anterior. A su lado almorzaba el hombre de la otra vez. Fumaban sin que ningún camarero interviniera. Ser la última descendiente tendría ventajas, y ella habría aprendido a aprovecharlas. ¿Las disfrutaba sin delatar por ello quién era? Aunque resultaba imposible que ella no lo hubiera visto, actuó como si no. Orel estaba seguro de que por un instante habían cruzado miradas. ¿Había sentido Milenka algún tipo de miedo al verlo? Quizás él anulaba su placentero anonimato, lo cual para alguien como ella podía ser particularmente molesto.

La figura de Milenka fue objeto de múltiples especulaciones, que elaboró en privado durante aquellos días. Las contradicciones entre esa apariencia cínica y la tristeza crepuscular de la tradición perdida no hacían sino volverla más interesante.

En uno de los paseos por el pueblo Orel descubrió una especie de feria donde vendían artesanías (no la había visto antes porque la hacían un único día a la semana, que coincidía con un arribo excepcional de turistas). La mayoría de los productos en verdad habían sido obviamente elaborados de forma industrial, y se centraban en promocionar el peñón como un destino formidable para los alpinistas. Encontró un producto que se diferenciaba de los otros: no utilizaba el tema del alpinismo, sino el de la supuesta nevada que había caído hacía ciento cincuenta años (y de manera indirecta el tema de los ciegos). Vio a un niño que lo manipulaba y después se fijó en la mesa de la cual provenía. Había una docena de domos de nieve, todos iguales, en cuyo interior se veía una miniatura del pueblo antiguo, sin luminarias, con las calles estrechas, los techos bajos y los pasamanos que llegaban hasta el cementerio original. Orel tomó un domo de cristal en sus manos y lo agitó, y se hicieron remolinos de nieve sobre las casas. Su encanto como juguete sería el de hacer sentir al niño que era Dios. El poder simbólico era muy grande: causar una nevada con el simple movimiento de la mano.

¿Quién fabrica estos?, le preguntó al vendedor. Se fabrican en la capital desde hace poco, contestó. Será mejor que compre uno ahora, porque pronto no estará permitido venderlos. ¿Y eso por qué? Una mujer se molestó mucho al ver que se estaban vendiendo, dijo que eran *ofensivos*, que era ofensivo explotar la memoria de la comunidad originaria del peñón en una baratija para turistas. La empresa que los fabrica está en conversaciones con las autoridades locales, por eso creo que pronto no se fabricarán más. No entiendo por qué tanto alboroto, yo ni sabía que el pueblo en miniatura era el pueblo de los ciegos. Lo importante para mí era la nevada, la gente compra los domos porque les gusta imaginar que alguna vez aquí cayó nieve. ¿Y el pueblo en miniatura es una reconstrucción minuciosa del pueblo originario?, preguntó Orel. No, creo que lo hicieron partiendo de los pocos datos que son públicos, como la ubicación del antiguo cementerio, lo demás se lo inventaron. ¿Cómo era la mujer que se indignó al ver los domos? Alta, muy alta, de alrededor de sesenta años. Orel sonrió. ¿Sabe dónde vive esa mujer? Vive en aquella cuadra, en la casa con la puerta de madera sin pintar, la que tiene talladas agujas de pino. Orel compró un domo de nieve y fue para allá de inmediato.

La casa, de un solo piso, tenía una arquitectura moderna, sobria. Lo único que la hacía sobresalir era la puerta de madera. Cerró los ojos y tocó el relieve de las agujas de pino: era absolutamente fidedigno tanto en la forma como en la rugosidad (para el tacto, en realidad, la distinción entre forma y textura se hacía irrelevante). Quedó petrificado ante la aparición de Milenka en una esquina. Había sacado a pasear a un gran danés, y ahora ella lo veía con absoluta sorpresa en la puerta de su casa. No supo qué hacer. El instinto le había sugerido correr, pero sus piernas no le respondieron a tiempo. Lo saludó con evidente incomodidad. ¿Qué haces aquí?, le preguntó ella, mientras se fijaba en el domo de nieve que traía él en la mano. Compré esto cerca, respondió, y el vendedor me dijo que la dueña de esta casa consideraba ofensivo que lo vendieran. Tienes una puerta hermosa, por cierto. Has contribuido al negocio, replicó ella, los has animado a fabricar más, te felicito. ¿La supuesta nevada que hubo hace ciento cincuenta años coincidió con el inicio del declive del pueblo?, preguntó Orel de forma casi insolente.

Milenka unió teatralmente sus cejas y dejó ver una sonrisa de indignación, que en verdad le daba tiempo a improvisar su respuesta. Sí, coincidió con el inicio del declive del pueblo de mis padres, ¿por qué lo preguntas? A primera vista la coincidencia parece un aviso de Dios de que pronto habría un declive, dijo Orel, pero no he parado de hacerme otra pregunta. ¿Cómo un pueblo de ciegos, que no conocía la existencia de la vista, supo que la nieve era nieve? Estás suponiendo que la nieve tuvo algo que ver con su descubrimiento de la vista, contestó Milenka. Es una suposición interesante. Ya que no puedes responderla, te recomiendo analizarla, es decir, dividirla en las preguntas independientes de las que está hecha. ¿Conocía la comunidad del peñón la existencia de la nieve? ¿Conocía la existencia de fenómenos que para nosotros son fundamentalmente visuales, aunque en un principio no tenía conocimiento del sentido de la vista? Quizás no puedas responder jamás ninguna de estas preguntas, pero plantear todas las posibles respuestas, y las posibles implicaciones de cada respuesta, es un gran entretenimiento. Habrás descifrado de manera indirecta el enigma. Enterarte de cuál de las respuestas que has asumido momentáneamente como acertadas, con sus respectivas implicaciones, es la que tiene algún vínculo con la realidad creo que es más bien un premio adicional, suplementario, del que se puede carecer. Esa es la belleza de la religión. Pero un lingüista nunca estará conforme.

No deberías sacar a pasear a un gran danés con este clima, dijo Orel, son muy delicados, y no les gusta el frío. No lo sabía, contestó Milenka, ligeramente sorprendida. ¿Por qué elegiste tener un gran danés? No lo elegí, el perro pertenecía a Kolia, un amigo. ¿Por qué Kolia no eligió entonces otra raza? Es un niño, a un niño no le importa el clima a la hora de elegir qué tipo de perro quiere. Yo he tenido varios galgos afganos, dijo Orel, mi esposa y yo ahora tenemos tres. ¿Tienen hijos?, preguntó Milenka. No, decidimos no tenerlos. Hace frío, voy a entrar al perro, dijo ella. Si quieres espera un minuto y vamos a un sitio que queda cerca.

Fueron a un café que Orel ya había visitado. Aunque se parecía a los otros en algunos aspectos (el vidrio de la fachada, las luces color ámbar) se esforzaba menos que estos en conseguir una falsa sensación de familiaridad: no había una sola máquina de escribir antigua ni un solo animal disecado en las paredes. ¿Entonces eres la amiga cercana de un niño? Lo soy. Los niños son amigos recomendables para personas como *nosotros*. Orel se preguntó qué querría decir con esto último la anciana.

Nikolai vivió en la casa de al lado por nueve años, siguió ella, hasta hace unos meses, que sus padres decidieron irse a la capital. Los comprendo, no hay nada que buscar aquí. Yo creo que sí hay algo que buscar, contestó Orel, pero entiendo si no quieres que nadie lo encuentre… Hay dos cosas que no quiero que nadie sepa, dijo Milenka. La primera son los detalles de los últimos años de la comunidad, antes de abrirse. La segunda es la pregunta que te has hecho: cómo descubrieron que existía la vista. No me importa que investigues sobre ninguna otra cosa. Hablaré con mi mayordomo. Te mostraré algunas páginas. ¿Tu mayordomo? El hombre que me sigue a todas partes.

Les sirvieron el café. En la azucarera había una cuchara mojada. Los cristales de azúcar se habían adherido a ella y habían creado una corteza marrón y blanca, que a Orel siempre le había causado cierta incomodidad. Hay personas que parecen incapacitadas para algo tan simple como usar una cuchara para añadir el azúcar y otra para revolverla, dijo. Milenka asintió. De repente la mujer se levantó (su altura siempre era imponente) y le pidió al camarero que les cambiara el azúcar. Orel se sintió avergonzado. ¿Tu mayordomo tiene que estar presente siempre? No está presente ahora. Cierto, contestó él, pero él no sabía que íbamos a vernos. Le tengo cariño, dijo Milenka, varias veces me he quedado a dormir en su casa, con su familia, cuando he estado enferma. Me suelen dar un cuarto que pertenecía a su hijo mayor, antes de que creciera un poco y se largara de allí. Mi mayordomo ha sido un pésimo padre, quizás por eso sea tan buen abuelo. ¿Los malos padres suelen ser buenos abuelos? Muchas veces, y la razón salta a la vista: sienten que deben redimirse, y ser un buen abuelo no es tan difícil como ser un buen padre. También es más fácil ser un nieto que un hijo, dijo Orel, solo tienes que hacer sospechar al abuelo de vez en cuando que lo quieres más que al padre. Milenka soltó una carcajada. Sí, es verdad, hay una competencia secreta entre padre y abuelo, o entre madre y abuela, nadie habla de eso. Supongo que si tienes una relación difícil con tu padre o tu madre sea complicado ver que tu hijo no te prefiera, o que hayan tenido con él atenciones que no tuvieron contigo, o la mezcla de ambas cosas.

Yo recuerdo poco a mis abuelos, dijo Orel. Siempre pensé que los iba a recordar vívidamente, pero hay detalles que se me han ido nublando. Recuerdo que mi abuelo comía el pan partiéndolo con las manos, en vez de irlo acabando a mordiscos. Partía un trozo, se lo llevaba a la boca, lo masticaba, lo tragaba, y para entonces ya había partido otro trozo, y así. Un movimiento un tanto mecánico, sin sentido aparente. También recuerdo sus uñas largas, jamás volví a ver unas uñas tan largas en un hombre. Yo no conocí a mis abuelos, dijo Milenka, la esperanza de vida en la comunidad era baja. En cierto modo mis padres fueron también mis abuelos. Llegaron a una edad a la que no habían llegado sus propios padres, ni nadie que ellos hubieran conocido. Crecí rodeada por la vejez. También me refiero a la vejez de los objetos, de las palabras. Yo fui una de estas niñas que jamás se vistieron o hablaron como niñas. Mi altura no ayudaba.

¿Trabajaste en algo antes?, preguntó Orel. Nunca se me dio bien ningún trabajo, sigo siendo una niña gigante y envejecida. Ni siquiera sé cómo cuidar a un perro. ¿Crees que le pase algo a mi perro? Estará bien, respondió él mientras jugaba con la caja de cigarros. Lo que más me molesta de este pueblo es que no puedes fumar en ninguna parte, dijo, parece la capital, solo que no tiene ninguna de las ventajas de la capital. Aunque bueno, te dejan fumar si conoces a las personas correctas. Orel la miró fijamente. Yo no soy la persona correcta, dijo ella, sino mi mayordomo. A él lo dejan fumar en cualquier sitio. ¿Conservas otra amistad aquí, además de tu mayordomo? La verdad no tengo amistades aquí. Kolia ya no está. Lo siento, dijo Orel. Hubo un silencio prolongado y tenso. No hay nada que sentir, es mi decisión estar sola, del mismo modo que es tu decisión y la de tu esposa no tener hijos. Ya veo qué estás tratando de hacer, y te pido que te detengas. Milenka puso el dinero del café (dos billetes blandos, que daban la impresión de haber estado mucho tiempo en el monedero, esperando una ocasión para ser usados) y abandonó la mesa. El camarero miró a Orel con una expresión de piedad.

Por la tardenoche el agente lo visitó en el hostal. Firme estos documentos en los que jura que no divulgará nada de lo que vaya a leer mañana en los archivos, dijo. Orel los firmó. Milenka había cumplido su promesa. Le preguntó por Kolia al agente. El niño hace rato que no le responde, contestó, así son los niños. Ella se siente mal por eso. ¿Tú eres su amigo?, le preguntó al hombre. No sé a qué le llamas tú amigo, si me preguntas si hago cosas por ella te responderé que muchísimas, si me preguntas por otro lado si soporto sus caminatas heladas al amanecer… ¿Desde hace cuánto la conoces? El hombre sacó su billetera y de la billetera sacó una foto violácea. Eran él y Milenka, junto a otras personas, en lo que parecía una escuela.

No dudo de su inteligencia, dijo el hombre, pero nunca fue buena estudiante. A ella le gusta decir que dejó la escuela cuando joven. Más apropiado sería decir que la escuela decidió que podía prescindir de ella. ¿Eras su mayordomo desde entonces? No su mayordomo, pero ella ya era mi trabajo. ¿Cuál es tu nombre? Egor, mi nombre es Egor… ¿Es tu verdadero nombre? Sí. Es un nombre de mayordomo, observó Orel sonriendo. Supongo, contestó.

Habló con Tamara por la noche, sintió el deseo de contarle. Sabía que no podía. Creo que estoy escribiendo un cuento sobre ti en ese pueblo, le contó ella.

Hojeó antes de dormir el libro para niños que había conseguido en la librería. Como muchas historias para niños, contaba el viaje de un héroe y su regreso a casa. El héroe regresaba cambiado. A Orel le molestaba que el héroe dejara atrás lo que había encontrado en el viaje, que fuera siempre un turista. Sentía que el héroe había *usado* a los personajes y a los lugares de su viaje. Del mismo modo que por más cariño que pudiera tenerle al libro, un lector siempre iba a terminar usando el texto. Numerosas ideas y pasajes del libro iban a parecer inolvidables, pero iban a olvidarse muy pronto. Ojalá un hombre pudiera no regresar. Ojalá uno pudiera morir en un texto.

∾

La mañana siguiente el empleado de los archivos le dijo que habían llegado nuevos papeles para él, a nombre de una mujer llamada Milenka. Era una caja de cartón más o menos nueva, con las paredes duras y secas al tacto (se veía que recién se habían empaquetado los papeles en ella), y dentro encontró ocho gruesos sobres naranjas, cada sobre con una etiqueta blanca de papel, adherida mediante cinta transparente: testimonios de la comunidad, testimonios de descendientes de la comunidad, testimonios de testigos durante la apertura de la comunidad, historia reconstruida de las familias, reconstrucción de textos sagrados, compendio de poesía religiosa, compendio de poesía profana, compendio de literatura hecha por los descendientes de la comunidad. Abrió uno de los sobres (el de los testimonios directos) y encontró las preciosas fotocopias. Para su sorpresa no había demasiadas líneas tachadas con rotulador negro.

Desde ese minuto solo salió de los archivos para comer y dormir. La historia reconstruida de las familias tenía tachados algunos nombres y apellidos, y Orel descifró que se trataba de los nombres de las familias cuyos descendientes habían muerto hacía poco, o cuyos descendientes estaban vivos (Milenka, en este caso). Los textos sagrados constituían variaciones de textos religiosos tomados de otros sitios. Intuyó que las diferencias con respecto a los originales no partían de una decisión, sino de los errores acumulados de la tradición oral. La literatura de los descendientes era bastante mala y predecible. Lo interesante, sin lugar a dudas, eran los testimonios directos e indirectos, y lo que dejaba ver su poesía religiosa y profana.

En lugar de tediosas entrevistas individuales, los que habían elaborado los archivos habían preferido secciones temáticas que agrupaban lo dicho por los sobrevivientes, por ejemplo, con respecto a los hábitos alimenticios, los horarios o el propio lenguaje.

Su dieta consistía en leche y carne de cabra, frutos que se daban de manera espontánea en ese clima, así como algunos cultivos en extremo sencillos. Todavía en los márgenes del pueblo muchos habitantes tenían cabras, gracias a las cuales fabricaban un queso más o menos apetecible.

El cocido de la carne se hacía en tres o cuatro inmensos hornos, que había en las afueras de las construcciones más grandes del pueblo. Les costaba mucho trabajo manipular el fuego, y lo imaginaban de una manera diferente a lo que sugería la vista. Creían que el fuego era una única masa de aire caliente con forma de columna.

Para su comodidad en el antiguo pueblo había pasamanos que conducían de una casa a la otra, o de la casa al granero, o al bosque. Según los testimonios, serruchaban la madera con trabajo, utilizando herramientas de sus antepasados. Daban mucho valor a los objetos que no tenían forma de fabricar. Para su comercio interno empleaban monedas que habían dejado de usarse hacía más de dos siglos. Conocían su tacto, pero existía el miedo persistente a su desgaste y a que algún día no pudiera palparse el relieve que antes las distinguía.

La cultura hacía énfasis en esta condición degenerativa de sus objetos cotidianos, así como en la misteriosa industria que los había fabricado alguna vez. Se sabían distintos y aislados, pero esto no les preocupaba, contrario a lo que podría pensarse. Los sacerdotes tampoco resultaban particularmente estrictos, ni paranoicos (esto solo habría sucedido de haberse guardado para sí mismos el pecado de la vista). La comunidad estaba cercada por unos muros de madera que rodeaban el peñón, cuyo tacto conocían y temían todos.

Sentían un auténtico terror por el olor a putrefacción: si moría una rata en la casa costaba trabajo encontrarla. El tacto de lo putrefacto constituía en su cultura una especie de símbolo de todo lo repugnante y lo indeseable. Les preocupaba en extremo la muerte de los seres humanos por razones prácticas. Enterraban a los muertos al sur del bosque. Había un largo pasamanos entre los árboles, que cada cierto tiempo debían prolongar, que señalizaba al tacto dónde ya estaba enterrada una persona. El entierro se hacía sin féretro, lo más rápido posible.

Los partos se hacían según un complejo sistema, perfeccionado con el paso de los siglos, que pese a todo seguía provocando una mortalidad infantil espantosa. En la comunidad se tenía poca higiene, y los tratamientos médicos resultaban escasos y poco efectivos. La enfermedad era un frecuente sinónimo de muerte. Habían normalizado la muerte como un evento cotidiano. En la imaginación visual de su mundo, Orel relacionaba la muerte con el color de las tumbas y con los esqueletos danzantes de las ilustraciones de la peste negra. En la imaginación de la comunidad la muerte era la carne putrefacta que se deshacía en las manos, o su hedor misterioso. Algo que estaba y que a la vez no estaba (tal vez esta noción terminaba siendo más acertada y objetiva que la suya). Hablar de los muertos se consideraba de mal gusto.

Sin la vista habría resultado más difícil para los habitantes vigilar el crimen, sospechaba. Sus costumbres y sus objetos se habían vuelto prudentes. Las casas carecían de ventanas (no tenían paisajes que enseñar, en cualquier caso) y las puertas se trancaban celosamente a cada momento. Los ornamentos privilegiaban las texturas: los más lujosos eran aquellos con texturas más trabajadas. En vez de utilizar motivos visuales como flores o pájaros trataban de reproducir el tacto de otros objetos que conocían y apreciaban. Por ejemplo, la puerta de cada casa siempre se reconocía por su superficie, que mediante talentosas incisiones en la manera pretendía estar cubierta de hojas pertenecientes a una u otra variedad de planta. La delicada rugosidad de la hoja repetida incontables veces en la puerta propia solía adquirir con el tiempo un alto valor afectivo. Los brazos de un mueble constituían siempre su parte más terminada. Había un poema que hablaba sobre los brazos de un mueble que reproducían hojas de helecho, e imaginaba cómo los antepasados se habían habituado a esa agradable forma.

Su conocimiento de fenómenos como la vejez o la primavera no era visual, y por tanto lo que más les llamaba la atención solía diferir de lo que más le llamaba la atención al resto del mundo. El otoño carecía de su belleza patética, y las mariposas de su supuesto encanto. Su tacto repentino, mientras revoloteaban, les parecía tan desagradable como el de cualquier otro insecto. El interés por las flores no era demasiado grande, salvo por aquellas que tuvieran olor. Tenían un escaso conocimiento de las aves, basado fundamentalmente en su sonido. Encontrar un nido en el tejado se consideraba de mala suerte.

Para Orel lo más asombroso era que en su habla cotidiana la comunidad del peñón conservaba muchas palabras relacionadas con la vista. Por ejemplo, algunos colores. Decían que el pasto era verde, pero con ello no se referían al color, sino a cualidades que alguna vez estuvieron asociadas al verde, tales como el frescor o la vitalidad. Usaban la palabra ojos para referirse a la parte anatómica, tan inútil como un pómulo o una clavícula. Y usaban la palabra ver con lo que antes había sido un sentido metafórico: darse cuenta de alguna cosa.

Este desplazamiento del sentido había permitido que consumieran los textos sagrados (que hacían referencias al mundo visual) de manera inofensiva. Como sospechaba, la literatura era estrictamente oral (no practicaban ningún tipo de anagliptografía), y por ello prefería la musicalidad y el ritmo del verso sobre la torpeza de la prosa. Los sacerdotes memorizaban los textos sagrados para asegurar que se conservaran hasta el fin de los tiempos.

La comunidad del peñón tuvo un lento ocaso, causado por diversos factores, entre ellos la endogamia. Nadie sabía cuántas personas había en un inicio, pero se había calculado que en los últimos tiempos no pasaban de cincuenta (según lo que decía la historia reconstruida de las familias). Lo que sucedió durante esos últimos años era poco conocido y en general se prefería no hablar de ello. Había incisivas tachaduras con rotulador (Orel recordó, no sin incomodidad, los rumores sobre canibalismo). La información que se dejaba ver era que los últimos miembros de la comunidad, ya habiendo entablado el diálogo con el mundo exterior, habían solicitado integrarse a este desde el anonimato.

Aunque en la imaginación popular la comunidad había desconocido la existencia del sentido de la vista hasta el último momento, los testimonios de los sobrevivientes daban fe de que desde hacía al menos ochenta años antes de la apertura alguien había hablado de su posibilidad. Esto Orel ya lo sabía. Habían descifrado, mediante pruebas irrefutables, que la humanidad que había inventado su lenguaje *necesariamente* había poseído un sentido adicional al que ellos tenían. La teología lo explicó a través de la existencia de un paraíso perdido al que había renunciado el hombre. Lo sorprendente de este descubrimiento, del que no se daban más detalles, era que había sido el resultado de un estudio lingüístico.

De algún modo ellos habían descubierto, a través del estudio de su lengua, la vista de la que ya no quedaba ningún rastro. No tenían idea de dónde se ubicaba este sentido (no lo habían podido relacionar con los ojos), ni lo llamaban vista, ni se llamaban a sí mismos ciegos (la palabra ciego la empleaban como sinónimo de necio), pero lo habían intuido. Habían intuido que los días y las noches cambiaban algo más que la temperatura del aire. ¿Pero cómo? La pregunta, de carácter epistemológico, tenía una importancia extraordinaria. Si alguien está en un domo de nieve, sin ningún contacto con el mundo exterior, ¿cómo puede saber que está en un domo de nieve?

Tras leer la poesía religiosa, que se preocupaba tanto por el paraíso perdido, Orel creyó que la grieta que había abierto la sospecha de la vista se encontraba en la propia religión. Tal vez, paradojalmente, la grieta había sido concebida por los sacerdotes que idearon la ceguera. Habrían fabricado astutamente con ella, en la episteme de la comunidad, la intuición de la caída, la intuición de una carencia íntima. La caída del hombre del paraíso habría sido recordada en las acciones más cotidianas. Una lección de humildad. El hombre llevaba consigo el temor a Dios y la obediencia, y ante todo el sentido profundo de una nostalgia adánica.

En la mesa del cuarto donde dormía estaba el domo de nieve. De vez en cuando Orel lo agitaba, y las partículas blancas continuaban cayendo incluso cuando ya nadie las veía, como una vida secreta y breve. Cenó un caldo instantáneo barato, que consistía en un vaso de plástico con fideos petrificados, al que se le echaba agua caliente, junto a un polvo y un aceite de misteriosa composición, que venían en paquetes individuales, sellados de fábrica. Sabía delicioso, para su sorpresa. La palabra caldo proviene del latín y significa caliente. Pensó en el deslizamiento de sentido en las palabras y frases de la comunidad, ¿qué pasaba si la etimología que conocía de la palabra caldo resultaba apócrifa? ¿Podían las palabras que conocía haber provenido de algún sitio que no era el sitio que él pensaba? ¿Podía no entender el significado verdadero de lo que decía?

Tamara le anunció por teléfono que se le había ocurrido una forma gracias a la cual un pueblo de ciegos podía intuir la vista. Se le había ocurrido mientras escribía su cuento. En su cuento un escritor elaboraba la vida de un personaje, que también era escritor, y en algún punto el escritor había querido hacerle saber a su personaje que era una ficción, y no había encontrado el modo de hacerlo, hasta que se le ocurrió una posibilidad: obligar a su personaje escritor a escribir un cuento sobre un personaje que fuera escritor y no supiera cómo hacerle saber a su personaje que era una ficción. Este juego autorreferencial (que podía seguirse hasta el infinito) hacía que cada uno de los personajes se cuestionara la autenticidad de su realidad a través de la analogía con lo que deseaba escribir. Del mismo modo, le explicó Tamara, en un pueblo de ciegos que no se sabían ciegos alguien podía escribir un poema sobre un pueblo hipotético de personas que carecieran de un sentido y no lo supieran, y la pregunta (en un inicio exclusivamente literaria e inofensiva) de cómo aquel pueblo ficticio habría podido averiguar la existencia de ese sentido los habría llevado a cuestionarse si ellos mismos carecían de un sentido, aunque de momento no supieran de cuál. Y si encontraban la respuesta para el pueblo ficticio habrían podido aplicar esa respuesta a sí mismos. Puede ser, dijo Orel mirando la baratija que recién había comprado, es como si dentro de un domo de nieve alguien fabricara un domo de nieve diminuto, que generara la sospecha. El problema es el siguiente: ¿cómo fabrica un domo de nieve quien nunca ha visto uno? Todo descansa en el azar, en que una persona invente un sistema análogo al sistema gracias al cual esa misma persona existe, lo cual perfectamente podría no suceder. Muy probablemente nadie inventó un poema sobre un pueblo ficticio que careciera de un sentido.

He anotado toda la conversación para el cuento que estoy escribiendo sobre tu experiencia en el pueblo, le dijo Tamara. Solo necesito un final, un cierre. Ese es el problema de escribir sobre lo que pasa en la realidad, le dijo Orel. En la realidad no hay cierres. Pero en la realidad hay momentos significativos, replicó ella, de eso no hay duda. Hay momentos en los que parece que algo extraordinario está a punto de pasar. Ahí está el cierre. Ahí debemos cerrar el cuento. Ningún relato realista podría cerrarse si no se intuyera en su final la inminencia de un relato fantástico.

જી

Esa noche sería la última en el pueblo. Durmió más o menos relajado. A las seis de la mañana alguien tocó la puerta del hostal. Orel se levantó en la oscuridad y se aferró a cada trapo que halló en el camino para enfrentar la frialdad húmeda de la madrugada. Todavía no estaba por completo despierto. Abrió la puerta y reconoció bajo el foco amarillo de la luminaria pública la silueta alta. Llevaba el sobretodo de siempre, y una bufanda que acolchonaba el distintivo pelo corto a la altura del cuello. Arrastraba una carretilla vacía. ¿Quieres salir a caminar?, preguntó Milenka. Egor me habló de tus caminatas al amanecer, dijo Orel. Hace demasiado frío, ¿por qué caminas a esta hora?, preguntó. Camino a esta hora porque no hay nadie en la calle que me vea hacer cierta cosa que necesito hacer. Si me acompañas te hablaré un poco más sobre la comunidad, dijo al final, sonriendo, como si hubiera puesto sobre la mesa un último soborno irresistible. El blancor de sus dientes resaltaba en la oscuridad.

Orel se forró con la ropa más gruesa que había llevado en el equipaje. El frío le subía por las piernas, así que decidió ponerse dos pantalones, lo cual lo hizo sentir un tanto ridículo. Invitó a Milenka a entrar un minuto, y preparó café. Egor se mueve en la delgada línea que separa lo ridículo de lo patético, dijo ella, se aprovecha de una u otra cualidad según su conveniencia. Para negarse a caminar conmigo al amanecer muestra su lado más patético. ¿Qué es eso que necesitas hacer y que nadie puede verte hacer?, preguntó Orel. Ya lo entenderás, contestó.

Salieron a un pueblo que parecía el bosquejo de un pueblo, hecho con pintura amarilla sobre fondo negro. Los perros evitaban congelarse cobijándose en las esquinas, y de vez en cuando se veía algún bulto negro que no quedaba claro si era un hombre o algo que se parecía a un hombre. Sobre ellos había un cielo azul oscuro, aunque cada vez menos oscuro, cargado de estrellas despiadadas.

Bordearon los márgenes del pueblo. Las casas estaban distantes entre sí. De vez en cuando aparecía una casa con un cuarto ya encendido. La señal de que alguien más podía estar despierto era agradable. Milenka a cada rato rebuscaba en la tierra alguna rama, la inspeccionaba y si estaba lo bastante grande y seca la tiraba en la carretilla. A esa hora daba la impresión de que se encontraban en otro tiempo, en la comunidad originaria. El cielo polar se aclaraba sin que por ello las estrellas desaparecieran, y riachuelos de nubes parecían brotar de la piedra naciente del sol. Los ruidos lejanos de las vidas que despertaban comenzaban a llegar a ellos. Sonidos torpes de la vajilla en la cocina, ladridos, televisores encendidos.

Dime la verdad, Orel. ¿Por qué viniste a este pueblo? No me digas que por la comunidad, lo que te pregunto es por qué te obsesionaste. Vine porque sentí de repente que la realidad no estaba donde yo estaba, sino en otra parte, dijo Orel. ¿En un texto?, preguntó ella. Más o menos, contestó. Supongo que has pensado en todo el significado religioso de esa sensación, dijo Milenka con una sonrisa. Orel la ayudó en su recogida de ramas. Las cosas inmediatas se teñían del rojo violento del amanecer. ¿Crees en Dios?, le preguntó Milenka. No, contestó, pero he rezado en todas las iglesias a las que he ido. Recé en la iglesia de este pueblo, pero Dios tampoco estaba ahí. Dios siempre está en otro lugar, dijo ella. Cuando ya no estés en un sitio, cuando ya no haya nadie en ese sitio, aparecerá. Dios está para escuchar el rugido del mar que nadie escucha, y para ver el paisaje que nadie ve.

Regresaron al centro del pueblo, y pronto Orel reconoció los sitios, cuyas puertas empezaban a abrirse, y supo a dónde se dirigían. Ya había personas en la calle, y era evidente que a Milenka le molestaba que la vieran arrastrando la carretilla cargada de leña. Una mujer joven y hermosa hablaba por su celular en una esquina, mirando la transparencia celeste. Milenka sacó las llaves de la puerta en cuyo relieve estaban talladas las agujas de pino.

Entraron a la casa. En el centro de la sala había un hogar con un fuego moribundo. La sala, rodeada de pasamanos que incluso atravesaban los muebles, estaba pintada de blanco, y todos los muebles eran de madera y estaban preciosamente tallados. Mis padres tenían una especie de punta afilada con la que limpiaban cada cierto tiempo la madera de churre y grasa, que volvían borrosos los dibujos tallados, dijo ella. Esta casa fue construida sobre la casa de mis antepasados. El hogar es uno de los pocos hornos que había en el pueblo. Mantengo la llama siempre encendida, como era tradición, ya que generar fuego les costaba muchísimo, y les causaba miedo. Mis padres me hablaron de un incendio que hubo una vez, que no tuvieron forma de controlar. Milenka tomó varias ramas de las que había acabado de recoger y alimentó con ellas el fuego. Hay ciertas tradiciones que trato de preservar, como esta, dijo. No te puedo ofrecer café ni té, solo leche caliente. Mientras estoy en la casa como y bebo lo mismo que comían y bebían mis padres.

En una de las mesas de la entrada de la casa, junto a artefactos extraños cuyo uso no pudo adivinar, había una bola de cristal con un pueblo en miniatura. Orel se detuvo en ella. Sobre la sensación de que la realidad estaba en otra parte... las personas que vinieron a este sitio hace cientos de años vinieron desde muy lejos, dijo Milenka, de un lugar donde caía nieve. Su tradición oral mencionaba la nieve a menudo, pero ellos no la tenían, la nieve solo existía en sus textos. He mandado a hacer una miniatura del pueblo, basada en los planos reales. Mucho mejor que la baratija que compraste. Algo gracioso sobre los domos de nieve es que están hechos para la nostalgia: no admiten estar en sitios demasiado fríos. Si el agua que contienen en su interior se expande, convertida en hielo, el cristal se rompe.

Hubo un silencio prolongado, aunque no desagradable. Los recuerdo en la casa, dijo Milenka. Recuerdo en qué sillas se sentaban, desparramados, a esperar que pasaran las horas. Eran altos y delgados, y sus brazos y sus piernas de saltamontes se salían de las sillas. Les gustaba que yo me sentara en sus piernas. Estaban acostumbrados a expresar físicamente el afecto. Los vi envejecer en esta casa poco a poco. Los vi volverse más débiles y lentos. Durante los últimos años apenas hablaban, apenas daban síntomas de estar vivos. Mamá murió primero. Papá pareció no enterarse jamás, quizás ya no sabía ni cuál era su propio nombre. Él murió tres años después que ella. Siempre pensé que él iba a ser el primero en morir. Fueron enterrados sin féretro en el patio de la casa.

Bebieron leche caliente, acompañados por el perro. El cuarto de mis padres es bastante peculiar. No tiene ventanas ni electricidad. No me dejaban entrar a él sin vendarme los ojos, porque según ellos estaba desorganizado y sucio, y no querían que yo viera en él los defectos que ellos no veían. Todavía cuando entro al cuarto me vendo los ojos. Nunca he entrado con los ojos desvendados. Mi memoria del cuarto es fundamentalmente táctil. Sé dónde está todo. ¿Quieres entrar conmigo?, preguntó Milenka. Orel afirmó con la cabeza.

Se vendaron ambos los ojos y entraron. La cama estaba casi pegada al suelo, probó acostarse en ella y percibió que tenía algún tipo de baranda y que funcionaba como una especie de hueco acolchonado. Los muebles estaban clavados al suelo, que también era de madera. Las gavetas tenían en su frente texturas muy diferentes entre sí que las hacían reconocibles. ¿Puedes adivinar cómo es el dibujo que estás tocando?, preguntó Milenka. Creo que es como una serie de tablillas diminutas, respondió, paralelas entre sí y separadas por ranuras. La que toqué hace un segundo tenía poros regulares. Milenka lo guiaba suavemente, y él se auxiliaba con los pasamanos. No era difícil, no había escaleras ni saltos de nivel en el suelo, y los muebles estaban acomodados de manera que no se podía tropezar con ellos. Las sillas tenían los espaldares pegados a la pared. En una mesa percibió el olor de unas flores, y adivinó que ella las cambiaba cada cierto tiempo. Orel se acercó hasta poder tocarlas. Primero tocó el búcaro, luego el tallo y las hojas y al final, con cuidado, los pétalos. Mi madre las buscaba en el patio y en los alrededores de la casa cuando joven, dijo Milenka. Cuando murió yo seguí la costumbre.

Al salir del cuarto cerraron inmediatamente la puerta. Orel comprobó que Milenka estaba sonriendo sin razón, como si estuviera muy feliz. Mis padres fueron hijos únicos, dijo, y yo fui hija única. Hay cuatro largos linajes que morirán conmigo. Y el mundo seguirá. Las mañanas y las tardes, los veranos y los inviernos. Y seguirán los techos bajos y las calles estrechas, sin nadie para descifrarlas. Y eso está bien. Sé que estábamos condenados desde el principio. Algún día hasta los detalles más miserables de nuestro declive serán públicos, y mereceremos su asco, y en algunos casos una lástima romantizada por la pérdida, que será todavía peor que el asco. Quiero morir en paz, y ser enterrada sin féretro en la tierra oscura. Sé que querías acercarte a mí para saber cómo la comunidad se enteró de la existencia de la vista, pero no puedo decirte una palabra sobre eso.

Milenka lo invitó a salir al patio. El sol ya había ascendido y brillaba pálido y muerto. Al final de un pasamano Orel descubrió que había dos lápidas rústicas, junto a un espacio para una tercera.

Mi esposa ideó una causa por la cual los habitantes del pueblo podían haberse preguntado si carecían de algún sentido, comentó Orel. ¿Le comentaste a tu esposa de lo que has leído?, preguntó atemorizada Milenka. No, ideó la causa basándose en lo que sabía antes, en lo que yo le había contado antes de conocerte. Según ella, bastaba que hubieran inventado un poema sobre un pueblo que careciera de un sentido, y no supiera de su carencia.

Había un frío inconcebible y el cielo estaba gris. Mis padres sabían desde antes de que los rescataran que el sol estaba en el cielo, dijo Milenka, y que nadie podía tocarlo, y que era la causa de los días, y que su ausencia provocaba la frialdad de las noches. En su mundo a oscuras decían que el sol era amarillo para significar que era caliente. Había algo que siempre les había agradado durante el invierno: ponerse en el umbral de la puerta, y que la luz mañanera calentara la mitad de sus brazos que quedaba afuera. Una de las pocas experiencias sensoriales que tuvieron gracias a la cual habrían intuido la luz visible. En términos religiosos habría podido considerarse un fragmento de paraíso robado.

Había muchas palabras vacías semejantes a sol. Palabras como luna, aurora, cometa, nube, humo. Las palabras referidas directamente a la vista, como rojo o reluciente, eran inofensivas, puesto que su sentido primario ya contenía el sentido que podría llamarse secundario. Al decir que alguien había visto a cierta persona el día anterior, el segundo sentido (el de que se la hubiera encontrado) acompañaba necesariamente al primero (el de que hubiera contemplado su imagen visual). Pero cualquier intento de darle un sentido figurativo, secundario, a palabras como luna, aurora o cometa en los textos sagrados y demás era absurdo. Esas palabras demoníacas no hacían referencia a nada que ellos conocieran, y por tanto no les podían asignar un sentido figurativo, porque su posible sentido figurativo no encontraba equivalente dentro del significado de las palabras que sí conocían. Así que le inventamos múltiples significados a las palabras vacías, como tu civilización ha inventado múltiples significados para palabras como alma, ser y tiempo. Hubo una palabra cuyo sentido vacío, aunque vagamente metafórico, causó suposiciones alucinantes: espejo. Imagina en un mundo a oscuras escuchar hablar en los poemas antiguos de los espejos.

No te daré la respuesta que quieres, pero te daré en cambio otra pregunta. ¿Cómo sabes que este pueblo, este mundo en general, la transparencia absurda del aire y la proximidad de mi cara, no sigue siendo el oscuro mundo de mis padres?

Orel lo tomó como una broma retorcida y sonrió. Milenka lo entró a la casa y lo condujo hasta la salida. Supo que no se volverían a encontrar. Trató de memorizar la distribución de los objetos en la casa y el color de la mañana visto a través de las ventanas cerradas. Antes de irse sacudió el domo de cristal que contenía la miniatura del pueblo, y precipitó una suave tormenta blanca sobre él. El inmenso gran danés lo miró desde el suelo por última vez. Una idea tenebrosa pasó por la cabeza de Orel: tal vez el perro sobreviviera a la anciana, y fuera el perro y no ella quien algún día recordara aquella despedida. Se abrazaron, como viejos amigos. Ten cuidado, le dijo Milenka. Disfruta el concierto de hoy, dijo él.

Hacía bastante frío afuera. Antes de echar a andar Orel levantó la mano para despedirse de nuevo y ella hizo lo mismo, desde la puerta de la casa. Entre el polvo, las hojas y la basura que arrastraba el viento Orel distinguió unas partículas blancas, que parecían ingrávidas. Miró hacia arriba y comprendió que estaba nevando. Se quitó un guante para palpar los copos de nieve. Apenas se sentían sus heladas picaduras, y al contacto con su piel se volvían diminutas gotas de agua.

Acercó un copo de nieve a sus ojos, y pudo distinguir su estructura fractal: cada parte contenía el todo hasta el infinito.

No había casi nadie en la calle. Los copos de nieve delataban la forma exacta de las corrientes de viento. Caminó hasta el hostal, pagó su estancia y recogió rápido sus pertenencias. La maleta de ruedas, en extremo ruidosa, le pesaba. Sentía corrientazos de frío en las piernas. Fue hasta la estación del transporte público. Solo había dos personas más, decididamente abrigadas. Daba la impresión de que se habían puesto al mismo tiempo toda la ropa que tenían.

El hielo es una aberración dentro de la naturaleza, pensó Orel, porque tiende a la geometría. El pavimento se estaba tiñendo de blanco, así como los automóviles que habían quedado fuera y los techos de las casas (había una especie de disección arquitectónica en la cual solo se veían los planos verticales, los horizontales habían desaparecido). El peñón de repente se estaba haciendo blanco. Y el cielo del que caía la nieve también era blanco: al mirar hacia arriba parecía que se desmoronaba infinitamente. Y los copos de nieve parecían caer demasiado lento, aunque algunos eran más alocados que otros, y daban vueltas frenéticas antes de terminar en el suelo. Los habitantes habían salido asombrados, o tiraban fotografías desde sus ventanas o portales.

Orel se subió al autobús, que arrancó antes de que pudiera sentarse. La altura desde la que se ve el mundo en la ventanilla de un autobús es única. Más alta que la de un automóvil, pero no tan alta como una segunda planta.

Pensó en la broma final de Milenka, en que quizás todos seguían viviendo en el oscuro mundo de sus padres, en que realmente la comunidad abarcara la humanidad, y vio caer la nieve, y se preguntó con cierto espanto si los textos que leyó estarían hablando del futuro, si esa nevada que sucedía ahora sería la que daría origen al descubrimiento de lo ausente, pero que lo ausente no fuera la vista, sino otra cosa enmascarada por las palabras, algo que las palabras que había aprendido no pudieran expresar por sí solas y que nadie que no lo hubiera conocido de antes pudiera entrever en ellas.

Sonó un teléfono celular, un hombre detrás de él intercambió unas pocas palabras y se levantó apurado, junto a la que parecía la novia, y dijo que tenía que bajarse. El chofer lo miró de una forma muy rara, hubo una especie de careo. Detuvo el autobús, y el hombre y la mujer bajaron. Parecían asustados, y el chofer también parecía asustado. Orel vio a los dos que se habían acabado de bajar en la acera. La mujer miraba con terror cómo el autobús se alejaba, y el hombre la agarraba por el brazo y trataba de hacerla caminar con él. Dos hombres en la parte trasera del autobús comentaban que ni siquiera se habían llevado las maletas. Algo extraño sucedía, pero no quedaba claro qué.

Por la ventanilla pasaba el páramo, donde ya no nevaba. El mismo páramo que él había visto a lo lejos desde el peñón, distante pero a la vez cercano a causa de la transparencia del aire.

Calmado por la promesa de su casa y de su cama, pudo dormir un poco. Soñó que el páramo y el bosque eran a la vez inmensos y diminutos, y que se contenían a sí mismos, como fractales: a la vez escapaba del pueblo y a la vez no podía salir de él, porque salir solo podía significar adentrarse.

Despertaba por intervalos, y el sol lejano le daba en un lado de la cara. Por una rara sinestesia, chispas amarillas se encendían en su piel, mientras mantenía los ojos cerrados. Y podía sentir las mismas chispas en la franja de piel del brazo que la cortina mal cerrada exponía a la luz del día. Y de repente el autobús golpeó algo en la carretera, y su cuerpo fue hacia delante y luego dejó de tener peso, y abrió los ojos y los cuerpos de los demás pasajeros tampoco tenían peso, y el paisaje daba vueltas afuera hasta que un choque definitivo detuvo el autobús. Había caído por un risco, desde una altura de tres o cuatro metros, y ahora reposaba en una roca, que lo separaba de una caída definitiva.

El precipicio tendría más de veinte metros, no había forma de sobrevivir. Algunos pasajeros sangraban, y Orel vio que varios de ellos se habían precipitado sobre el chofer. Intentaban quitarle el mando del vehículo. Tardó unos segundos en comprender que el chofer no intentaba salvarlos, sino que al contrario, de manera premeditada había lanzado el autobús al precipicio, y ahora se proponía completar su tarea. Le gritaban insultos de todo tipo. La voz de una mujer repetía que nadie podía moverse, o el autobús caería.

Dos o tres hombres, después de un largo forcejeo, lograron alejar al chofer del timón y del acelerador. Lo habían aguantado, y debatían a gritos si debían matarlo, o dejarlo inconsciente: los movimientos del chofer, así como los movimientos para inhabilitar los movimientos del chofer, podían empujar el autobús. En verdad no habían pasado más de cuarenta segundos desde la caída. El tiempo parecía correr a un ritmo diferente, y la situación se encontraba cargada de una terrible irrealidad. No podía estar pasando. Carecía por completo de sentido, tanto el accidente mismo, o la inminencia de la muerte, como la tenacidad suicida del chofer.

Escuchaba comentarios confusos, algo sobre la llamada telefónica que había recibido la pareja, algo sobre en qué postura ponerse en caso de que el autobús cayera por el barranco. Pero Orel sabía que si caía no habría posibilidad de sobrevivir. Empezó a temblar, tenía más frío que nunca, y sin embargo le parecía que iba a sudar. Aquello *realmente* estaba pasando. Comprendió por fin de lo que la gente estaba hablando. La llamada que había recibido la pareja: había que matar o dejar inconsciente al chofer, o ante el menor descuido escaparía y seguiría su plan. Orel lo gritó, para al menos hacer algo, ser parte de la diminuta mesa democrática que estaba ocurriendo para decidir la suerte de todos. Lo volvió a gritar, el chofer iba a matarlos a todos ante el menor descuido. Se había decidido desde antes de arrancar el autobús. Alguien gritaba que le quitaran las llaves al automóvil, que no fueran imbéciles, que quitaran las llaves y discutieran luego. Orel vio cómo el chofer se liberaba. Y vio cómo saltaba hacia los mandos del autobús, y cómo liberaba el autobús. Orel reparó en su propia respiración.

La sintió como algo impropio, algo que sucedía fuera de su cuerpo. Cerró instintivamente los ojos. Recordó la agradable sensación de las chispas amarillas.

Por la tarde, todavía sin enterarse, Milenka asistió al concierto. Por la calle vio a dos mujeres que conversaban sobre un domo de nieve que se había roto por el frío, por una ventana que habían dejado abierta.

La iglesia había cambiado de manera drástica su diseño. Había añadido la torre, había añadido altares y santos católicos que la comunidad originaria desconocía. Un músico descendiente de la comunidad, que insertaba mensajes en clave en lo que tocaba, ya había muerto. Pero era la iglesia a la que iba de niña con sus padres. Recordaba los bancos llenos de ancianos ciegos, el bordado y el olor de sus ropas. No era un olor desagradable, pero sí peculiar. Sus padres eran los más jóvenes, y ella la única niña. Tenían que agarrarse las manos entre sí, y agarrar las manos arrugadas de los extraños. Eran extraños para sus padres, pero no para ella, en realidad. Milenka podía ver sus rostros. Podía ver quién se rascaba la barbilla, creyendo que nadie se enteraría. Sentía que profanaba algo, se sentía culpable. Una vez vio a un niño mayor que ella, que tampoco era ciego, y resultó inevitable el contacto visual, la breve complicidad. El muchacho le guiñó un ojo, ella recordaba. No lo había vuelto a ver jamás. Se preguntaba de manera obsesiva qué habría sido de él. Varias veces a lo largo de su vida le había parecido ver ese mismo rostro en otros rostros de extraños. Más exacto resultaba afirmar que había buscado ese rostro durante el resto de su vida. La última vez que había creído encontrarlo había sido en el rostro de Kolia. Ahora la iglesia estaba vacía. No solo se trataba de la nevada: desde hacía años los conciertos se hacían para tres o cuatro espectadores. Esta vez ella era la única.

Lo demás era falsificado, pero mientras duraba el concierto Milenka sintió en sus dedos la textura en la madera del banco que alguien había cincelado hacía doscientos o trescientos años, la misma que su tacto conocía desde niña. Hubo interpretaciones líricas notables, que no se vieron afectadas por la ausencia de público. Al contrario, la ausencia de público al parecer hizo sentir menos presionados a los intérpretes, que hicieron un trabajo mejor que el habitual.

Al final del concierto Egor se sentó a su lado. Su cara era más severa que de costumbre (aunque tal vez la severidad constituía una autoimposición, y solo trataba de esconder una tristeza personal), y eso la hizo extrañarse. Hablaste demasiado, dijo el hombre mirándola fijamente. Ella no respondió, solo mantuvo el contacto visual, como si se cerciorara de algo terrible. Egor le puso la mano en el hombro, se levantó y se fue. También él estaba débil y viejo. Milenka no terminó de ver el concierto. Fue de inmediato a su casa, asustada.

Llamó al teléfono de Orel repetidamente, estaba fuera de servicio. Lloró pegada al hogar, envuelta en mantas.

El concierto de la iglesia continuó, sin un solo espectador. Al final algunos intérpretes cansados se sentaron en los bancos, informalidad gracias a la cual el concierto fue degradado a la condición de ensayo, o de juego.

Por la tardenoche ya habían rescatado todos los cadáveres y se habían ido las ambulancias y los carros de policía. El autobús parecía el papel metálico de una golosina tirada al barranco. Una vegetación indígena manchaba la piedra del lugar. El peñón apenas se distinguía en el horizonte húmedo opuesto al sol. Anochecía para nadie: como el concierto, también el paisaje se había transformado en un simulacro. Desplegaba su enajenada belleza para sí mismo, reacio a aceptar que sin nadie que lo observara no era más que abismo negro y silencioso, guardado en la nada. El verbo guardar procede del germánico, y significó originalmente ver, vigilar, hacer guardia. Más tarde pasó a significar conservar. El lenguaje sugiere entonces que se conserva solo lo que se mira.

Catálogo Bokeh

ABREU, Juan (2017): *El pájaro*. Leiden: Bokeh.

AGUILERA, Carlos A. (2016): *Asia Menor*. Leiden: Bokeh.

— (2017): *Teoría del alma china*. Leiden: Bokeh.

AGUILERA, Carlos A. & MOREJÓN ARNAIZ, Idalia (eds.) (2017): *Escenas del yo flotante. Cuba: escrituras autobiográficas*. Leiden: Bokeh.

ALABAU, Magali (2017): *Ir y venir. Poesía reunida 1986-2016*. Leiden: Bokeh.

— (2019): *Mordazas*. Leiden: Bokeh.

ALCIDES, Rafael (2016): *Nadie*. Leiden: Bokeh.

ANDRADE, Orlando (2015): *La diáspora (2984)*. Leiden: Bokeh.

ARMAND, Octavio (2016): *Concierto para delinquir*. Leiden: Bokeh.

— (2016): *Horizontes de juguete*. Leiden: Bokeh.

— (2016): *origami*. Leiden: Bokeh.

AROCHE, Rito Ramón (2016): *Límites de alcanía*. Leiden: Bokeh.

BLANCO, María Elena (2016): *Botín. Antología personal 1986-2016*. Leiden: Bokeh.

CABALLERO, Atilio (2016): *Rosso lombardo*. Leiden: Bokeh.

— (2018): *Luz de gas*. Leiden: Bokeh.

CALDERÓN, Damaris (2017): *Entresijo*. Leiden: Bokeh.

CASTAÑOS, Diana (2019): *Yo sé por qué bala la oveja mansa*. Leiden: Bokeh.

— (2019): *The Price of Being Young*. Leiden: Bokeh.

COLUMBIÉ, Ena (2019): *Piedra*. Leiden: Bokeh.

CONTE, Rafael & CAPMANY, José M. (2019): *Guerra de razas. Negros contra blancos en Cuba*. Leiden: Bokeh, colección Mal de archivo.

DÍAZ DE VILLEGAS, Néstor (2015): *Buscar la lengua. Poesía reunida 1975-2015*. Leiden: Bokeh.

— (2015): *Cubano, demasiado cubano. Escritos de transvaloración cultural*. Leiden: Bokeh.

— (2017): *Sabbat Gigante. Libro primero: Hojas de Rábano*. Leiden: Bokeh.

— (2018): *Sabbat Gigante. Libro segundo: Saigón*. Leiden: Bokeh.

Díaz Mantilla, Daniel (2016): *El salvaje placer de explorar*. Leiden: Bokeh.

Espinosa, Lizette (2019): *Humo*. Leiden: Bokeh.

Fernández Fe, Gerardo (2015): *La falacia*. Leiden: Bokeh.

— (2015): *Notas al total*. Leiden: Bokeh.

Fernández Larrea, Abel (2015): *Buenos días, Sarajevo*. Leiden: Bokeh.

— (2015): *El fin de la inocencia*. Leiden: Bokeh.

Ferrer, Jorge (2016): *Minimal Bildung. Veintinueve escenas para una novela sobre la inercia y el olvido*. Leiden: Bokeh.

Gala, Marcial (2017): *Un extraño pájaro de ala azul*. Leiden: Bokeh

Galindo, Moisés (2019). *Catarsis*. Leiden: Bokeh.

Garbatzky, Irina (2016): *Casa en el agua*. Leiden: Bokeh.

García, Gelsys (2016): *La Revolución y sus perros*. Leiden: Bokeh.

García, Gelsys (ed.) (2017): *Anuncia Freud a María. Cartografía bíblica del teatro cubano*. Leiden: Bokeh.

García Obregón, Omar (2018): *Fronteras: ¿el azar infinito?* Leiden: Bokeh.

Garrandés, Alberto (2015): *Las nubes en el agua*. Leiden: Bokeh.

Gómez Castellano, Irene (2015): *Natación*. Leiden: Bokeh.

Guerra, Germán (2017); *Nadie ante el espejo*. Leiden: Bokeh.

Gutiérrez Coto, Amauri (2017): *A las puertas de Esmirna*. Leiden: Bokeh.

Hernández Busto, Ernesto (2016): *La sombra en el espejo. Versiones japonesas*. Leiden: Bokeh.

— (2016): *Muda*. Leiden: Bokeh.

— (2017): *Inventario de saldos. Ensayos cubanos*. Leiden: Bokeh.

Herrera, José María (2025): *La musa política*. Gainesville: Bokeh.

Hondal, Ramón (2019): *Scratch*. Leiden: Bokeh.

— (2020): *La caja*. Leiden: Bokeh

Hurtado, Orestes (2016): *El placer y el sereno*. Leiden: Bokeh.

Jesús, Pedro de (2017): *La vida apenas*. Leiden: Bokeh.

Kozer, José (2015): *Bajo este cien*. Leiden: Bokeh.

— (2015): *Principio de realidad*. Leiden: Bokeh.

Lage, Jorge Enrique (2015): *Vultureffect*. Leiden: Bokeh.

Lamar Schweyer, Alberto (2018): *Ensayos sobre poética y política. Edición y prólogo de Gerardo Muñoz*. Leiden: Bokeh, colección Mal de archivo.

Lukić, Neva (2018): *Endless Endings*. Leiden: Bokeh.

Marqués de Armas, Pedro (2015): *Óbitos*. Leiden: Bokeh.

Miranda, Michael H. (2017): *Asilo en Brazos Valley*. Leiden: Bokeh.

Morales, Osdany (2015): *El pasado es un pueblo solitario*. Leiden: Bokeh.

— (2018): *Zozobra*. Leiden: Bokeh.

— (2023): *Lengua materna*. Leiden: Bokeh.

Méndez Alpízar, L. Santiago (2016): *Punto negro*. Leiden: Bokeh.

Padilla, Damián (2016): *Phana*. Leiden: Bokeh.

Pereira, Manuel (2015): *Insolación*. Leiden: Bokeh.

Pérez, César (2024): *La capital del sol. Tragicomedia en tres actos*. Leiden: Bokeh.

Pérez Cino, Waldo (2015): *Aledaños de partida*. Leiden: Bokeh.

— (2015): *El amolador*. Leiden: Bokeh.

— (2015): *La isla y la tribu*. Leiden: Bokeh.

— (2019): *Apuntes sobre Weyler*. Leiden: Bokeh.

Ponte, Antonio José (2017): *Cuentos de todas partes del Imperio*. Leiden: Bokeh.

— (2018): *Contrabando de sombras*. Leiden: Bokeh.

Portela, Ena Lucía (2016): *El pájaro: pincel y tinta china*. Leiden: Bokeh.

— (2016): *La sombra del caminante*. Leiden: Bokeh.

— (2020): *Cien botellas en una pared*. Leiden: Bokeh.

Quintero Herencia, Juan Carlos (2016): *El cuerpo del milagro*. Leiden: Bokeh.

Rodríguez, Reina María (2016): *El piano*. Leiden: Bokeh.

— (2018): *Poemas de navidad*. Leiden: Bokeh.

Saunders, Rogelio (2016): *Crónica del decimotercero*. Leiden: Bokeh.

Starke, Úrsula (2016): *Prótesis. Escrituras 2007-2015*. Leiden: Bokeh.

Sánchez Mejías, Rolando (2016): *Mecánica celeste. Cálculo de lindes 1986-2015*. Leiden: Bokeh.

Timmer, Nanne (2018): *Logopedia*. Leiden: Bokeh.

Valdés Zamora, Armando (2017): *La siesta de los dioses.* Leiden: Bokeh.

Vega Serova, Anna Lidia (2018): *Anima fatua.* Leiden: Bokeh.

Villaverde, Fernando (2016): *La irresistible caída del muro de Berlín.* Leiden: Bokeh.

— (2016): *Los labios pintados de Diderot.* Leiden: Bokeh.

Williams, Ramón (2019): *A dónde.* Leiden: Bokeh.

Wittner, Laura (2016): *Jueves, noche. Antología personal 1996-2016.* Leiden: Bokeh.

Zequeira, Rafael (2017): *El winchester de Durero.* Leiden: Bokeh.

— (2020): *El palmar de los locos.* Leiden: Bokeh.